真
故
TRUMANSTORY
悬疑

从悬疑深入现实

重案检察官

左权 著

人民东方出版传媒
People's Oriental Publishing & Media
东方出版社
The Oriental Press

图书在版编目（CIP）数据

重案检察官 / 左权著. — 北京：东方出版社，
2023.10

ISBN 978-7-5207-3465-3

Ⅰ.①重… Ⅱ.①左… Ⅲ.①长篇小说－中国－当代
Ⅳ.①I247.5

中国国家版本馆CIP数据核字(2023)第087129号

重案检察官
（ZHONGAN JIANCHAGUAN）

作　　者：左　权
特约策划：北京真故传媒有限公司
策划编辑：鲁艳芳
责任编辑：杭　超　郑英祖
装帧设计：介末设计
出　　版：东方出版社
发　　行：人民东方出版传媒有限公司
地　　址：北京市东城区朝阳门内大街166号
邮　　编：100010
印　　刷：北京中科印刷有限公司
版　　次：2023年10月第1版
印　　次：2023年10月北京第1次印刷
开　　本：710毫米×1000毫米　1/16
印　　张：17
字　　数：210千字
书　　号：ISBN 978-7-5207-3465-3
定　　价：52.00元
发行电话：（010）85924663　85924644　85924641

序

我是一名市院重案检察组的检察官，常和刑事案件打交道。

电影《烈日灼心》里有句台词："法律像是人性的低保，是一种强制性的修养。"而刑法学教授罗翔却戏谑地说："法律学多了，就丧失人性了。"其实，这两句话殊途同归——法律本就是以"人性本恶"为前提，每一桩案件都是对人性的审视。每当我坐在讯问室和嫌疑人面对面，凝视着对方的眼睛，感觉自己就像提着手电，钻进了一条深邃幽暗的隧洞。

记得我刚进检察院工作时，处长说了一番意味深长的话，其中有一句是："这一行做久了，容易把别人想得很坏。"的确，在过去的很长一段时间里，我总怀疑，每个人都是心怀隐恶的思想犯，假若没有刑罚的威慑，恶的疆界就会无限拓展。

后来我才知道，处长只说了前半句。司法体制改革后，处长调去其他部门，临别前，他补充了后半句："但是人更有你想象不到的好。"

慢慢地我领悟了，越是沉浸在黑暗之中，越要感受那些无心之善，在内心深处筑起一道护墙。而把这些故事写下来，无疑是我"筑墙"的最好方式。

书里的故事大多源于我和同事承办过的"重案"。这里的"重"不仅仅是指重大刑事案件，也指办结案件后我们内心的沉重——人性中无法承受之重。

在我看来，这些"重案"是人性的斗兽场，里面既有罪网牵缠的困兽，也有负重前行的普通人，而大多数嫌疑人则深陷于人兽之间的灰色区域，他们的故事也在不停地重新定义着善恶。

例如，20世纪末的某个冬夜，一位嫌疑人杀死丈夫之后，曾想去派出所投案自首，可当她望见远处的红蓝光，却赶紧披了件外套逃到火车站，随便买了一张不知开往何处的车票。当年她朝丈夫捅了十七刀，隐姓埋名后，她一直用自己的方式赎罪，直到逃亡的第十七年，才阴差阳错地落网——这个巧合，让她深信一切都是命中注定。

一桩看似平常的杀人案，嫌疑人到底隐藏了多少秘密，竟要检察官连续挖案多层，方能触及案件最终的真相。

在接待了一位白发苍苍的上访人员后，检察官发现了案件中的疑点，见到越来越多的女性遭受"毒蛇"们的不法侵害，检察官挺身而出，经受住各种压力和诱惑，毅然为受害的女性主持公道，维护司法的正义与权威。

赤诚忠心的老检察官"铁虎"几经浮沉，面对情与法的激烈冲突，他必须做出最艰难的抉择。几十年的检察生涯，他办过数不清的大案，最难办的竟是他英雄迟暮的苍凉命运。可他却时刻告诫我这个徒弟：纵使身处无边的黑暗，内心的手电筒仍要时刻保持光明。

……

形形色色的案件串起来，就有了这本《重案检察官》。

（注：为保护文中当事人和当事单位的隐私，本书中的相关人物名、单位名称和地名等均为化名，如有雷同，纯属巧合，请勿对号入座。）

目录

杀夫女的十七年逃亡

    1996 年 7 月的一个雨夜，三个身披雨衣的男人乘着一辆灰色皮卡驶入一间废弃的旧厂房，车上还放着一只鼓胀的蛇皮袋。车停稳后，王志华解开蛇皮袋上的绳子，里面是一具蜷缩着的尸体，早已被雨水浸得发白。

　　我的同事舒好是一名驻所女检察官，负责看守所二楼的第四监区。2016 年 11 月，她在一次械具检查中认识了一位名叫秦卫兰的女犯，这个女人在 1999 年冬天捅死了自己的丈夫，此后隐姓埋名，逃亡十七年。

　　接下来的几天，秦卫兰多次要求约见舒好，这都是为了她的第二任丈夫，"见面是不可能了，但我想给他写封信，不然这辈子再也没机会了"。

　　舒好感到很为难。不久后，我负责承办秦卫兰的案件。在提讯室，我见到了秦卫兰，她看上去很憔悴，眼神游离，神色凄然。

　　伴随着秦卫兰的供述，还有舒好在谈话教育中获悉的情况，这个女人苦难的半生在我眼前徐徐展开。

一

　　1999 年的那个冬夜，秦卫兰第一次从家中出逃。

　　当晚，丈夫赵铖跟秦卫兰打架，秦卫兰咬伤了赵铖的手，挣脱之后跌跌撞撞逃出家门。她紧紧捂住受伤的耳后根，血渗出了指缝。

　　秦卫兰不敢回头，只觉得身后的脚步声越来越近，她拼命向前狂奔，远处黑得漫无边际，一丝光都看不到。赵铖边追边喊，秦卫兰急哭了，平常丈夫出手很重，这次她把他咬出了血，要是再被抓回去，将会面临什么，她很清楚。

想到这里，秦卫兰哭得更伤心了，她抬手擦泪，血却迷住了眼睛。很快，她就被一个东西绊倒，不久，赵铖骂着脏话凑到她身后。秦卫兰吓得像被钉在原地，索性坐到地上大哭。"他把我拖回家的时候，说着爱我、恨我之类的鬼话。"

秦卫兰的婚事是父亲定的。十几年后，她在提讯室供述这段经历，只用了"硬塞"这个词。

当时经过亲戚介绍，父亲听到赵铖"在厂里当干部"，就替秦卫兰做主，"审批"了这桩婚事。父亲回到屋里，催秦卫兰去村口跟赵铖见一面，抓紧把婚事办了。

秦卫兰没理会，觉得自己的婚姻大事被弄得像"赶牲口"，干脆顶撞父亲："你供弟弟在城里念书，让我留在村里干活，现在又想着把我赶走。"

"女娃娃长大了总要嫁出去的。"父亲哄了一会儿，失去耐性，随手抄了东西要打她。秦卫兰从家里逃出来，一直跑到村口，碰见了赵铖。

见到长相清丽的秦卫兰，赵铖很快被吸引住了。"那时他把我当小孩儿哄，说以后带我去大城市过好日子，住在北京，因为那里是'心脏'。这些话我都听不进去，也不信，我嫁给他主要是想离开家，我父亲脾气不好，喝醉了经常打我。"

秦卫兰被一个男人扔给了另一个男人，命运并没有得到改善，反而走入了更深长的黑暗。正如她所料，婚后，第一个男人基本和她断了联系，她只能用遗忘来对抗遗忘。

赵铖过去住工人宿舍，婚后在城郊租了一间屋子，与弟弟赵东相邻。嫁入赵家后，秦卫兰发现赵铖很会变"戏法"，家里过一阵儿就多几件东西：火柴盒、香油、搪瓷脸盆，还有一辆破旧的自行车。

秦卫兰问这些物件是从哪儿弄的，赵铖说是捡的。时间一长，赵铖嫌她问得多，挥手打了秦卫兰一个耳光。秦卫兰捂着发烫的脸，默不作声，之后四处托人打听，才知道赵铖所在的厂子已经倒闭了。

没了营生的赵铖继续做戏，每天"去厂里上班"，实际上是去偷东西，有时候也管弟弟赵东要钱。一天深夜，夫妻俩吵了一架，赵铖的"工作"被拆穿，恼羞成怒的他扇了秦卫兰几耳光，接着两人在屋子里动了手。秦卫兰打不过，在床头蜷缩着。

"那时候我不懂法律，弟媳劝我嫁鸡随鸡，嫁狗随狗，这都是女人的命，忍一忍就过去了。"后来，秦卫兰在提讯室触及这段记忆时，闭起了眼睛。

11月的深秋，结婚还不到半年，秦卫兰的脸上、身上和腿上满是家暴的伤痕。"他每次打我，我就更加恨他。那段日子里，我像发神经病一样，老是梦见他打我，也记得他每次在我身上留下的疤。"

第一次逃离，是因为赵铖强迫秦卫兰跟他同房，秦卫兰的衣服被撕开了，她感到屈辱，便咬伤了赵铖的虎口。逃跑之前，她看到赵东站在他们家门口，秦卫兰呼救，求他劝劝赵铖，可是借着屋里透出的灯光，她只看到赵东在笑。

秦卫兰不甘心，也曾设想过出逃计划。可如果逃回村子，父亲会把她赶跑，而她先前攒下的钱已经全被赵铖拿走了，现在哪儿都去不了，她得重新攒一笔钱。

此时，赵铖经朋友介绍到建筑工地上干活了，秦卫兰在一家食品商店做营业员。这是她在城里的第一份工作。可干了不到两个月，饭碗就被砸了——前一天，赵铖因为一些琐事又打了秦卫兰，没想到第二天清晨，赵铖尾随她蹿进食品商店，连抽了秦卫兰十几个耳光。

秦卫兰只觉得天旋地转，根本没力气反抗，店里的客人全被吓跑了。老板叫人把赵铖轰走，秦卫兰低着头不说话。老板问她要不要去卫生所看看，秦卫兰赶紧把眼泪抹干，说自己还能工作，转身到柜台理货去了。

那晚，老板把秦卫兰叫到店门旁边，结清了当月的工钱。她茫然地站在外面，看着店门关上，老板只撂下一句——"明天你不要来了"。

二

1999年12月28日晚上，秦卫兰提出要回家看父亲，赵铖却不肯，"你回去就是想逃"。

两人再度争吵，赵铖抽出一把水果刀，在秦卫兰眼前晃着说："你就逃吧，我看你往哪儿逃，要是再敢逃，我就杀掉你，再杀掉你全家。"

"好，那你说到做到！"秦卫兰想起父亲，恨意腾起，她一把揪住赵铖的衣服，冲他大喊，"你现在就把我杀了，把我爸也杀了，全都杀了，不然你就是畜生。"

赵铖把刀扔在电视机旁，拳头打在秦卫兰身上，然后拿皮带抽。过了一会儿，他甩掉皮带，坐在床边抽烟。

"那把刀就放在电视机旁边，离我很近，长度差不多二十厘米，头是尖的，木柄，刀很锋利，平常赵铖用来削水果。"秦卫兰下床抄起那把水果刀，赵铖忽然觉察到什么，扑过去要抢，而此刻秦卫兰手里的刀已经向他捅了过去。

刀尖扎进了眼睛，赵铖捂住脸惨叫，鲜血汩汩地往外涌。慌乱中，秦卫兰把刀拔了出来，赵铖的脸已浸成血红。

"他揪紧我的衣服，嘴里喊着要杀掉我。我很害怕，就拿刀往他身上捅，不停地捅。后来他没动静了，手也松开了，我手臂那里全是他抓的血手印。"

秦卫兰忘了自己捅了几刀，手已经脱力了，杀意却越来越浓。当时血溅到脸上，她便闭起了眼睛，"只听见刀捅进赵铖身体里的声音"。

十多年之后，秦卫兰在提讯室里辨认死者照片，看到赵铖的那张脸，她神色惊惶，肥宽号服下的身躯像触电般剧烈战栗，紧接着她闭起双眼，过了半分钟，才缓缓说道："这个人就是我的前夫赵铖。我永远都忘不了他那只眼睛，是被我戳瞎的。逃了这么多年，我老是梦见他捂着流血的脸……"

其实那颗被扎伤的眼球，一直都在她的回忆里跳荡。

家门被赵东撞开，他看见哥哥趴在地上，又望见秦卫兰手里的刀，"嘴巴张得老大，吓得连续往后退"。秦卫兰想起那天他的狞笑，把刀握得更紧了，挥刀猛捅过去。

赵东正要逃，被刀伤了后肩，他尖嚎着蹿出屋。秦卫兰没有追，粗喘着环顾四周，发现整间屋子都是红色的。"满目血红"，是她对杀人现场最深的记忆。

后来，那份尘封十七年的现场勘查笔录也作出印证："房内中央见一具尸体，头西南脚东北，呈俯卧状，上身穿浅灰色睡衣，下身着蓝色棉毛裤。双脚赤足，脚底沾有血迹。尸体腰部西侧有一只方桌，桌上放置一台黑白电视机，桌面上有一把小刀，全长 27cm，刀上有血迹。"

秦卫兰拉开了抽屉，里面放着赵铖偷来的火柴盒。"我想逃出去，找火柴盒是想一把火烧掉这里。"

她先换了一身衣服，之后望着手里的火柴，这时血红色屋子的隔壁突然传来婴儿的啼哭声。秦卫兰动摇了，她又多了一个选项——去自首。

这时屋外飘着小雪，远处闪烁着红蓝色的光，"我不清楚那是警车还是救护车，以为赵东报了警，警察要来抓我，心里特别害怕，只想着逃去火车站"。

那个世纪末的雪夜，秦卫兰第二次出逃，从此踏上了十七年的逃亡之路。

三

逃到哪个地方，秦卫兰并没有想好，她在城郊的十字路口搭上一辆黑摩的。男人问她去哪儿，她愣了一会儿，说："往火车站开。"

刚开进市区，他们就看见一辆警车停在路口，男人怕遇上稽查扣车，提前把秦卫兰撂下了。"那时候我心里很慌，怀疑那辆警车是来抓我的，就一直往回走，拐到附近的路口，绕远路去了车站。"

当时公共汽车已停运，秦卫兰在寒风中走了很长一段路。这天，小城落了一场罕见的雨夹雪，秦卫兰耐不住，中途钻进一辆出租车，说她要赶火车，催司机快点开。

火车站的广场外，雪雨浸着路面，秦卫兰下车回头看，发现警察没有追来，刚才那红蓝色的光已融在了小城的雪雨中。此刻秦卫兰才发现，因逃跑的时候太慌张，自己只蹬了一双棉拖鞋，脚跟还露在外头，冻得有些发白。她只能紧裹住大衣，疾步走向火车站。

那是老火车站，为了迎接千禧年，部分楼层进行了翻修。广场大厅南面的出入口已经被临时封闭，秦卫兰在外头绕了一大圈，才进了嘈杂的候车大厅。一块大型时钟安在时刻表旁边，她抬头望了一眼——11：45。

"所有人好像都在看着我。我那时候害怕得像发了神经病一样，觉得所有人都是警察。"陌生的人群，一双双黑色的眼睛，仿佛能把她射穿。

秦卫兰低下头，不敢和任何人对视，她拖着发疼的脚，走得很慢，趴到售票窗口前，随便买了一张即将发车的车票，塞在衣服里面。直到十七年后被捕，她也不知道那趟深夜列车究竟开向何方。

站台在黑暗中被雪映亮，列车停靠在那里，绿皮铁门敞开，旅客鱼贯而入，秦卫兰被后面的人塞了进去。车厢太挤，秦卫兰只能站在厕所的门口，摸弄着冻疼的脚后跟。

列车鸣响汽笛，在白烟中进发。听着隆隆开动的声音，秦卫兰喘了口气，依旧不敢注视任何人的眼睛，怕引起怀疑。她吃力地站起来，凝望着窗外。"那天雪下得很大很大，看起来就像大白天一样。"她反复向舒好描述着，仿佛世纪末的那场雪在记忆中下了整整十七年。

秦卫兰累得蹲在地上，车厢晃动，不久她开始瞌睡。迷迷糊糊中，只觉得有人拍了拍她的肩膀，她吓得浑身打了个激灵，抬头看了看，原来对方尿急想上厕所，门被她挡住了。不知过了多久，秦卫兰再次醒来，火车还在铁轨上行进。

天没亮，车在兰州附近停靠时，秦卫兰下了车。"那时候，我不知道接下来去哪儿，在车站待了一整夜，太困就睡着了。醒过来的时候，发现钱包被偷了。"

秦卫兰被偷了800元，所幸她在衣服内侧缝了口袋，里面也塞了几百。

那几天，秦卫兰有时睡在酒店大堂的沙发上，但很快会被赶走。一天，她步行来到邻近的县城，看到有人放了烟花——千禧年到了。

秦卫兰急着找份活计，她问早点摊老板，附近哪里招工。老板说近几年工人下岗，工作难找，叫她到别处问问。此时一个女人打量着她，问："听你口音不像本地人，别人拼了命往大城市跑，你怎么来这种小地方？"

秦卫兰警觉起来，谎称自己来这里寻人，结果人没找到，身份证丢了。话刚说完，她就打算走，却被女人拦住。

女人说自己叫阿莲，还说秦卫兰找工作的事包在她身上，她从挎包里拿出一张纸，用圆珠笔写了一行小字，让秦卫兰晚上到那里找她。

秦卫兰问那地方要不要身份证，阿莲"扑哧"笑了，说："根本不需要那东西，你来了就知道。"

那晚，秦卫兰拿着纸条走进一座废置工厂的西南角，那里有一间歌舞厅，顶上悬着霓虹光球，音响破旧，座椅环绕四周，"南面坐男，北面坐女"。

秦卫兰茫然地站在摇摆的人群中，找了张椅子坐下，椅子是铁焊的，很冷。女人们穿着露肩的舞裙，秦卫兰在其中显得格格不入，换上浓艳妆容的阿莲一眼认出了秦卫兰，坐到她身旁。

阿莲介绍说，那里以前是城郊的国营钢厂，1997年厂子倒闭，西南面改建成舞厅，舞厅斜对面是工人俱乐部，"该拆的全拆了，只留下台球房"。阿莲又指向对面的座位说："你看到那些女的没？都跑到男人坐的地方，她们是过去找舞伴的。以后你跟我一样，陪男人跳舞，一晚上最少能挣几十，多的能挣几百。"

这时，舞厅里的音乐切换成了一首慢节奏的情歌，灯球暗下来，舞池中那些人影只剩下模糊的轮廓。灯光亮起的瞬间，秦卫兰看到一双大手在舞伴的臀部停留，像在揉面团。

秦卫兰立刻说自己不会跳舞，问这里还有没有别的工作，假如没有，自己马上走。

"你长那么漂亮，人倒挺老实的。我跟老板关系熟，过会儿帮你问，晚上带你去宿舍。"阿莲抚平舞裙，起身往南面走，"大家出来混都是为了钱，别把自己看得太重。"

秦卫兰到底还是留在了这里，她在舞厅做清洁工，擦拭那些铁椅子，清扫下面的瓜子壳，晚上住在阿莲的宿舍。那个房间里有张铁架高低床，阿莲的室友走后，上铺腾空，秦卫兰正好补上，房租平摊，"一开始我以为她是为了这个才帮我"。

阿莲成了秦卫兰在逃亡中遇到的第一个朋友，她却从不知晓"阿莲"的真名，最多问过这名字的由来：1995年，阿莲第一次出远门到广州打工，那时有首叫《阿莲》的歌很火。

2000年秋天，阿莲闯了祸。

那天她从舞厅出来，塞给秦卫兰一个小的黑布包，嘱咐她放进衣服里藏好。接着阿莲往回走，还没走几步，舞厅里冲出一个穿夹克的男人揪住她的头发，"咚咚"往墙上撞，又把她拖到地上骑着打。

秦卫兰没多想，捡起了过道上的扫把，她知道握杆尾端破损处有个尖锐的角，照着男人的左臂猛戳过去。阿莲趁机爬起来，拽着秦卫兰逃出了旧厂房。

男人叫骂着，在后面穷追不舍。她们忘记跑了多久，直到男人的声音消失，此时秦卫兰已"呼哧呼哧"，说自己再也跑不动了，阿莲才停下来。

秦卫兰问是怎么回事，阿莲蹲在地上边喘气边说："你……把布头……打开……就知道了。"

黑布包里藏着一条黄金手链，还有一个摩托罗拉的 BP 机。

以前，睡在阿莲上铺的舞女在舞厅偷了别人的东西就带到城里销赃，再也没回来。阿莲想学她，计划偷完这一次，就到城里谋生。"每天被男人摸来摸去，这活儿我不想干了。"

"你自己不想干，就把我拖下水？"秦卫兰正要发作，看到阿莲"呜呜"地哭，脸上到处是血痕和青紫的瘀斑，突然心软了，就问，"你现在打算怎么办？"

阿莲说，舞厅已经待不下去，就算那个恶男人没来找她算账，警察也会盯上她。眼下最要紧的就是逃离这个地方，到广州投奔她的表哥梅峒杰，"你跟着我吧，梅哥那里有钱赚，吃喝不愁"。

四

广州某婚介所门口，贴着一张张用水彩笔写的相亲资料，店内悬挂的红色条幅上写着"姻缘一线牵"。

梅峒杰戴着一副金丝眼镜，"看上去很精明"，站起来迎接她们两个。阿莲喊他"梅月老"，梅峒杰笑起来，眼睛眯成一条缝，说最近正好缺人手，要她们到婚介所帮忙。阿莲负责接待，秦卫兰负责打电话、寄信。

一天下午，一个中年男人踏进婚介所，望见正在打电话的秦卫兰，就对阿莲说："你就把这位小姐介绍给我，钱照付。"接着他留了约会地点，便匆忙离开。

秦卫兰还没反应过来，梅峒杰就鼓动她，说这个老板是重点客户，千万不能得罪，抽空跟他见个面，敷衍一下就好。阿莲也跟着附和，说约会不需要多长时间。

约会地点在一个茶室的二楼，秦卫兰说着阿莲提前给编好的背景故事，遇到实在不知道或者不想说的事，就礼貌地微笑。到了晚上，秦卫兰演得很疲惫，便借口说家里有事，要提前走。

当时，茶室周边的公交车很少，秦卫兰走回住处时，阿莲正在看电视剧。只见两个女警押着一个穿黄色号服的女犯人，准备执行死刑。秦卫兰嫌烦，把头别过去，叫阿莲把电视关掉。后来在谈话室，秦卫兰反复向检察官舒好提及那个场景，"我问了别人才晓得，那部电视剧叫《红蜘蛛》"。

阿莲觉察到异样，给秦卫兰"普法"说，拿扫帚柄捅伤恶男人不算严重，也过了那么久，"你放心吧，杀人才判死刑"。

秦卫兰沉默不语。

过了一会儿，她对阿莲说，自己在婚介所柜台前捡到一张身份证，名字叫田静，跟自己是老乡，但照片不对，怕别人看出来，能不能找人把自己的照片做上去。

阿莲说："这事好办，梅哥在广州的人脉很广，肯定能解决。"第二天上班，阿莲把秦卫兰拉到梅峒杰跟前，撒娇说："小兰为了保护我，前阵子在县城出了点事，现在身份证也弄丢了，不方便补，月老你帮着想想办法呗。"

梅峒杰说，他有个兄弟做这一行，就是要价高，费用得从小兰的工资里扣。

2001 年 9 月的一天下午，秦卫兰在百货商场旁的一棵大树下，第一次见到梅峒杰的兄弟——顾钢。

这个男人头戴一顶鸭舌帽，穿着灰色的外套，皮肤黝黑。他把身份证递给秦卫兰，又把她叫住，往她手中塞了点钱，说："你这个相当于半成品，用不了那么多钱，扣掉梅哥的提成，多的退你。"

接下来的日子，顾钢常来店里找梅峒杰，其实是借机看秦卫兰。他的话并不多，总给秦卫兰和阿莲带点心，等关系熟了，顾钢就每晚驾驶着破摩托送秦卫兰回家。日子一长，秦卫兰成了顾钢的女朋友。

阿莲很快就厌倦了婚姻介绍所的工作，她总是跟秦卫兰抱怨："那些男的长得跟癞蛤蟆似的，条件不好，要求还挺高。"当时"色情电话"正兴起，阿莲给秦卫兰看了一张报纸，中缝的广告栏印着暧昧的文字和美女照片，下方留着号码。她问秦卫兰做不做："只要在电话里头对着那些男人哼两下，钱就到手了。"

大约过了一周，阿莲给秦卫兰留了一张纸条，说她找到了比色情电话更好的财路，连哼都不用。面对阿莲的不辞而别，秦卫兰下意识地翻开自己的抽屉，发现里面少了 200 元。

她叹了口气，"还好没偷个精光"。

十几年以后，秦卫兰为了顾钢的事，联系了梅峒杰，才得知阿莲后来犯了事，2004 年在广东省女子监狱服刑。

五

2003 年冬天，秦卫兰跟着顾钢坐火车北上佳木斯。秦卫兰在一家面馆打工，顾钢白天也打工，晚上就在火车站附近伪装成旅客卖盗版碟，货是他从朋友"小青龙"那儿进的。

一天晚上回到家，顾钢捧着秦卫兰下的面条，说："小青龙说有个制作黄碟的作坊招代理，挣的比这个多，但我没吭声。以前我做假证，知道你对我印象不好，现在要是卖黄碟，怕你更瞧不上我，我宁肯少挣点。"

每每提及顾钢，秦卫兰游离的目光就会变得坚定而深邃，"父亲只让我念到初中，现在我也不知道该怎么表达。反正顾钢跟赵铖不一样，碰见他之前，我从来没被人爱过"。

她一直记得那些温暖时刻。比如，顾钢会给她打洗脚水，木桶落地，他却原地蹲着，手像捧着稀罕宝贝似的，认认真真地给她洗脚。还有一天夜里，顾钢把她带到饭馆，从怀里掏出一枚戒指。"他对我说，那一大箱碟片卖完了，他在建材厂当工人，偷学了朋友的手艺，亲手为我做了这个指环。外面的环是不锈钢材质，镶的是玻璃，他给我戴上，大小合适。接着拿起酒杯问我，愿不愿意跟他过一辈子。"

顾钢成了秦卫兰的第二任丈夫，但他们并没有领结婚证，酒席也没办，"我们的性格很像，他（顾钢）不太喜欢讲话，也不喜欢交朋友。平常联系的只有'小青龙'和梅峒杰。一开始我没在意，直到后来才知道他在老家也出过事"。

在一起的时候，只要秦卫兰问到顾钢的过去，他就很不耐烦，又不想朝她发火，便走到门口去抽烟，半天都不理她。秦卫兰知道他心里有事，但她不知道，那是一个惊人的秘密。

顾钢也偶尔问她："为什么听你的口音不像河南人？以前是做什么的？"秦卫兰说自己的老家在两省交界，此后便陷入沉默。

久而久之，他们保持着某种默契，不再探询对方的家乡，在那个遥远又陌生的地方，封存着他们不愿被触摸的记忆。

一年后，秦卫兰怀上了顾钢的孩子，却因为不小心在雪地上滑倒，孩子没了。那段时间，她整天在屋里发愣，顾钢劝她别放在心里，少了孩子，两个人也能活得好。

2009 年左右，顾钢带着秦卫兰迁到四平。

这是秦卫兰潜逃的第十年，她患了特殊的毛病，"一看到警车，牙齿就打架"，而梦境常年被赵铖霸占，"梦见他变成发僵的尸体，我背在身上甩不掉，压得喘不过气"。

舒好问她："那你后悔吗？"

"不后悔，后悔也没啥用。不管是我杀掉赵铖，还是跟顾钢在一起，我都不会后悔。逃了十几年，我最后悔的只有一件事。"

2010 年的深秋，顾钢开了一间杂货铺，秦卫兰在骑车进货的途中撞见一个乞讨的小女孩儿。孩子的鞋面开了大口，露出了冻红的脚趾头。秦卫兰弯下腰，问她多大，却发现小女孩眼神懵懂，似乎听不见。秦卫兰并不嫌小女孩脏，在她的手心里塞了张五元纸币。

等进完货，小女孩儿还是孤零零地坐在那儿，秦卫兰动了恻隐之心，买了两个肉包，蹲下来喂孩子吃。小女孩望着她，咬了两大口，呜呜地哭了。

秦卫兰想，孩子可能是想母亲了，便轻轻地给她擦眼泪，可自己的眼泪却止不住地流，"我这个人心很软，看到那个小孩子受苦，就忍不住掉眼泪"。

她又给小女孩喂了点水，想把女孩领回家。可顾钢听完描述，并没同意，但也有些心软，便掏了点钱给她。于是，秦卫兰一有空就去给这孩子送吃的，"只当做点好事，给自己赎罪"。

那个小女孩怔怔地望着她，拿残缺的手指比画，秦卫兰看不懂，只能干着急。她怀疑是人贩子把她拐卖到这里，再砍断孩子的手指，以博取人们的同情。

"我想报警，但又不敢，还是怕被抓。过了四五天，那个小孩不见了，我不放心，每天都去找，再也看不到人影了。也不知道她后来怎么样，想想就难过，觉得自己无意中又造了孽。"秦卫兰告诉舒好，那几天她经常梦见自己牵着孩子残损的小手走在湿滑的雪路上，接着女孩站在原地，哭喊着向她挥别，随后便消失了。

六

2016年国庆节刚过，秦卫兰买菜回来，隔着很远，就看到一辆警车停在楼房门前，几名警察刚下车。她觉得这些警察要抓自己，身体不由自主地往后缩，转头溜进右边的窄巷，一走出巷口，便撒腿狂奔，塑料袋里的菜沿路掉了一地。

秦卫兰跑到距离最近的车站，蹲着歇了会儿，陷入矛盾之中：

"以前我问过顾钢，从这里去郊区的长途客运站要两个多小时，打车去火车站最快也要一个小时，我突然不知道该逃去哪儿，更舍不得丢下顾钢。想打他手机，又怕自投罗网。但这些都不是我最害怕的，最怕警察把我杀过人的事告诉他。这个秘密我藏了十几年，他肯定接受不了。"

秦卫兰在附近漫无目的地走着，此时手机响了。她握着手机，猜测这个陌生号码的来源，犹豫了半分钟，电话挂断。一分钟没到，对方又打来了。

电话那头是个陌生男人的声音，秦卫兰回忆说："对方问我是不是叫田静，我心跳得很厉害，说是的。他说顾钢是个假名字，原名叫王志华，是他们通缉的逃犯，叫我赶紧到他说的地方去做笔录。"

"他犯过什么事？"秦卫兰想起顾钢曾在十多年前制作过假证。

"你丈夫以前在厂里杀过人，具体不方便多讲，你赶紧过来。"对方回答。

秦卫兰还想问，通话已被挂断。才走了几步路，她就走不了了，眼前的车来车往已变得模糊，像贴着莹亮的毛玻璃。

接着，秦卫兰蹲在地上哭了很长时间，手机又响起来，她干脆关机。

1999 年杀人的那个雪夜，秦卫兰曾怀疑自己的遭遇都是命运使然。小时候，父亲在村里找人给她和弟弟算命，算命的说秦卫兰命不好。"我从来不信，也不认命。"可命运并不仁慈，没有放过她。

逃亡的前两年，秦卫兰想过自首，可遇到顾钢以后，就逐步放弃了自首的念头，"在心里一遍一遍求老天爷放过自己，让我跟顾钢踏踏实实过日子，没干过其他坏事"。

顾钢的秘密和秦卫兰的一样，具有很强的破坏力，足以摧毁她脆弱的神经。

"现在逃还来得及。"秦卫兰这么想着，却又萌生了一个更为坚定的想法——比如跟顾钢见面交代一件事，但不能在派出所。

秦卫兰先回到空荡荡的家，随后电话响了，是梅峒杰的号码。对方说婚介所现在成了相亲网站的线下俱乐部，准备开设分店，这段时间他在出差，正好离秦卫兰不远。

秦卫兰说完顾钢的事，梅峒杰沉默了一会儿，之后就约秦卫兰在汽车站附近的川菜馆碰面。梅峒杰问她有什么打算，秦卫兰说自己无论如何都要跟顾钢见上一面，但不知道该怎么做。

梅峒杰说："这事我能办，给我点时间。"

次日上午十点半，梅峒杰在微信上给秦卫兰发来一张公安文书的照片，表明顾钢当前羁押在看守所，而他称自己认识看守所的领导，可以帮忙安排他们会见，但要 5 万元的"疏通费"。

"5 万太多了，梅哥你能不能跟领导商量一下，能不能少点？"秦卫兰有些犹豫。梅峒杰责怪她不懂规矩，说疏通关系的钱也叫"感谢费"，既然是感谢，怎么能跟领导讨价还价。

他信誓旦旦，向秦卫兰保证："跑得了和尚跑不了庙，店都在那里开着，我跟钢子有十几年的交情，还能背着良心骗你吗？"接着又说，

"顾钢的事就是我的事，这样吧，你准备3万，剩下2万我先替你垫付，你也别着急，以后慢慢还。"

梅峒杰提了要求，说"感谢费"最忌讳在线转账，"那会留下流水"，要她到银行取现钞交给他。秦卫兰取现后，梅峒杰又望着秦卫兰手上的戒指，叫她取下来，"别急，这个先让我保管，等你还钱以后再物归原主"。

过了几天，秦卫兰想询问进度，发现微信已被梅峒杰拉黑，电话也无人接听。

"那时我可以吃这个哑巴亏，逃到别的地方，不管顾钢。可我跟顾钢过了十几年，他对我的好我忘不了，有感情的，那笔钱还是我们两个人的，我想要追回来。还有梅峒杰拿走的戒指，不值钱，但这个是我们的信物。"后来，秦卫兰告诉舒好，自己之所以被梅峒杰骗，是因为他说能安排见面。

"为什么要急着见面？"舒好很不解。

秦卫兰有些迟疑，吞吞吐吐："我想给他递个小纸条……"

"上面写什么？"

"听别人说，揭发别人犯的案子，可以给自己争取减刑。我想把以前杀人的事情告诉他，让他拿去立功，不然他这条命很可能保不住。我知道他接受不了，这也是没有办法的办法。"

听完这番话，舒好叹了口气。

七

当时，秦卫兰以为梅峒杰发来的照片是拿小钩钓大鱼，"那是国家的公文，下面盖红公章，总不可能是假的"。

于是，秦卫兰按照文书上的抬头，乘车赶赴看守所，她不确定这次会不会白跑一趟，只能赌一把。

看守所位于偏远的郊县，秦卫兰下车后，问了几个路人，最后搭上一辆电动三轮车到达目的地。

她在高墙外待了一整天，没想到任何办法，只看见一个释放人员走出铁门与家属拥抱。天色暗沉，她有些疲乏，蹲在看守所对面的石桥边休息。不一会儿来了一位自称姓戴的律师，以为她要请律师，就问了她的情况，秦卫兰跟他讲了梅峒杰诈骗的事。

"这份文书一看就是假冒的，横线上面通常都是仿宋字体。"律师瞄了一眼梅峒杰发的照片，向秦卫兰解释说，"你这事儿符合立案条件，如果公安不立案，你就到检察院申请立案监督，实在不行你就走'刑事自诉'，我擅长做这块业务。"说完，他递给秦卫兰一张名片。

"可现在也没钱请律师了。"秦卫兰摇了摇头。

过了几天，她在5公里外的农舍租了一间简陋的屋子，月租400元不到，"只能先找个地方躲起来，再想别的法子"。

最终，秦卫兰还是没能找到梅峒杰，反而在2016年11月5日，阴差阳错地落网了。

当天下午，秦卫兰想进城找人打听顾钢的事，在一个服装市场门口，有一群人在围观什么。隐姓埋名逃亡十多年，秦卫兰养成了一些特殊习惯，譬如每次望见警车就会绕道走；平常深居简出，除了买菜，几乎很少出门；性格好静，更不会凑热闹，可那天她却鬼使神差地走过去，随意扫了一眼。

她看见一个穿黑衣的精壮男人连续抽一个女人耳光，女人摇摇晃晃地摔倒在地，腰腹还挨了几脚。秦卫兰以为会有人制止，没想到围观的人却无动于衷，有的只顾拿手机拍视频，不去劝阻，也没人报警。

"你们为啥都看着呢？"秦卫兰质问身边的人。事后她交代称，十七年前丈夫长期的凌虐给她留下永久的创伤，见到当时的情形，她很激愤，在心里把被打的女人当成了自己，"根本就管不了那么多"，她冲上前抓住男人的手。

男人骂她多管闲事，两人随即扭打起来，秦卫兰吃了亏，脑袋被打得昏沉沉，只好抱住他的胳膊乱咬。挨打的女人爬起来，赶紧掏出手机报警。民警到场后，秦卫兰非常惊慌，正转身要走，女人却忽然拽住她，"什么叫不要紧？你为了帮我都被他打伤了，既然警察来了，咱们别怕他，一起去验伤，要他赔钱"。

秦卫兰的反常引起了一位老民警的注意，便将她带回派出所询问。耐不住老民警的攻势，秦卫兰最后承认了自己的逃犯身份。

公安局刑侦大队根据人像比对系统，确认秦卫兰属于在逃人员，同时根据秦卫兰提供的线索，很快就将梅峒杰抓获，当日对其刑拘。后经查明，梅峒杰有诈骗前科，而婚介所早在 2006 年就歇业了。

研读卷宗时，我翻阅到秦卫兰在公安阶段的讯问笔录，民警向她出示曾经的照片后问："你看照片里这个人是不是你？"

秦卫兰回答："这个人就是我，在外面十几年，我一下子老了很多。"

八

关押的头几天，秦卫兰拖着沉重的脚镣，痴痴地望着对面的灰墙，一言不发。见她不说话，犯人们对她很好奇，就在背后指指点点。

得知秦卫兰想给丈夫写信，铺头说："新来的，我可以告诉你怎么办，但你要帮我理床铺，先弄一个礼拜吧。"

按照示范，秦卫兰认真地整理了一遍，铺头却抬手又把床铺弄乱，劈头盖脸地骂："你是猪脑子吗？怎么还没学会？叠得跟狗啃的一样，重新再给我叠。"

秦卫兰很清楚，铺头这是在立威，久而久之，大家都会骑在她头上欺负她。除了整理床铺，她还要打扫监室，只有在管教抽查的时候，大家才会装模作样抢着干活。

同监舍有个女嫌犯叫高玲，她没有像其他人那样欺辱秦卫兰，在理床的时候，还悄悄帮她。一天中午，高玲实在看不下去，就劝铺头："要不就算了吧，你看她挺可怜的，戴那个很重的东西，脚脖子都磨破了。"

"你还心疼她？那以后你替她干。"铺头说。

"干就干，你也太欺负人了。"高玲刚顶完嘴，耳朵就被铺头拧了起来。这一切，都被秦卫兰看在眼里，她默默地放下手中的拖把，走到她们附近。

事后，她告诉舒好："被赵铖欺负，被梅峒杰欺负，我被欺负够了，变得什么也不怕。看到平常对我好的人受欺负，我脑子里的血像水烧开了一样。"

铺头还在辱骂高玲，根本没注意到身后的秦卫兰。很快，她的脖子就被一双手狠狠地掐住，拇指按进肉里，她剧烈地咳嗽起来。秦卫兰朝她怒吼："跟她说对不起，快点！"

所有犯人都被这一幕震慑住了，那些辱骂过秦卫兰的女人都缩在边上。随后管教冲进来，叫人把他们拉开。铺头对管教哭喊："她要杀人，要杀人……"

涉事人全被上了械具，舒好给她们做械具审查，而秦卫兰变得很平静，说话时面无表情："我没有异议。"

舒好发现她的脚踝被脚镣磨烂了，在流脓，便叫管教民警把脚镣弄松，又领她去看守所的医务室。途中，秦卫兰欲言又止，像有话想对舒好说，等回到第四监区，她终于开口："检察官，我能不能跟你说件事。"

"当时她（秦卫兰）成了监区的头号人物，情绪很不稳定，我正好想对她做谈话教育。"舒好后来回忆。

在谈话室里，舒好了解了秦卫兰的情况，有些为难：在监所这条线工作九年，犯人想跨省给其他犯人寄信，这在看守所从来没有过先例。

但是舒好不忍心回绝，便说道："那我们现在立个约定，你在这里要遵守监规监纪，不打架闹事，这件事我来替你想办法。"

"光有名字是不行的。"舒好在谈话结束后，知道顾钢的真实姓名叫王志华，但同名同姓的嫌疑人很多，于是她根据秦卫兰提供的其他信息，辗转联系上了当地的驻所检察官。

直到顾钢的案子判决后，舒好才从文书库中了解到大致案情。

"顾钢原名叫王志华，案子发生在1996年，正好是他的本命年。"舒好说。

那年，王志华所在的机床厂倒闭，为了工资和其他琐事，他的发小吴晨峰和车间主任扭打了起来。那天夜里，吴晨峰叫上弟弟和王志华，趁着主任独自走出工人宿舍的时候，把他拽到角落里拳打脚踢。

主任的反抗很激烈，只盯着吴晨峰打。见发小吃亏，王志华一时心急掏出了弹簧刀。角落光线偏暗，在混乱中刀尖插进了主任的喉结——出人命了。

1996年7月的一个雨夜，三个身披雨衣的男人乘着一辆灰色皮卡驶入一间废弃的旧厂房，车上还放着一只鼓胀的蛇皮袋。车停稳后，王志华解开蛇皮袋上的绳子，里面是一具蜷缩着的尸体，早已被雨水浸的发白。

随后，他们从车上抄出铁锹，在厂房北面的空地上挖出一个圆坑，把尸体扔进去，填埋，随即驾车离开。

王志华开得很快，驾驶室无人说话。驶出工业区，王志华对吴家兄弟说："喉咙这刀是我捅的，但大伙都知道你们跟他结了梁子，他一失踪，别人马上就会怀疑你们两个。你们赶紧逃，我送你们去火车站。"

"那你自己怎么办？"吴晨峰的弟弟问。

上一年冬天，王志华的父亲得了脑卒中，瘫在床上没人照顾，他只能带着父亲一起逃。与吴氏兄弟在车站分别后，王志华回了趟家，在皮卡后面装了遮雨棚，垫了厚厚的褥子，连夜载着父亲赶到陕西宝鸡——

他有个朋友在那里做啤酒生意。他平常会先给父亲喂饭、换尿布，然后再帮朋友开车送货。

1997年夏天，王志华的父亲去世了，王志华就离开宝鸡去了河南。途中车况异常，汽修店的伙计说里面的机器已经报废，维修不划算，王志华便低价把旧皮卡卖掉，在附近招了一辆过路的面包车。

此时，王志华全身上下仅剩几百块钱和半包烟了。在洛阳的那段日子，曾是工厂技术标兵的他无处施展技术，扛过大包，也给别人做过帮工。2000年春节过后，王志华去了广州，认识了做推销的梅峒杰。

"那时候我没有稳定的收入，想找个赚钱的活路。梅峒杰给我介绍认识了一个做假证的，那个人说自己有套做假证的设备要转让。我身上正好攒了点钱，就把那套东西盘了下来，每星期二晚上8点，我到那个人的屋子里，跟他学如何制作假证。他有个半成品的身份证，人名叫顾钢，我就冒用这个人的身份，那是我做的第一张假身份证。后来我认识了田静，一直跟她在一起，但没有做过婚姻登记。之后我和她离开广州，小城对户籍管得不严，我和田静就把户口迁在那里。"王志华供述称。

2016年，吴家兄弟在河南郑州落网。经过相关技术比对，警方确定顾钢就是当年旧厂埋尸案的嫌疑人王志华。

"该说的我都会说，但我有个请求，能不能再跟我妻子见一面。"这是王志华被抓获时说的话。

九

2016年11月中旬，秦卫兰的信写完了。在舒好巡监时，她主动要求约见检察官。

秦卫兰写满了信纸的正反面，其中有多处涂改，她告诉舒好，自己念的书不多，遇到不会写的生字就留出空格，由高玲填空，最后高玲替她检查了一遍，看到一半便忍不住落泪，顺手改了几个错别字。舒妤在审阅时，也修改了一个，"她把'得'写成了'德'"。

舒妤把信塞进牛皮信封，没有贴封口，正式寄出前，会有专门的例行检查，防止信件违规流出。

秦卫兰杀人那年，人们用的是 BP 机，如今是智能手机，而现在她的通信工具却恢复到最原始的状态。更没想到，这封要寄到王志华手中的特殊信函，要经历像她的逃亡一样的坎坷历程。

舒妤辗转联系上当地的驻所检察官，问能不能寄信过去。对方听完情况后，也表示有些为难。这并不像检察业务往来，只要用传真机就能完成，嫌疑人的信件涉及诸多方面，跨区寄信还好办，但跨省信函在程序上相对严格，"因为写信的也是嫌疑人，而不是家属，这种情况我们以前也没遇到过。为了安全起见，我跟领导汇报一下，有消息会通知你"。

"大约要多长时间？这个犯人比较急，向我提过很多次，信件内容也已经核查过，没有涉案和敏感信息。"舒妤催促了几句。对方只说"尽快"，便挂掉电话。

几天过去，对方没有回音，秦卫兰又问舒妤："检察官，信寄出去了吗？"

舒妤可以编织一个善意的谎言，说信已寄出，然后默默地把信丢进垃圾桶，"但我不愿意骗她，秦卫兰和王志华都属于重刑犯，这也许是他们最后一次联系"。

听到信没寄出，秦卫兰很失落。舒妤怕她受到影响，违反监规，便约谈了同监室的高玲，了解秦卫兰的近况。舒妤观察到，高玲一开始很平静，后来越说越伤心，眼角闪动着莹亮的东西，在棕色的桌面上留下几滴水印。

她告诉舒妤，秦卫兰平常话不多，连架都没吵过，更别说主动打架闹事。秦卫兰担心高玲晚上吃不饱，经常把自己的馒头掰成两半，"大的留给我吃，小的给自己"。前阵子高玲犯肠胃炎，也是秦卫兰在照顾她，而且"兰姐这人不记仇，那些欺负过她的人，也很服她"。

在高玲的印象中，秦卫兰是坚强的，在里面从没哭过。但最近，她常常在半夜听见秦卫兰发出隐隐的抽泣声，只有短促的十几秒，此后便归于静默，正如她往常那样。

高玲平常会给秦卫兰的脚踝涂药，但很害怕看见那副沉重的镣铐，因为这是重罪的标配，意味着秦卫兰会离开她，进而离开人间，去一个遥远的地方。

高玲对舒好说，看守所这堵高墙像善与恶的分界线，可到底什么是善，什么又是恶，这个问题她无法说清，也想不明白，只希望秦卫兰可以多陪她一会儿，那样她"心里觉得踏实"。

谈话结束，舒好走出房间，望着监区一排排灰色的铁门，还有尽头的铁栏窗透出来的光，思索着从检九年来一直在想的问题：人究竟是什么？

舒好对寄信的事很上心，经过她反复的催促跟进，那封信终于坐上了专门的速运列车，寄往王志华所在的看守所。过了几个星期，秦卫兰迟迟没有收到回信，舒好担心那封信会不会石沉大海，又致电了那名驻所检察官。

对方回复称，就在前两天，王志华因为身体原因被送往市监狱医院住院治疗，这封信先转交给看护他的民警了。

"还是来晚了。"舒好说。

2016 年 12 月，秦卫兰的案子由公安移送检察院报捕。我在提讯室见到了秦卫兰，她看起来心事重重，凝视着我身后的白墙，像凝视着一片虚无。

提审持续了将近两小时，对秦卫兰而言，那是一段煎熬的时刻，再也没有比重放那些经历更加残酷的了。辨认死者照片时，她的头猛然转向别处，闭起了双眼。

我对她说："当年法医鉴定，赵铖身上被捅了十七刀，然后你从家中潜逃，时间长达十七年。"

"为什么正好都是十七呢？"秦卫兰眼神疑惧，随即低下头自言自语，"看来这些都是天注定。"

在那个阴冷的冬日，提讯室一片昏黑，她那张面孔突然显得更加苍老。

十七年的光景，当年的县公安局几经搬迁，那个发生凶案的现场已成为大型游乐园的一部分，那些落后的厂房和村宅埋葬在人们过去的记忆里，新楼盘随之拔地而起。

提审快结束时，秦卫兰问我，王志华在坐牢，她的钱也全被梅峒杰骗走，实在请不起律师该怎么办。

"不要担心，法律援助中心会为你指派律师。"我对她解释说，"你被赵铖家暴的事实，在其他证人口中得到相互印证，加上你具有坦白情节，以后这些都会成为法院量刑的因素。"

秦卫兰松了口气，悄声低语："不知道还能不能见到他。"

那时我并没在意，这个"他"指的是谁。

后来舒好在日常巡监时，监区管教跟她聊到秦卫兰，说自己从没见过这么奇怪的重刑犯，以前犯下重罪的人一进来，容易想不开，不是闹别人就是闹自己。可秦卫兰刚关押的时候还好好的，现在却整天跟别人讲笑话，她们监室总会传出放肆的笑声。"你说她会不会受了什么刺激，精神出问题了？"

过了两天，秦卫兰坐进舒好的谈话室，讲了一段意味深长的话，大意是：命运其实就像赵铖那样的虐待狂，你哭得越惨，它就笑得越欢；你若开口便笑，它也就兴味索然。

听到舒好这段转述，我回忆起一个细节，秦卫兰接受讯问时，只要提到王志华，她就会哽咽，她常说："我和赵铖领了证，但他不是我的丈夫，我男人叫顾钢。"

秦卫兰落了泪，又迅速把眼泪擦干。在昏暗的提讯室，我看到她的面容变得沉郁而平静。然后她茫然地理着头发，耳根靠近下巴的地方，露出了当年赵铖施暴留下的伤疤。

提审完秦卫兰，我驱车驶离看守所。天黑得早，绵柔的细雪飘落在挡风玻璃上，一瞬间，我仿佛看见一个在雪雨中逃亡的女人。她逃的是警察，还是自己的命运呢？

那张憔悴的面容总是浮现在我眼前——泪水化成河流，却总会被擦干。

尾　声

最终，秦卫兰被判处有期徒刑十五年，而王志华则因提供梅峒杰的其他犯罪线索，被法院判处无期徒刑。

后来，他在服刑期间确有悔改表现，受到记功奖励。法院做出刑事裁定，将其"无期徒刑，剥夺政治权利终身"的刑罚，减为"有期徒刑二十年，剥夺政治权利五年"。

众生在残酷无常的命运面前，皆为亡命之徒。这对在漫长的逃亡中相依为命的伴侣，在各自的监狱服刑，谁也无法确定再过二十年，他们能否再相见。

迷奸杀人案中案

　　我的同事杜勇做过公诉人，他曾说，检察官真正的作用，应该是一个发声筒："正义并不沉默，只是遇到阻力，被迫消声。检察官要替死者、替那些被侮辱和损害的人们，发出自己的声音。"

我的同事杜勇做过公诉人，他曾说，检察官真正的作用，应该是一个发声筒："正义并不沉默，只是遇到阻力，被迫消声。检察官要替死者、替那些被侮辱和损害的人们，发出自己的声音。"

正如杜勇履新时受理的一起立案监督"案中案"里，几条"穿西装的蛇"极力掩饰着他们的阴暗面，而一个个女孩在他们丑恶的罪欲之中，沦为悲惨的牺牲品。而杜勇则勇敢地为她们发出了自己的声音。

一

2018年初冬，检察院实行内设机构改革后，杜勇调去了立案监督部门，此前他做了十年的公诉人，办过许多大案，经常在电视新闻里出镜。

刚到新部门不久，杜勇就遇到了一桩棘手的案子。那天上午9点多，杜勇接到一个电话，是控申（控诉申诉）大厅的老朱打来的，说大厅外面站着一个老太太，自称叫"曹桂芳"，指名要见杜勇。天气湿冷，零星的细雪打在老太太的银发上，老朱想搀着她往里面引，可还没踏出门，老太太突然扑通一声跪在地上，对老朱说，要是见不到杜勇，就一直跪到天黑。

　　好事的人们在门外围观，老朱让大家赶忙散了，又打电话向杜勇求救：
"杜检，您认得这个老太吗？"

　　"曹桂芳……"杜勇念叨了一会儿，说还真不记得。

　　杜勇赶到控申大厅，赶紧去扶曹桂芳。老人见到了杜勇，这才吃力
地爬起来，说："我是为女儿周雪萍来的。"

　　"周雪萍？"杜勇还是没想起来是谁。

　　"我前天去过律师那里，是蒋律师叫我来找你的。他跟我说，这个
案子他接不了，说你调到新部门，让你给看看我女儿周雪萍的案子。"

　　"蒋宏伟？"杜勇问道。曹桂芳怔了一下，随后点了点头。

　　蒋宏伟是市里的大律师，杜勇曾和他交过手，"在法庭上，这是一
个难缠的宿敌。我当时也不明白老蒋这次到底想干什么，还以为他输给我，
心里不服，想再试探一下我的能耐"。

　　杜勇带着曹桂芳步入大厅中央，让她讲讲诉求。也许是老太太年纪
大了，讲了十多分钟，一直前言不搭后语，杜勇听得云里雾里，只能抓
取几个关键词："杀人""强奸""逍遥法外"。

　　曹桂芳说，女儿出事之后，自己像患上抑郁症，"想哭也哭不出"。
每到后半夜，她便独自枯坐在床沿，凝望着老伴挂在白墙上的照片。平
日里，她有时精神恍惚，意识不清，情绪一激动，就无法正常表达。

　　杜勇问她有没有文字材料。曹桂芳这才突然意识到，前天把材料落
在律师事务所，律师给她打过电话，但她忘了接，材料也没拿回来。曹
桂芳急坏了，杜勇安慰了几句，说这件事好办，"我等会儿给老蒋打个
电话就知道了"。

　　杜勇让曹桂芳在登记簿上写自己的家庭住址，无论情况如何，他会
书面告知检察院的处理结果。不料，曹桂芳却说："地址不用留了，我
过几天还会来这里。杜勇检察官，我相信你会给我女儿讨回公道。"

　　回到办公室，杜勇拨通了蒋宏伟的电话，这才搞清楚整个案件的来

龙去脉。

曹桂芳的女儿叫周雪萍，在一家名企做行政工作，自称长期受到领导朱正嵘的性骚扰。2018年8月的一个雨夜，周雪萍说自己在公司加班结束后，被朱正嵘强奸，但出于种种顾虑，她当时并没有选择报警。此后，她常常受到朱正嵘的骚扰和威胁，周雪萍忍无可忍，最后做了傻事，想要捅死朱正嵘，结果杀人未遂被刑拘，"后来案子被移送到你们检察院"。

"那周雪萍被批捕了没有？"杜勇随口问道。可蒋宏伟的回复让他大跌眼镜："没有。我找人问过，她患有精神疾病，案子的承办人向法院做了强制医疗申请。老太太觉得朱正嵘肯定强奸了自己的女儿，否则女儿不会动手要杀他，就去派出所报了案。派出所认为事情已经过去了很长一段时间，老太太手头也没有证据，女儿也被抓了，所以就没立案。"

当时，曹桂芳跑了几个律所，都没有结果，后来她在法制新闻里看到了关于蒋宏伟的报道，托人在网上查了律所地址，辗转找了过来。

不巧那几天，蒋宏伟正好在电视台录制节目。每天一大早，律所刚开门，曹桂芳就进来等着，茶饭不进。负责接待的见习律师只得给蒋宏伟发信息，让他务必回来一趟，蒋宏伟这才听曹桂芳讲了情况。

"那时候我听完，也挺同情这个老太。曹老太以前是知青，支援过边疆，回城以后，退休金也不高，现在女儿又在强制医疗所。她想给女儿要个说法，让侄子把存折里的钱全部取现，怕付不起律师费，还管亲戚借过钱。我看到她又瘦又小，背着一个大号的黑色行李包，里面放着现金，样子很可怜，就让助理给她叫了一部网约车，想把她送回家。"

"那你怎么让老太太过来找我？"杜勇有些疑惑。

"这个你别误会，我这不是踢皮球，也没必要。前阵子我听同事说，检察院搞部门改革，你调到了立案监督办公室，这个案子你们有管辖权。而且这个案子，不给个明确的答复，老太太是不会死心的，到时大家都烦。要是案子有了新进展，以你的性子和人品，也绝对不会袖手旁观。法庭上，我们俩是对手，打过几场仗，私下里，我相信你的为人。"

蒋宏伟告诉杜勇，这个案子最难办的是——第一，周雪萍患有精神分裂症，她控告朱正嵘强奸的事情，无法被有效证实；第二，老太太一口咬定是朱正嵘强奸了女儿，她找人联系过周雪萍以前的同事，很多人都说不知情，或者保持沉默。

曹桂芳的控告案与周雪萍故意杀人案存在关联，于是杜勇在业务系统中调阅了周雪萍案的强制医疗案件审查报告，获知了案情的全貌。

二

2018 年 8 月底，周雪萍的情绪忽然很低落，经常疑神疑鬼，说自己老是看到一个小男孩坐在旁边。曹桂芳询问后才得知，女儿在单位被领导玷污了。

在卷宗里，周雪萍供述称："朱正嵘骚扰女下属这件事，整个部门都知道的，已经不是一两天了，很多同事都被他骚扰过，申请调离部门，我刚来部门没多久，他就借口找我谈话，刚见面就摸我的大腿。后来有天晚上，我加班到 10 点多，下班的时候，朱正嵘还没走，说找我谈点事，却不让我去办公室，而是在一个类似于消防通道的地方，那里有很多废弃的纸箱，没有摄像头。朱正嵘把我按在那里，捂住我的嘴巴。他的上衣没脱，裤子却解开了。我想推开他的身体，叫他不要碰我，但他的力气很大，最后把我强奸了。他放开我以后，那些纸板箱都倒在两边，我抓过一个挡在前面，躲在后面哭，看他提裤子、拴皮带，对着我笑。"

随后朱正嵘还威胁说："你就报警吧，我知道你也不敢。我认识公安局的领导，到时候吃亏的还是你自己，饭碗都没了。"

周雪萍对承办人说，自己当时很胆小，确实怕朱正嵘日后给自己"穿小鞋",只能忍着委屈。从那以后,每天上班她不得不面对朱正嵘那张嘴脸,觉得自己"活得没有尊严"。她总怀疑自己被朱正嵘骚扰,同事们实则都看在眼里,却集体保持沉默,没有一个人愿意站出来帮她。那些曾被朱正嵘欺辱过的女人,如今却"用一种幸灾乐祸的眼神"看着她。

再往后,每到下班后,周雪萍都躲在厕所里不敢回家,生怕撞见那个"笑脸恶魔"。她坐在马桶上偷偷地哭,不敢哭得太大声,怕别人听见,直到单位的同事几乎全都走光,才逃也似的回了家。

周雪萍说她怕母亲多想,总把自己锁在屋里。有时母亲敲门询问,她就说自己工作压力大,"想要一个人待会儿"。某个失眠的深夜,她看了一部国外的犯罪电影,血色炼狱般的镜头扎进心底,她产生了杀人的念头,"想一刀一刀把他凌迟"。然后她就看见一个穿白色短袖的小男孩坐在床沿,两条小腿荡在床边,对她说:"姐姐,你应该杀掉他。"关于这个"他",周雪萍确定是朱正嵘。

不久后,周雪萍就在附近的大卖场买了一把水果刀。

案发当天,周雪萍穿着一件白色外套和淡蓝色破洞牛仔裤,刀藏在咖啡色的包里。那天中午,朱正嵘再次把她叫到办公室里,还问她:"为什么背着包进来?"

周雪萍默不作声,静静地看着朱正嵘那张油腻的脸在正午阳光的映射之下,显得猥琐又滑稽,她不禁"嘿嘿"笑了起来,神情有些怪异。后来她对警察和鉴定人员说,自己在那一刻又听见了小男孩的声音,在她耳边说:"就是他,你要杀掉他,杀掉他……"

周雪萍的怪笑声让朱正嵘心慌,他赶紧叫下属把这个疯女人拉出去:"快点打精神病院的电话,这个女人疯了!"听见身后有人进门,周雪萍来不及多想,连忙抽出藏在包里的刀,挥刀猛砍他的头。朱正嵘吓得蜷缩在角落里,用转椅抵挡在身前,几个男同事合力拽住周雪萍,朱正嵘的助理报了警。

目击同事对警方描述称："被警察带走时的周雪萍披头散发，像女鬼一样，很吓死人的，她大声朝我们喊'你们为什么不救救我呢'。"

周雪萍的案子被移送到检察院，承办人问她："你觉得自己的精神状况怎么样？"

"我觉得自己在精神方面没什么不正常的。我父亲是有精神病的，有时候我看到一个小男孩坐在我身边，可是我不敢对别人说，也不想去医院检查，怕别人在我背后指指点点。"周雪萍回答。

2018年10月底，周雪萍被刑拘，之后经过司法精神病鉴定，被送往市强制医疗所采取临时保护性措施。曹桂芳证实，周雪萍的父亲患有精神分裂症，十五年前死在了郊区的精神病院里。

看到这里，杜勇叹了一口气。

次日9点，曹桂芳又来了。这次她坐在控申大厅，一见到杜勇，就急切地起身问他："检察官，我女儿的案子有希望吗？能不能把那个畜生抓起来？"

杜勇摇了摇头，说由于证据不足，而且周雪萍患有精神病，存在被害妄想的症状，派出所具有充分的不立案理由。检察院的书面答复已经拟好，正在报上级领导审批，马上就会寄到曹桂芳的手中。

"你是检察官，你懂法律，可我只是个普通老百姓，我不懂法，只想替我女儿讨个说法。女儿在外面受欺负了，哪个母亲会不管呢？"曹桂芳抹着泪，说得咬牙切齿。

杜勇只得继续安抚："将心比心，如果是我的女儿被坏人欺负了，我肯定也会愤恨，这是人之常情。可正因为这样，我才不敢轻易跟你许诺，说朱正嵘一定会被抓起来。没证据，咱们不能冤枉任何一个人。"

曹桂芳不再说话，她失望地看了一眼杜勇，转身走出大厅，步履蹒跚。那是个灰暗无光的冬日，控申大厅外面行人稀少，阴冷的风声像呜咽，杜勇望着老人佝偻的背影，心里有些发酸。

"法律人眼中的世界是由证据构成的，这话不假。可这不代表检察官是冷冰冰的机器，那样就没人味了。"后来杜勇告诉我，自己原以为曹桂芳控告的案子就此尘埃落定，没想到却迎来了转机。

三

没多久，杜勇受理了一起立案监督案件，被控告人正是朱正嵘，"这一次控告人叫董燕，事由和曹桂芳替女儿反映的一样，还是控告朱正嵘强奸"。

董燕在控告材料中反映，2018年10月底的一天晚上，公司的人几乎走光，自己也快要下班了，朱正嵘在只有他们两人的办公室里，忽然抓弄她的右胸部。随即两人争吵后推搡起来，朱正嵘把她压倒在身下，即将进行强奸时，由于董燕的激烈反抗而未遂。事后朱正嵘让董燕不要报警，称自己愿意花钱私了，但董燕依然决定去派出所报案。然而，派出所却不予立案——董燕身上没有伤势，且朱正嵘反复声称两人是情人，此前也发生过性关系。

杜勇很快受理了该案件，他认为公安的不立案文书中虽然写有被害人董燕没有伤势，但实际上董燕的脖子和手腕上有掐痕，案发后的当晚她让家人拍了很多照片，可以与她的指控相互印证。其次公安机关存在尚未全面搜集证据的情况，要求其说明不立案理由。不久，公安局专门送达回函，并命令民警对朱正嵘展开调查，最终将其刑拘后报捕。

杜勇赴看守所提讯朱正嵘，这位某名企的小领导给他留下了深刻的印象——"我在公诉干了十年，有老实坦白的，有胡搅蛮缠的，有哭闹耍泼的，还从来没见像他这种的。"

杜勇说，那天上午他自己站在监区门口，等管教民警带朱正嵘来。

监区采光不好，光线昏暗，所有人像站在阴影里，很快，就看见一个灰黑色的人影慢悠悠地挪着步子，看上去迟疑不决。快要靠近管教的时候，朱正嵘开始抬手梳理头发。

"这个人很注重形象。手头没有梳子，他就赶在戴手铐之前，给自己简单打理一下，不让自己看起来太颓废。"杜勇事后回忆称，朱正嵘有一张标准的国字脸，高耸的鼻梁上架着黑框眼镜，右眼有点斜视，头顶已半秃，露出油汪汪的头皮，刚才他从左边匀过去轻薄的一撮发丝，显得欲盖弥彰。

踏入提讯室，朱正嵘也不着急坐下，像领导视察一样，仰头扫视着室内环境。杜勇打开中间那道铁门，指了指不锈钢的讯问椅说："坐吧。"

朱正嵘刚坐定，就用力清着嗓子，十指交叉，嘴巴微张，似乎正要准备发言。

杜勇见状又好气又好笑，估计朱正嵘在单位当惯了领导，哪怕到了看守所，也要虚张声势，把接受讯问弄得像领导开会。结果朱正嵘开口第一句话，把杜勇问得有些懵——"我能不能投诉？"

"你要投诉什么？反映看守所的问题，你可以联系这里的驻所检察官，或者我帮你代为转达。"杜勇说。

朱正嵘摇了摇头，说："我不是要投诉这个。毕竟是看守所嘛，床铺挤了一点，伙食也一般。我是想投诉民警。"

"你要把话讲清楚，到底是投诉看守所的管教，还是你案子的承办民警？"杜勇察觉到朱正嵘想绕弯子，声音变得冷硬，"别纠结这些没用的，来说说你的案子吧。"

"我要投诉民警陈智宾，公安承办人。检察官你自己也可以问他，这个强奸案我是不认的，那是被他吓得，我在公安那里做的笔录都是假的。"朱正嵘的表情"看起来恶狠狠的"，说得脸红脖子粗，全然没了刚才的"风范"。

"陈智宾他把你怎么了？"杜勇认识陈智宾，那是一位经验丰富的老民警，肩章两杠三星。凡是他承办的案子，都查得很细，证据过硬，也从没有刑讯的情况。

"这个警察他骂我，而且骂得很难听。"朱正嵘继续"投诉"。

"他是怎么骂的？有没有发生刑讯逼供的情况，你必须讲清楚。警察刑讯逼供可不是闹着玩的。你不要有顾虑，也不要冤枉陈智宾。"杜勇平静地说。

"刑讯逼供倒是没有。"朱正嵘摇了摇头说，"就是凶巴巴的，把我吓得都不敢讲话。"

杜勇不再理会，直接问他："你对自己的案子有什么想说的？"然后示意身边的助理准备做笔录。

朱正嵘直呼冤枉："强奸传出去多难听，到时候就算法律还了我清白，名声也臭了。我请了市里最好的律师，是蒋宏伟的徒弟，叫他赶紧给我办取保候审，我要告董燕诽谤。"

"你以前是不是有个叫周雪萍的下属？"

此时，朱正嵘故意清了清嗓子，反问道："她跟我的案子有关系吗？"

"有人向我们部门控告，说你在今年 8 月某天晚上强奸了周雪萍，这件事是否属实？"杜勇说。

"怎么可能属实？周雪萍这个人平常就神经兮兮的，我怎么会去招惹这个祖宗？估计是有些人看我晋升了，就想往我身上泼脏水，见不得人好嘛。"

"那你跟董燕又是怎么回事？"杜勇转回原来的问题。

"我跟董燕其实是情人关系，以前上床也是她自愿的。那晚我们吵了一架，我跟她的身体是有接触的，但绝对不是强奸。"话刚说完，朱正嵘又重复了刚才的话："我是被冤枉的。"

"你们的聊天记录可不是这么说的。"杜勇说。

"什么聊天记录？"朱正嵘有点吃惊。

"董燕在案发后提供了你们的微信聊天记录和通话录音。你跟她说过，不要报警，最好用钱私了。有个地方要提醒你：对于这个案件，案发情况正常，董燕也经过公安询问和市院的测谎，排除了报复陷害的可能性。如果确实存在强奸行为，这种情况叫未遂。同时根据董燕的陈述，你的案子也有保底罪名，叫强制猥亵。"杜勇凝视着对面的朱正嵘，故意放慢语速。

朱正嵘陷入沉默。半分钟后，他叹了一口气，把那天夜里对董燕犯下的罪行一五一十地全部交代了。

朱正嵘被检察院批捕之后，杜勇向公安机关制发了一份继续侦查提纲。

在提纲中，杜勇首先要求民警将董燕的110报警记录附卷备查；其次"进一步排除朱正嵘笔录中的矛盾点，比如朱正嵘称自己是董燕的情人，但董燕矢口否认，要询问朱正嵘为何要在这个问题上撒谎"；其三是按时间顺序，重新梳理朱正嵘和董燕在案发前后的微信聊天记录及通话记录。

等到杜勇第二次提审时，朱正嵘已经顾不得形象了，油黄的秃顶彻底暴露在外面，像骄傲的公鸡被砍了红冠。态度也不像初审那样"摆出一副大领导的派头"了，反而不住地叹气，目光闪烁，跟杜勇对视的时间不超过半秒，便把视线转向别处。

杜勇指着身边的助理小程，提醒朱正嵘说："现在他在笔记本上打的是终审笔录，你有什么想要坦白的，就要尽快说。"

朱正嵘在审讯时全程都很配合，"我现在非常后悔，愧对自己的家人，希望到时候检察官可以跟法院说情，争取减轻自己的处罚"。

"认罪认罚不是嘴上说说的。"杜勇想起周雪萍的母亲曹桂芳，对朱正嵘讲，"周雪萍说你强奸了她，这件事你再回想一遍，想起来了就说实话。"

"可能有吧……我好像记不得了。"朱正嵘说周雪萍在他面前发过精神病，自己都快被吓傻了，不记得自己有没有做过。

"到底有还是没有？自己做的事，现在记不清楚了？"杜勇厉声说道。

朱正嵘搔着油腻的头顶，说："我跟你讲实话，其实我在性方面有点问题，顶多对她毛手毛脚，在心里头过过瘾，但是我真的没有强暴她。她自己有精神病，虚构了一个故事，这个不能赖在我身上。"

"有没有检举揭发？"杜勇问他。按法定程序，办案人员通常在审讯即将结束时，要问这个问题。

在杜勇以往的经验里，大多数嫌疑人会直接说"没有"，另一些嫌疑人急于立功，却忘记对方的真实姓名，只记得绰号，最后徒劳无用。还有少部分人的检举揭发，往往能引爆另一桩藏匿的隐案，杜勇未能料到，朱正嵘就属于最后一种——

"我要揭发我的领导丁之盛。"

四

说出那句话时，朱正嵘的表情像是刚搬完重物一样疲惫，似乎经历了很大的思想斗争。他交代称，自己是由丁之盛提拔上来的，对这个贵人又敬又怕：敬的是丁之盛在公司的地位，甚至有同事传言他常年和官员们打交道，人脉四通八达；怕的是丁之盛的为人，在朱正嵘的供述中，丁之盛的性格阴晴不定，"而且用药品迷奸过别的女人"。

"讲得具体一点，什么时候开始的？"杜勇心里一沉。

"2018年夏天吧，具体时间我真的记不清了。"朱正嵘向杜勇交代称，丁之盛和他私交很好，周末两人经常去郊野钓鱼，"我们两个男的，聊久了就喜欢聊点荤的东西。那天上午我告诉他，前阵子我加入一个聊天群，里面的内容都很刺激，之后就把他邀请进了群。"

丁之盛进来后不久，群主准备散群，让成员们使用一款冷门的聊天软件。成员们平常在新群里分享偷拍和迷奸视频，聊天使用暗语，比如"0.25"、"七"和"力水"。朱正嵘不解其意，"反正就感觉他们已经开始在做犯法的事情"。

"那你明知他们是在犯罪，为什么还参与进去？"杜勇问。

"如果你知道了我的经历，就知道背后的原因了。"朱正嵘立刻开始痛诉起自己生活不易：人到中年，他自认是一个失败者，老婆骂他没出息，混了大半辈子也没什么动静，还为了"无性婚姻"跟他闹过一次离婚。女儿被送到国外留学，也不给他打电话，似乎很不待见他。

朱正嵘说，自己一直活得很压抑，就想找点刺激，偶然间加入的社群便成了最合适的宣泄渠道。

当然，他同时还在为自己狡辩："是被那些人（成员）带坏的、传染的，自己在性方面存在某些障碍，可越觉得自己不行，就越想证明自己。"这个欲念产生后，他便忍不住把身边的女下属当作猎物。

朱正嵘说自己后来才知道，群里聊的那些东西都是国家严格管制的精神类药品，也就是传闻中的"迷奸水"。"他（丁之盛）用账号私聊过我，说他想买这些东西，不方便收货，叫我用自己的号帮他弄。我已经意识到这些东西是犯法的，可这个时候，也没办法拒绝他了。"

"你们之间的聊天记录还能找到吗？"杜勇皱起了眉头。

"找不到了……"朱正嵘也突然意识到了什么，神情懊丧，"那个软件不保存聊天记录的，他后来也注销了。"

"转账总不可能还用这些软件吧？你们有没有这方面的交易流水？"杜勇问他。

这时朱正嵘没说话，过了好久，才轻声细语地说："我看他有这种特殊癖好，正好公司那阵子要搞人员调动，我想再升一级，那些迷魂药就当成给他的贿赂，也就没让他转账。丁之盛说买了以后他要试试，我不知道他讲的试试是不是拿女人下药，后来我们聊天才知道他已经做了见不得人的事情了……"

提讯室的气氛变得凝重起来。朱正嵘表情很惊恐，杜勇的眉头也越蹙越紧——若朱正嵘的供述为真，那么丁之盛涉嫌的是一桩隐案，隐匿的聊天软件、迷奸药水、代替收货，这些都让深挖的难度加大，加之强奸案现场的特殊性，并且被害人被迷倒后意识不清，或者案发后不愿报案，这些限制因素都会让取证遭遇重重阻碍。

"那你是怎么知道他迷奸过别人的？"杜勇振作起精神，继续追问道。

"因为他用别的软件跟我提起过这件事，看上公司里几个年轻的女孩。后来我跟群里其他人聊天才知道，原来丁之盛私下里跟卖药的人交流很频繁，还私发过一些迷奸的视频，来满足自己的性刺激。我就让对方把视频发过来，一开始他要 50 元，我在支付宝给他转了账。我看了那个视频，差不多两分钟不到，发现那个女人就是公司里的同事，也难怪他（丁之盛）没发在群里。"

那天之后，杜勇很快将朱正嵘提供的线索材料移交给了公安局。"丁之盛相当于朱正嵘的同案犯。"经过开会讨论后，部长将丁之盛的案子指定给杜勇承办。杜勇也预感到，自己将面临一个难缠的对手。

丁之盛被刑拘后不久，他的案子被公安机关移送检察院提请逮捕。

杜勇告诉我，提讯时与嫌犯面对面，总免不了要对视。过去，杜勇曾对视过很多眼睛，有刚步入社会的大学生，也有耄耋之年的嫌犯，有的茫然呆滞，有的轻蔑，有的躲闪，可唯独丁之盛的眼神，让他印象深刻，"人莫予毒，非常嚣张的眼神"。

如杜勇所料，丁之盛交代不诚，"颠倒黑白的功夫远超过朱正嵘"。没多久便开始抗拒审讯，杜勇的态度也越来越严厉。很长一段时间，丁之盛都把头仰靠在铁椅子上，高扬起自己的下巴，"用一种蔑视的眼光"睨着杜勇，说："这个案子关系到你自己的前途，市里的领导，我都认识的。你一个小检察官，不要以为这么点证据，就能办得了我。"

面对丁之盛的轻蔑，杜勇并不气恼，反而给了他一个微笑，然后说："这种无力的威胁代表抗拒审讯，这只会对你日后的量刑有影响。只要触犯刑法，该判刑就得判刑，这跟你认识检察长还是政委没有关系。不管你上头有什么人，我们的背后有国家。你也用不着说这些废话，公安他们会继续侦查。"

眼看施压无效，丁之盛不免有些恼怒，他强装镇定，提讯陷入漫长的沉默，一直熬到审讯结束。在签字确认笔录的时候，丁之盛抬头瞅着杜勇，鼻子冷哼一声。

那次审讯后，杜勇的确经历了一系列莫名其妙的怪事。2018年11月中旬，杜勇刚开车进检察院，保安就拦住他，说有他的快递，今早刚到。杜勇将包裹拆开后，发现一些精致的礼品和一张购物卡。他提着包裹就走进了院纪检办公室，纪检组组长让他像固定证据一样，对着礼盒拍了几张照片，建议他将礼品原路退回。

杜勇联系了快递公司，此时他的座机响了。对方自称"是丁总的朋友，以后也是你的朋友"，还说"今天是小的见面礼，希望您行个方便，我们不会忘了您的功劳"。

"不知道你是从哪里知道座机号码的，也不知道你要我立什么功劳，我只知道你以后再这么骚扰，很可能会坐牢。"杜勇说完，扔下话筒。

电话刚被掐掉，杜勇又接到一个电话，是蒋宏伟打来的，一接通杜勇就毫不客气地说："老蒋，你徒弟给朱正嵘当律师，为了弄一份刑事谅解书，老是纠缠着董燕，这事我正想要找你算账。今天我还接到一堆莫名其妙的电话，你到底想干什么？我的电话是不是你给他们的？"

听完杜勇遇上的"怪事"，蒋宏伟也沉默了。

"既然接了这个案子，我就办到底。"杜勇在电话里斩钉截铁地对蒋宏伟说，"你知道，这个社会上有很多阻力，人们的嘴巴有时候会被捂住，猜到的人不能明说，知情的被逼得只能沉默。两天前我就通知市局了，这一次，我们要公检联合，把案子彻底查清楚。"

"那时候老蒋还说我，那么多年了，我这个臭脾气还是没改。我说，法律从来没有明文规定过，说检察官不能有自己的脾气性格，法律人首先他应该是一个人，是有血有肉、有爱有恨的活生生的人，不是一台只会报法条的机器。有些事可以妥协，有些事绝对不能退让。刑诉法规定，综合全案证据，排除合理怀疑。没有证据，不能冤枉任何人。但只要这个案子事实清楚，有证据链，就一定要把他（丁之盛）抓起来。"杜勇后来告诉我。

就在那天下午两点半左右，杜勇的座机又响了。公安那里传来捷报：一名叫"程江"的嫌疑人要揭发丁之盛的罪行。杜勇顺口问道："他想要揭发丁之盛什么案子？"

"杀人。"

五

就在半个月前，110指挥中心接到报警称：郊区的荒草堆中发现一具女尸。当天上午10点13分，公安局刑侦二支队赶赴现场。根据现场勘查笔录，女尸躺在草堆中央，躯体被肮脏的彩条布掩盖，身着一件黑色的工作制服，衣物口袋有被翻动的痕迹。

由于案发现场位置偏僻，草堆旁边是一条无名小路，附近并未增设道路监控，这给案件的侦破带来难度。因为无法确认尸源，公安局在案发地及周边发布了协查通告。同时，民警对工作服的品牌和款式做了调查，联系县里的服装厂。负责人说，这种制服是当地一家名企专门定制的，由厂方直接发货。

民警前往调查后，起初该公司里的员工都摇头说"没印象"，后来人事部的经理看了照片，才说："这是我们的实习生，叫刘娅，在我们公司实习了一个月不到。后来有天晚上，她给我发微信说老家有急事，以后就不来公司了。那时我很生气，说要走正规流程，好歹写个请假单吧？没想到她就把我拉黑了。"

有同事称："前一个星期，公司办了一个酒会，快结束的时候，我看到程江跟刘娅聊了一会儿，后来他们两个就不见了。"

程江是公司的一名业务员，有时给丁之盛当司机。自从那天酒会结束后，丁之盛就把他换掉了，程江自己也不见了踪迹。民警经过综合研判后认为，这个程江有重大作案嫌疑。

次日一早，办案队火速赶往程江的户籍地将其抓获。程江到案后供述，自己逃回老家，是为了看家人最后一眼，见儿子娶了媳妇，心里就踏实了，正准备到当地派出所投案自首，"没想到你们的速度那么快"。

"知道我们为什么找你吗？"民警在押解之前问他。

"知道的，到时候我检举揭发可以争取减刑吗？"程江连忙追问道。得到肯定的答复后，程江一坐进讯问室，开口就说："我要检举一桩杀人案。"

程江供述称，案发当晚，丁之盛吩咐程江在晚会结束后，把刘娅叫到自己的办公室。"那天丁总跟我打过招呼，晚上由朱总当他的代驾，他们俩要在车里谈点私事，不方便让我在场，叫我自己先行回去。"

程江刚准备离开公司，忽然想起来有东西落在丁之盛的车里，于是中途折返到停车场，看到车辆还停在那儿，就径直走过去。刚走到那里，他就隔着车窗望见丁之盛惊恐万状的脸，后座上还躺着昏迷的刘娅。

"丁总很生气，问我为什么突然回来。我说有东西落在车里了。他警告我，今晚的事不准对任何人说，不然会找人做掉我。然后他说刘娅的鼻子早就没气了，现在送医院抢救也来不及了，叫我赶紧开车把她（刘娅）扔到没人发现的地方，还让我把事情做得干净一点。事后他会在我的账户里打 20 万元作为辛苦费。"

"当时为什么不报警？"民警问他。

程江沉默了一会儿，说那段时间他的儿子正好要娶媳妇，张罗酒席需要用钱——"看到丁总许诺说要打给我 20 万元，我就动心了，觉得他不可能反悔。接着他把刘娅的手机塞到我手里，叫我应付她的家人。我开车到郊区，后座那里躺着一个死人，我心里变得很慌张，一时想不到合适的抛尸地点。后来我想到有个地方是荒野，全都是杂草丛，没有摄像头，平常也没什么人。我就把刘娅的尸体扔在草堆里面，想用打火机焚尸，可又怕被人发现，就马上开车跑了。后面几天，我都心神不宁的，20 万元一打到账上，我就跟单位请了假，连夜逃回老家了。后来我自己用手机查了才知道，帮人抛尸也要坐牢的，何况我手上还拿着刘娅的手机，迟早会被抓住。"

"那时候我真是没想到，丁之盛的案子深挖到最后，竟然涉及一条人命。像这类重大案件要报送市检察院管辖，在这之前，我要去看守所找丁之盛再做一次笔录，用来写报送意见书。"杜勇告诉我。

2018 年 12 月，杜勇在看守所里第二次见到了丁之盛。

"你的案子要报送给市院管辖了。"

丁之盛显得不耐烦，急忙找到讯问椅坐下，说："我问了驻所检察官，他说律师给我办取保是不可能了，这是怎么回事？"

"是不可能了。"杜勇说，"刘娅你认识吧？你们公司的一个实习生，长得很漂亮，在公司酒会上当过主持人。"

丁之盛摇了摇头。

"那程江呢？你不会把自己的司机都忘掉了吧？"杜勇追问。

丁之盛挑了挑眉毛，装作一副不屑的样子，对杜勇说，程江背地里说他坏话，让他很失望，就把程江赶回老家了，这是他们之间的私事，"你们不能干涉这个"。

"那你买0.25是怎么回事？"杜勇问他。（这个"0.25"学名叫三唑仑，是"迷奸药"的一种。）

丁之盛歪着头，反问道："我承认自己确实交易过这些药品，那是因为我睡眠不好，这也犯法吗？"

杜勇对他干脆做了释法说理："原先有人揭发你使用三唑仑迷奸女同事，这其实涉及两个罪名，一个是欺骗他人吸毒罪，是你的手段行为；一个是强奸罪，属于目的行为，这时候你属于牵连犯，择一重罪处罚。但是现在，案件性质不同了，你涉嫌一桩杀人案。"

"什么杀人？"丁之盛这时候有些坐不住了。

"刚才跟你提到过，你的案子由区院报送给市院管辖。有人揭发你杀害了公司的实习生刘娅。"杜勇说。

丁之盛有些慌乱地说："那是刘娅她自己中毒死的，怎么可以说我杀人呢？"

"那她矿泉水中的三唑仑是你放的吧？这其中存在因果关系。"杜勇看着他。

那一刻，惊恐、怀疑、不屑，这些情绪充斥在丁之盛的眼神之中，他的面部不住地抽动，显得恐怖而又狰狞。

讯问即将结束，杜勇看着丁之盛说："我办了十几年的案子，最看不起两种人，一种是欺负小孩的，另一种就是欺负女同志的。对于这个案子，我会依法办事。另外，单纯从我个人的角度……"

说到这里，杜勇刻意停顿了一会儿，发现丁之盛也直勾勾地盯着他。"我看不起你！"杜勇凝视着对面的人。

尾　声

2018 年 12 月下旬，法院对朱正嵘的案子开庭审理。那时检察院"捕诉合一"刚实行不久，杜勇的名字出现在派员出庭通知书上。

庭审当日，杜勇的老同事江国华与他坐在公诉席。江国华和杜勇既是同事也是同学，当年一同毕业于一所政法大学的刑事司法学院。从他的描述里，我得以了解到庭辩中最激烈的交战环节。

交锋中，控辩双方就案件情况展开辩论。辩护律师对杜勇指控的罪名提出异议，他认为：朱正嵘平常与董燕关系暧昧，并且根据当时的情形判断，朱正嵘是在"半推半就"的情况下进行的，"董燕这时的态度是默认的，不能算违背妇女意志"，因此不应当认定强制猥亵罪或者强奸罪。

杜勇驳斥了对方的观点："法律尊重女性说不的权利，因为这关乎女性的尊严。被告人朱正嵘首先应该把董燕看作一个有人格尊严、能对自己身体做主的人，而不是纯粹把对方当成一个泄欲的玩具。被告人自以为能读懂女人的内心，认为董燕'嘴上说不要心里是想要的'，这是一种主观猜测，并不能作为客观的出罪理由。他做出这些犯罪行为，没有体现对女性的尊重，同时公安民警通过继续侦查后发现，朱正嵘说他和董燕属于情人关系，这其实是在说谎，根据以上这几点，他就应当承担自己的刑事责任。"

最终，法院采纳了杜勇的意见和量刑建议。

朱正嵘的案子办结后，此时丁之盛的案子已报请市检察院管辖。杜勇非常关注案件的进展，"丁之盛在终审笔录上辩解说，是刘娅自己中毒身亡，跟他没有一点关系，这时候市院承办人复核相关的鉴定意见，就显得尤其重要"。正如他所料，市院的承办检察官申请了"技术性证据审查"，为接下来的指控提供了有利的依据。同时，承办人在审查报告中提到了尸检的细节：

在终审笔录中，丁之盛辩称刘娅系药物中毒而死亡，主观上没有杀人的故意。而法医从刘娅的毛发中也确实检测出了三唑仑成分。

国内外发生过乙醇加三唑仑致死的案例，但均属于酒精过量，而据其他证人陈述，刘娅在案发前担任晚会主持人，并没有喝过酒，因此排除了酒精配合三唑仑中毒致死的情况。

更重要的是，尸检报告中载明："检见颈部表皮剥脱，左胸骨舌骨肌出血，甲状软骨板骨折，结合颜面部青紫，球睑结膜、舌根部出血点，心脏、肺脏表面出血点等窒息征象，分析认为死者系生前被他人扼压颈部致机械性窒息而死亡。"

同时，《法庭科学 DNA 鉴定书》中载明，在被害人刘娅颈部提取的生物痕迹，"证实不能排除为丁之盛所留"。

此外，承办检察官走访了市院法医技术科，主任结合案件材料，提出了专业性意见："通常来说，三唑仑是一种相对安全的药物，致死的案例非常少。在这些死亡案例中，往往伴有全身性血液循环障碍、脑水肿等特征，与尸检报告的描述并不相符。"

杜勇看完报告后，长叹了一口气，"根据丁之盛在终审笔录的供述，当时他在会上喝过一点酒，与刘娅聊天前，在事先准备好的矿泉水瓶中投入三唑仑，至于最后为什么会掐死刘娅，丁之盛一直没有说，我们也不便做主观推测，具体要看法院的判决结果。最让我惋惜的是刘娅，25岁是一个女孩最好的年华，丁之盛把刘娅给毁了，他必须付出代价"。

根据朱正嵘提供的线索，市公安联合网警对贩售管制药品的社群展开全面侦查，收网后抓获嫌疑人 7 名，缴获三唑仑、地西泮等管制药品，多名嫌疑人涉嫌贩卖毒品罪、欺骗他人吸毒罪、强奸罪和传播淫秽物品牟利罪。

　　最终，朱正嵘和程江分别被判处两年和一年半有期徒刑，丁之盛被判处死刑，此后丁之盛坚持认为量刑过重，在看守所写了上诉书。市检察院受理后认为，案件事实清楚，证据确实、充分，适用法律正确；丁之盛的上诉理由没有相关的法律支持，建议二审法院驳回上诉，维持原判。

　　案件并未就此终结。丁之盛在上诉彻底无望后，主动检举出当地一名官员涉嫌受贿的罪行，当时监察委已对那名官员采取留置措施。

　　而杜勇心里的石头并没有完全落地，刘娅的父母由于罹患多种疾病，在女儿遇害后，生活失去了重要的经济支撑。杜勇得知这个情况后，联系控申部门帮助这对老夫妇申请了国家司法救助金，还给曹桂芳写了一封信，告诉她，朱正嵘已被法院判刑。随后，杜勇委托心理治疗中心为她的女儿周雪萍提供援助。

　　杜勇还记得，曹桂芳告诉过他，女儿终于绽放出了笑容，她自己却哭了。

儿子被杀后，一个父亲的
万里追凶路

　　虽然一脸凶相，"看人像瞪人"，但陈平说话的语气却非常温和。他向林凯详细供述了自己为给孩子报仇，耗费近七年的时间孤身一人走遍了全国十几个省份的经历。

2014 年 3 月的一天，我的同事、驻所检察官林凯在第三监区巡监，他像往常一样打开检察官信箱，看到一封特别的信件——信写在一张卫生纸上，部分字迹已经模糊，落款地点是 312 监室。

那天下午，林凯约谈了写信的犯人。在指挥室门口，管教民警跟犯人确认姓名："叫什么名字？"

"陈平，公平的平。"犯人体型高壮，拖着沉重的脚镣，步伐很慢，声音异常沙哑，他转头注视着前面的林凯，眼神犀利。

虽然一脸凶相，"看人像瞪人"，但陈平说话的语气却非常温和。他向林凯详细供述了自己为给孩子报仇，耗费近七年的时间孤身一人走遍了全国十几个省份的经历。

陈平最后说："我想求检察官一件事：孩子在几年前被人害了，我报了仇以后还在追，凶手还差最后一个。手头还有一些线索，想提供给你，要是不找到他，我死了眼皮也合不上。"

一

陈平一直随身带着一张儿子陈小华的红底一寸照。这是他从幼儿园档案卡里扒下来的，照片的背面是他用蓝色圆珠笔写的"5·23"。

"我这辈子都忘不掉。"在谈话室里，陈平举起戴铐的双手，向林凯展示他的左小臂内侧，那里也有这串数字，是他自己拿刻刀弄的，其中一个数字已被烫疤遮住。

2006 年 5 月 23 日，是陈平见到儿子的最后一天。早晨 8 点，小华给他看了一张蜡笔画，他忙着出门送货，随口夸了几句。小华还缠在他的身边，吵着要他买陀螺，陈平在儿子的脸蛋上亲了一口，说晚上就买，便匆匆出了门。

那天晚上下班后，陈平开着面包车准备回家，想起白天对儿子的许诺，便到附近的玩具店里买了一只陀螺。回到家后，妻儿却不在家，他拨了妻子叶红云的手机，电话刚接通，妻子哭吼的声音像根针，直直地扎进耳朵里："你晚上到哪儿去了？电话为什么关机？"

那天陈平的手机刚好没电了，妻子哭了好一会儿，才颤声说出一句："儿子丢了……"

陈平立刻奔下楼，赶到派出所的接待大厅，看见妻子全身淋透，独自坐在铁椅上，头发还在滴水，嗓子已经哭哑了，呜呜地念着："没了，没了。"

几个小时前的傍晚时分，叶红云在厨房烧菜，小华和平时一样，在家门口跟其他小朋友打闹玩耍。叶红云以为有其他大人看着孩子们，就没有多留心。到了饭点，她见小华还没回家，就在楼道里看了看，却没见到儿子的身影。外面下着雨，她顾不上打伞，赶紧在楼房外面找了一圈，还是没找到人，便急着去派出所报了案。派出所民警调取了监控，视频里，一个身穿黑色短袖的中年男子拿着玩具把小华骗走了，随后抱着孩子上了一辆邻省牌照的灰色面包车。

当时该案的承办民警叫郑亮，他告诉陈平，四年前在市里出现过一个贩童团伙，按买家事先定的条件，通过拐骗和硬抢，把弄来的男孩卖到福建。嫌疑人这时候可能已经出省，他们正在报请跨省联捕。

陈平听了郑亮的话，等了几天无果后，便关掉了夫妻俩经营的五金铺子，带上妻子连夜开车去往福建。他在拉货的车子外面，张贴上提前印好的小华的照片，底下印着他和妻子的手机号码。

抵达福建后，陈平在白天"巡街"，载着孩子的照片，穿梭在陌生又嘈杂的大街上。等到夜幕垂落，他开到长途客运站"趴活"，跟呼啸而来的稽查队打游击战，借着四处散烟的机会，向车站人员和其他黑车司机打探消息。

"老婆那时候一直发呆，经常在半夜里哭，有点像小华刚出生的时候。"陈平被吵醒了，舍不得说妻子，只能搂住她，"就像哄小华那样哄她，我自己看着也想哭，却哭不出来"。

叶红云还是哭得很厉害，陈平觉得劝不住，就默默走到阳台边，扯出塑料凳干坐着，一晚上能抽一包烟。

陈平在谈话室里回忆，到了2006年10月，小华被拐了将近半年后，郑亮给他打了电话，说嫌疑人抓到了，叫他们赶紧回来一趟。

当日清晨，叶红云曾问他，右眼跳是不是灾，"我叫她不要瞎想，没想到电话一打过来，我自己就蒙了"。

陈平以为抓获了嫌疑人，小华也就有了下落，很是振奋，赶紧追问孩子的消息。电话那边的郑亮却开始变得吞吞吐吐，后来干脆沉默了几秒钟。

陈平是个烈性子，催对方"有话快说"。郑亮在电话里长吐了一口气，说："我可以跟你讲，你要想好怎么跟妻子说，自己千万不要冲动。"

"快说吧，我和老婆马上就去找。"陈平已经很不耐烦了。

"嫌疑人说买家不想要了，他们就在回去的时候，在山坡上把小孩摔下去了。孩子的尸体现在还没找到，我们联系了那边的公安局，到山底下搜查了。"郑亮说，"你先不要急，赶紧回来一趟。"

二

根据陈平提供的信息，林凯在文书库里查到了相关的判决书。

拐卖小华的嫌疑人叫严壮声，福建龙岩人，他在到案后的供述是："我本来是不想做的，还是因为生计，以前我坐过牢，出来找不到什么工作。老乡曹远洋叫我跟他卖小孩儿，说这种生意有钱赚，那户人家要得急，开的价比别人高。曹远洋还有个兄弟叫李纹易，一开始说不做，后来也入伙了。"

三个人很快分了工：曹远洋负责策划和联系买家，严壮声来物色合适的小孩，李纹易当驾驶员。在案发的两个星期前，严壮声就盯上了小华，常常趁叶红云不在旁边时，故意逗弄楼门口跑来跑去的孩子，跟孩子谎称自己是楼上的租客。

严壮声说，那天下午自己拉着小华匆匆逃了一段，就上了面包车，车子开上高速，"遇上好大的雨"。曹远洋坐在副驾驶，跟李纹易一直在抽烟，车内充满烟雾。"我和小孩坐在后面，小孩估计被呛到了，老是咳嗽，说他想回家吃饭，我们都没有理他，他就哭了。曹远洋没耐心，回头叫我打小孩耳光，我不肯打，怕打坏了人家就不要了。后来李纹易说小孩可能肚子饿了，他不知道从哪里摸出一包饼干，叫我弄给小孩吃。"

车开到福建境内，小华开始呕酸水，严壮声起初以为是小华晕车。秽物的酸腐味弥漫在车里，曹远洋闻了，又骂了小华几句。这时严壮声才发现孩子面色煞白，把手心搭在他的额头上，"那时小孩在发烧，我的手摸上去好烫"。

到了山区，地势复杂，车上不去，他们就下了车，带着小华步行去买家所在的山村里。走到半路，小华突然蹲了下来，又是一番呕吐，曹远洋催小华赶紧站起来……

"我怕小孩这样，别人肯定不想买了，就说给他先买点药。曹远洋骂我为什么早点不说，现在这个地方根本弄不到。李纹易看小孩实在可怜，就给小孩喝了几口矿泉水，小孩刚喝几口，又吐了，后来李纹易就一直背着他。"严壮声交代。

当那个姓王的买家看到小华的时候，起初嫌孩子年纪偏大，等小华又呕了一地，他就摇头说"不想要了"，直接关上房门。曹远洋猛踹了几脚，无论再骂出多么难听的话，那个买家都不理睬。

三人只好步行到山坡。山下乱石交错，蜿蜒着一条河流。曹远洋站在山坡边上俯瞰了几分钟，叫李纹易把小华放下来，说："这个小孩儿不能送回去，他已经认识我们了。"

小华蹲坐在地上，不断地干呕着，说自己的"肚子很难受"。曹远洋还在气头上，把小华抱起来，让小华背对着自己，接着在山路边上捡了一块碎石，杀死了小华。等严壮声和李纹易反应过来时，小华已经被抛到乱石成堆的山底了。

"那个小孩就是曹远洋弄死的，我和李纹易根本没有参与，更没胆子做。"严壮声说，李纹易和曹远洋吵了一架，就自己开车跑了，他和曹远洋徒步走了几公里，才到了长途汽车站，"曹远洋说他去厕所拉屎，后来就找不到他人了，我也不知道他逃到什么地方了"。

三

判决书中有警方的现场勘查记录：山下地面北侧 13 米处是一片泥滩，散布着杂草和乱石，距离严壮声辨认的山坡高度落差二十米左右，泥滩附近有一条东西流向的河流，东为上游，河流的西面有一座石桥，东南面坐落着一家水泥厂。

最初的两天，警方的搜索持续到黑夜，十几道手电的光柱层层交叠，织成一张白色的光网，笼住黑魆魆的山间。可大队的民警连续搜了几日，把搜查范围扩大到山底的周边，还是没有找到小华的尸体。

"活要见人，死要见尸。"陈平当时给郑亮说，"就因为尸体找不到，说不定老天爷保佑小华，有好心人把他救了上来。"

民警沿着河水的下流方向，辐射周边的 5 公里，还向其他几个县公安局发出无名尸体协查，后来有户人家发现了河内的尸体，赶紧报了案。

郑亮向陈平传达了这个噩耗，并补充了严壮声的到案经过：严壮声以前因为诈骗罪吃过三年牢饭，和曹远洋、李纹易分开后，他直接去了河南投奔了曾经的狱友，在一次醉酒后不慎把小华的事吐露出来。不久后，他和狱友为了琐事争吵，狱友一气之下冲到派出所举报了他。

陈平跟叶红云道出了实情，叶红云得知真相后，也不说话，就一直捧着儿子的相框流泪。接下来的几天，她还是一直在擦相框的玻璃片，晚上坐在床头，夜不能眠。陈平想带妻子去医院看看，她也不肯去，最终被岳母接回了娘家。

家庭支离破碎，接连几天，陈平独自在漫漫长夜里失声痛哭，加上烟抽得凶，嗓音一下变得沙哑了。

"别人说我的嗓子很奇怪，就像人快要死了，嘴里含着一口血。整个家已经被彻底毁掉，凶手还在逃，这笔账不能就这么算了。"

曹远洋一直是"上网追逃"状态，陈平带着一条烟去找郑亮，还是想从他那里获取一点"内部消息"。郑亮拒收了香烟，说："你不会放过曹远洋，我们更不会放过他。我知道你怪我们联捕没弄好，但我真的不清楚，就算知道了也不能多说，你要是干出违法犯罪的事，这个责任我担不起。"

陈平给妻子打了电话，发誓自己一定会亲手把曹远洋抓回来，"那时候我不太相信警察，要抓到曹远洋，还是得靠自己"。

临走前，陈平带了两张照片，一张是小华的红底一寸照，另一张是曹远洋的通缉令照片，他把这张照片打印了出来。"通缉令上面的曹远洋是圆脸寸头，单眼皮，两个眼睛的距离很宽，塌鼻梁，下巴左边有颗痣。"

就这样，在案发那年的残冬，陈平开着自己那辆白色面包车，孤身踏上追凶之途。

第一站是河南，那里曾是严壮声逃亡的地方。其间，陈平说他遭遇过骗子，对方借着"私家侦探"的名头行骗，听说陈平的情况后，装出义愤填膺的样子，骗取了陈平的信任，称自己可以运用一些非常手段，查出曹远洋的逃亡轨迹，价格可以优惠。陈平追凶心切，便急着跟骗子谈价，对方开价5000元，陈平砍到了4500元，先预付了其中的2000元。

那个"侦探"收款后，给陈平讲了他的"技术方法"，还给了一张曹远洋的生活照，说这是"线人"发来的，当前的首要任务就是"锁定行踪"。一个星期后，那个工作电话就没人接了，陈平拿着照片找人一问，原来那张照片是人工合成的。

陈平很恼火，怀里揣着一根粗钢管，想把骗子狠狠修理一顿。他去了骗子所在的"工作室"，在那条幽暗的窄巷里，骗子早已窜到了别处。

尽管被骗了，但陈平说他有一些收获，那个骗子跟他透露了两个关键点：仅凭一己之力去追凶，这条路是行不通的，还是要花点钱，找有用的"线人"，人多好办事；追到凶手的时候，别自己动手，记得联系当地的警察。

往后两年多，追凶计划并没有丝毫进展。驶出第二站四川的前一夜，陈平把自己关在车里，抽掉了一盒烟，心里不由得打起了退堂鼓。他又拿着儿子的一寸照，孩子的脸蛋在烟雾中显得很不真实，翻过照片，只有那串数字很刺眼。他对林凯说："看到那个（日期），我心里就更加恨他（曹远洋），反正找两年是找，找十年也是找，只要还有一口气，就一定能抓到他。"

四

陈平的第三站是辽宁。"我听说曹远洋在那里出现过。我有个朋友在那里干货运,到他车队帮忙,我能养活自己,也能掌握城市的环境,继续找曹远洋。"

一个冬夜,车队司机们围坐着吃盒饭,陈平给他们散了烟。司机们都对这个来自南方的壮汉很好奇,看他面凶心善,便开始问东问西。陈平的嗓子不好,他的兄弟替他讲了家里的情况。讲到小华遇害的事,陈平突然有些哽咽,猛吸了几口烟。

队长听了很愤慨,烟头被他摔在地上,溅出几颗灼眼的火星。他的孩子和小华年纪相仿,能理解陈平痛失骨肉的悲苦。

陈平说,现在警方在全力追捕"那个畜生",没追到;他自己也在追,追了有两年多,也没追到。

"那我们也帮你找找!"这几条北方汉子一拍即合,答应陈平帮他在城市里寻凶。

"谁要是找到曹远洋,我哪怕借高利贷,也要奖励他5万元。"陈平独身寻凶,为了搜集线索,也是受尽冷眼,如今车队司机们的古道热肠,让他颇受触动。

"我们不要你的钱,抓到了就帮忙弄几个硬菜,队长以前帮警察抓过贼,办公室里现在还挂着一面锦旗。"一个司机说。

"陈平,你先别急着谈以后的事。"队长说道,"这年头有很多人跟你一样,别说千里追凶,万里追凶的也不少。有的追到了,有的没追成,追到的登上了报纸,放网上一顿吹;没追到的也就搭上了一辈子,你自己要做好思想准备。"

也有一些司机给陈平敲警钟:"追捕凶手这事吧,还是得靠公安,我们最多就是协助，但是先说好了，到时候真的逮到了，你也不能打他。要是把他弄成个残废，你自己也完了。"

给陈平打完了"预防针"，队长和司机们帮着他谋划起来。按照队长的吩咐，陈平先去附近的打印店，把曹远洋的照片复印了几十张，车队的司机几乎人手一份。他记得最牢的是队长手头的照片，"曹远洋"的额头上写着"枪毙"的红色字迹。

因为常年跑货运，司机们对城市的地理环境非常熟悉，在开车运货的同时，到处打听曹远洋的消息，有的还抓紧联系了其他车队的弟兄，让他们在其他几个片区多加留意，有的专门盯着棚户区，有的还去问了居委会。这个自发组建的追凶队伍逐渐壮大起来。

陈平回忆说，他们车队在集体追凶的过程中，闹过乌龙，让他付出了血的代价。话说到这里，陈平指了指他的右臂，林凯注意到上面有道疤，一条粗大狰狞的"蜈蚣"趴着不动，成为陈平铁血追凶的刻痕。

出事那天是一个夏夜，车队里的一位司机拉完货，到便利店买了包烟。在店门外抽烟时，他发现有一名中年男子，样貌神似曹远洋，正坐在夜排档的塑料凳上喝酒。当时他还不确定，掏出折好的通缉令，偷偷走到中年男人的前面，回头瞥了一眼，又赶紧看了看手里的照片。这时他不敢轻举妄动，就给陈平和其他司机打了电话，说他看到的男人像曹远洋，"越看越像"。

陈平接到电话后，驾车赶了过去。在双方交涉的时候，陈平发现司机认错了人，正给对方赔礼道歉，那个酷似曹远洋的人借着酒劲，抄起摔碎的半截酒瓶，去划陈平的脸，陈平急忙用手格挡，尖锐的切角在他小臂上割了一道口子，血不断涌出。

警方赶到现场后，把动手的男人带回了派出所。陈平用毛巾捂住流血的手臂，钻进司机开的货车，火速赶往医院，"血止不住，我就看着血全都流下来，车里面的腥味很重"，到医院后缝了14针。

粗心的司机过意不去，想给陈平一笔钱，陈平没收下，说自己的手还能动，也还算不幸中的大幸。

在北方的第二个冬天，有人又告诉陈平，曹远洋好像在河北出现了。动身的前一天，陈平怕别人留住他，就没有跟其他司机道别，只向队长简要讲了下情况。

队长说陈平干活很卖力，想留他再多做几天，等单位发了工资再走，到时和车队的兄弟组个局，弄一个追凶散伙饭，给陈平钱行，完事了以后，大伙再合起来凑点钱，作为陈平的"寻凶基金"，"男人出门在外没点钱不行，有钱才能办事"。

陈平说，他跟兄弟们学了个词，叫"大恩不言谢"，并把手里这叠钱放在办公桌上，数额不多，想拜托队长给车队的兄弟买点烟。

队长把钱硬塞了回去，说："这笔钱我来出。明早就跟大伙说，陈平赶到河北去追那个王八蛋，他留了笔钱，叫我买烟犒劳兄弟们。"

跟队长抽完了半包烟，陈平就上路了。

这是 2010 年，是陈平在各地辗转的第四年。

五

陈平四处托人打听，得知曹远洋以前在技校学过汽修，现在跟着他的哥哥曹远海在邢台的店里修车。接着，陈平先在河北邢台待了一段时间，几乎跑遍了城市里所有的汽修店，给他劳损的车辆做了"深度保养"，还打探过几家二手车行，每天都在路上奔波，"骨头像是要散架"。

陈平想要放弃了，可稍一闭眼，就想到以往的情景，"我儿子很懂事，以前学着电视里的样子，站在小凳子上给我捶背"。他回想到此处，泪水便往下淌——寻凶这些年，独自在深夜里抽烟，在台灯下抚摸着孩子的一寸照，以泪洗面，追忆着支离破碎的家，已经成了陈平的常态。

于是，他一发狠，找了把刻刀在左臂刻上了小华失踪的日期。

当地有位老板告诉陈平，照片里的人确实在他的店里待过，几个月前就走了，陈平来晚了一步。陈平又依照老板提供的线索，赶到了南方的一座县城，老板说曹远洋可能在那里生活，那里不太需要身份证，更便于藏匿。

开到县城已是傍晚，汽车的轮胎发瘪，陈平把车挪到附近的修车店，匆匆扫了一眼店里的伙计，便蹲在路牙边上抽烟，盯着街面的人来车往。盯了一会儿，陈平起身给店里的伙计看曹远洋的照片，伙计说他好像见过，让陈平去南大街的店看看。

车子开到南大街，陈平注意到一个汽修工，与曹远洋酷似，便下了车，从那个男人面前经过，站在街边抽烟，假装自己在等人，不时瞄着男人的面貌。他把通缉画像上的特征都核对了一遍，全部符合，又听到男人的福建口音，断定这个男人就是他要找的曹远洋。

后来，陈平案的承办人问他："你当时有没有想过联系警察？"

"我想过。以前郑警官劝过，车队的兄弟也劝过，叫我别干傻事。"陈平说，"但我从来没有想过要杀曹远洋，就想亲手把他收拾一顿。"

他等待曹远洋走出人多的街面。晚上 9 点多，见他跨上一辆电瓶车离开了汽修店，陈平急忙开车跟在后头。他看到男人骑车进了一处老旧的住宅楼后，将车停在不远处。上到二楼时，他眼前的男人正好打开了房门。

陈平喊了一声："曹远洋！"

那男人猛地一哆嗦，回过头，惊惶地望了陈平一眼。陈平扒开快关上的房门，跟着闯进屋里。

"那天我好像命中注定要犯事——屋里只有他一个人，如果还有其他人，我可能就报警跟他对质了。当时他的拳头打在我脸上，往另一个房间跑。我以为他要去拿刀，便从后面抱住他，外套里有一根绑货用的麻绳，就扯出来套住他的脖子，把两边的绳头拽紧。曹远洋'唔唔唔'的，身子扭得很厉害，仰着躺倒下来，我被他压在底下，用力拽绳子，撑了一会儿，后来他就不动了。"

曹远洋被勒死了。陈平甩开尸体，双腿叉成八字，瘫坐在地板上，"那时候我气喘得很厉害，人很慌"。抹掉嘴角的血，陈平把侧翻的死尸弄成平卧状态，又在曹远洋的脸和下腹打了几下，"就看着他的脑袋在地上晃来晃去"。

杀人之后，陈平的手一直抖，"刚才打架的动静很响，隔壁说不定已经报警，现在曹远洋死在这里，等会儿他的哥哥要回来了，我就想快点把尸体运走"。

陈平看到曹远洋睁着眼，就又照着他的面部重捶了一拳。车就停在门口，陈平背着尸体走出房屋，他怕楼道的居民撞见，装作自言自语，说着"送去医院"之类的话。一出住宅楼，就趁着夜色，把尸体扔进车厢，自己赶忙坐进驾驶室。

车子开出了县城，陈平找不到合适的地点，又开了十几公里，车灯照在前面，是一个驾驶培训基地，他只能继续开。

"我杀人的时候还没那么害怕，直到那时候才知道自己闯了大祸，心跳得非常快，掌心里全都是汗，而且在抖，有点开始打滑，把不住方向盘。我就开到一片空地，停车拉了手刹，想抽根烟。"

手里的打火机在剧烈抖动，指间的香烟也在晃。"我在车里坐了差不多二十多分钟，不断对自己说，杀的是仇人，不是无辜的。"接着汽车缓缓蠕动，驶入郊县泥塘旁的垃圾填埋场，场子南面有条河，陈平刹了车，把尸体拖出来，抛进河里。

驶离了抛尸地点，陈平在路边停车，一根接一根地抽烟，最后找了一家招待所过夜。次日清晨，他起了大早，见烟盒空了，便找老板讨了三根烟，开车来到远处的荒地。

陈平供述称，当时他想跟小华说会儿话。荒地周边人烟稀少，他坐下来，把小华的照片放在地上，接着他点了那三根烟，一根根竖起来，当作三炷香。他对着照片里的孩子说话，没说几句，就掉泪了。香烟燃尽，陈平捡起照片放入怀中。

追凶的终点成了"岔道"，他拐进了逃亡的路途。

六

陈平在逃亡路上疾驶了几十公里，上了105国道，"开到阜阳的时候，我给家里打了电话，老婆问我，是不是找到曹远洋了，我骗她说，人被我抓到了，交给了警察，死刑他逃不掉。现在去追第三个人，叫李纹易"。

陈平开到阜阳的兄弟家，只待了几天，便仓促离开。"那时候我老是东想西想，抽烟的手发抖，怕被兄弟看出什么，就赶紧跑了。"他打算去追李纹易，用这件事情盖住心里杀人的事。杀了人以后，"受害者追凶"变成了"嫌犯追嫌犯"，追也是逃，反正都是全国各地到处窜。

陈平剃短了头发，花高价做了张假身份证，先去了李纹易的老家——他背着逃犯身份，因此缩短了"驻留"时间，待在任何地方都不超过两个月。

很快，他又辗转到重庆打了一段时间工，省吃俭用，攒下一部分"寻凶资金"。追曹远洋花去了四五年，除了在辽宁干货运的时候有一份正经工作，其余的时间里，陈平干的都是散活，没多少积蓄。

往后三年，陈平走了七个省份，途经新疆昌吉时，那辆"老马"暴毙在寻凶路上。他手头的钱已所剩不多，便在当地弄了一辆二手的"小毛驴子"（摩托车），独自奔行在苍茫的北疆。

后来陈平在谈话室里告诉林凯：

"我在贵阳的时候遇过一个小孩，十三四岁，在街上找我问路，趁我没注意，一只手指着其他地方，另一只手偷偷伸我包里，正好被我抓住。想把他送派出所，可我自己就是逃犯，只好放弃。我拽住他的手，不让他跑，然后仔细看了看他的脸，感觉这孩子跟小华长得蛮像，如果小华还在，跟他也差不多大。我问他父母在哪儿，他说从小就跟着舅舅干这行，'走空'了回去还要挨打。我不晓得他当时是不是骗我，反正心一软，怀疑这孩子也是被拐卖过的，就跟他讲，你今天先别回去，只要我这儿有口吃的，你就不会挨饿。孩子跟了我有四五天，每天都跟我讲他的故事。那几天我睡不着，想要离开他，假如真的把他当作儿子，产生了感情，再想要脱身就难了。"

最后，陈平在那孩子的外套里塞了 200 元钱，随即找了个机会把孩子撇下了。临走时，他心里很不是滋味，"就好像看着自己的小孩儿又死了一次"。

2013 年 12 月，陈平终于忍不住回了趟家，想着"待个几天再去追"。12 月 18 日，陈平在买菜回家的途中被抓获。追捕组民警后来提供证言，那天陈平上身穿棕灰色夹克，下身是灰色牛仔裤，被抓的时候，陈平没有反抗，只说了一句："该来的都会来。"

案子被移送到检察院报捕，承办人回忆说，"认罪悔罪"这个词，在嫌疑人陈平身上，被拆分开来。在接受提讯时，陈平对犯罪事实供认不讳，"我一开始没有想过要弄死他，但我背了他的人命，就不会后悔"。

承办人追问他不后悔的原因，当时陈平的回应看上去"无懈可击"："我不懂法律，只晓得欠了血债，就要用血来偿，谁都懂'杀人偿命'这个理儿。"

接着，陈平越说越激动："你没有孩子吗？孩子被杀了，你不恨仇家？你就没有想过报仇吗？"

"我没有跟他吵，吵了只会更加刺激他。情与法之间的冲突，归根结底是两种价值观的碰撞，但是触犯法律就得不偿失。"承办人说。

陈平的"追凶"最终败给了时间，在抓到李纹易之前，自己先戴上了镣铐，从一个为孩子追凶的父亲变成了犯罪嫌疑人。

面对检察官林凯，陈平主动提供了这些年他收集到的线索。

"人心都是肉长的。当时我很同情他。"在谈话结束前，林凯提醒陈平，"你再回忆一下，还想到其他的细节，记得及时联系我。如果警方根据你提供的线索，抓到了李纹易，对你自己也好，报了仇先不说，也有了立功情节。"

过了几个星期，陈平再次要求谈话，林凯问他，是不是要提供其他的线索材料，可陈平只是急切地询问："检察官，李纹易抓到了吗？"

林凯说："公安那边还没有消息。"

陈平听了很懊丧。

那段时间里，林凯在巡监时，看着陈平的眼神从期盼到失落，最后仅剩下绝望和敌意。陈平也不追问林凯案子的进展，林凯走过监室门口时，他就干脆背对着，视而不见。他很清楚，只要林凯没叫到他的名字，就意味着李纹易还没有到案。

林凯担心陈平会因此情绪失控，破坏监规，就特地去了一次监控室，观察着陈平的举动。后来他向我描述了当时的监控画面：陈平在监控里看上去比其他犯人壮实，盘腿坐在铺子上，"像个伏虎罗汉似的"，犯人们不敢靠近这个"狠角色"，在逼仄拥挤的铺子上给他空出一大块。

七

"那时候陈平很绝望，觉得李纹易是抓不到了，干脆连饭都不吃，在监室里干坐着，我就找他做'谈话教育'。其实我自己也很好奇，公安追逃和深挖的力度向来很强，这个李纹易又能逃到哪儿？"林凯说，"最后还是应了'法网恢恢'那句老话，李纹易到案了，只不过他到案的方式非常特殊，所有人都很意外。"

2014 年初，邻省看守所里有个盗窃案的嫌犯叫丁汉强，刚入所羁押不久，便主动联系了监区的管教民警，想要检举一桩杀人案。丁汉强对民警供述，七年前的 5 月下旬，他的朋友龙海洋骗走一个五六岁的男童，打算卖给山区的人家。几天后龙海洋告诉他，买家爽约说不要，自己一时冲动，拿尖石块把小孩砸死，扔到了山底下。

管教民警把线索上报后，看守所开了研究分析会，发现丁汉强的讲述存在诸多疑点：

首先，这个龙海洋为什么要把杀人潜逃的事告诉丁汉强？通常情况下，这都是"不能说的秘密"，逃犯只会隐瞒自身犯下的罪行，毕竟多一个人知道，就加大了落网的风险——民警联系了公安局追逃办，得到反馈称，通过全国系统查询，显示在追逃人员里面，并没有"龙海洋"这个人。

其次，丁汉强供述的关键信息存在前后矛盾，一会儿说是龙海洋和他人结伙，一会儿又说只是龙海洋一人犯案。民警让他讲出确切的作案人数，丁汉强却一直摇头，说案子时间久远，他记得不太清楚。既然记不清具体的细节，丁汉强却坚称孩子已经被杀害，把龙海洋杀人的过程描述得非常详细，并且补充说"尸体都很难找到"——这表明他可能知晓案件的其他信息，却对此隐瞒。

同时，据同监犯人回忆，丁汉强在监室里一直在想心事，有时候唉声叹气，而且总是向他们打听坦白检举的事，表明他有这方面的意愿，但是心存顾虑。

接下来，民警经过核查，证实 7 年前的确发生过一起恶性的贩童抛尸案，主犯曹远洋于 2010 年身亡；同案犯严壮声已经在 2006 年被擒获；最后一名嫌犯叫李纹易，目前仍在逃。

当时民警将身份照片做了细致对比，发现丁汉强反而有"大问题"——他的外貌特征与在逃嫌犯李纹易的相似度很高。民警把两人的照片发送给李纹易户籍地的公安机关，并且让案件的相关人员做了辨认，最终得到证实，丁汉强就是七年前"贩童抛尸案"的在逃嫌犯李纹易。

这样一来，便真相大白——来自江苏的李纹易，冒用了新的身份，因是异地作案，侥幸躲过了监所的身份核查。

警队侦察员立刻赶到看守所对李纹易进行突审。趴在审讯室椅子上的李纹易终于开了口："我知道你们为什么找我，现在会交代清楚。这么多年了，这个案子一直压在心里头，我自己也不好受。"

李纹易交代，七年前曹远洋杀死了那个小孩，自己跟他吵了一架，两人差点动手打起来，"我跟曹远洋说，你自己脑子一热把人弄死，我们俩就全完了"。接着李纹易就把他们撇下，开车先走了。

他平常喜欢干点"小偷小摸"，回去偷了别人一个黑色皮包，包里有3万元现金。他想到曹远洋杀了人，自己也撇不清关系，到时候全都得"进去"，"现在又偷了那么多钱，必须得想个法子跑路"。

2006年初夏，李纹易在跑路前偷走了表哥丁汉强的户口本，星夜南下广州，用自己的照片和表哥的户口本，高价办理了一张身份证——身份证上的照片是他自己，名字、生日和户籍地却是表哥的。

接着，他先后逃到重庆、江苏、安徽和浙江等地，以打零工为生。潜逃期间，他并没有收敛，起先是偷一两包香烟，后来再窜到其他地方行窃，胆子越来越大，直到偷了一个名牌女士手包，被当地警方抓获。

李纹易说，羁押期间他想把自己犯的案子全部抖出来，争取减轻处罚，但"怕政府不兑现政策"，就临时杜撰出一个叫"龙海洋"的人，想先试探一下。

身份被核实后，李纹易供述称，当时那个小孩非常可爱，白白胖胖的，身上穿着黄色短袖，脚上是一双黑色凉鞋，眨着大眼睛喊他"叔叔"。

孩子在路上经常呕吐，他见小孩可怜，就背着孩子走山路。小孩被杀死以后，常常出现在他的梦里，痛哭着说要"回家"。白天在街上看到别的孩子，也总觉得像那个小孩，久而久之，被害的小孩成了他心里的鬼。

"我是犯过几个案子，但在这个案子里面，自己觉得良心过不去，把小孩的一家害惨了。心里藏了七八年，也是在受罪，现在说出来就好多了。"

消息确认后，林凯第一时间告诉了陈平。

"我跟陈平说，现在我跟你讲件事，你千万不要激动，最后一个嫌犯李纹易被抓到了。然后我就看着陈平，他一开始特别振奋，接着表情一下子变了，五官拧成一团，发出'呜呜呜'的声音。我看着很心酸，法律终于给他讨回了公道。"

同监的犯人后来也告诉林凯，陈平那天哭了一整夜，发出的声音有些怪异。自己被吵得睡不着，气得正要发作，一看是"老大"在哭，只得忍气吞声，把身子背过去，捂着耳朵睡，结果还是不奏效，就和犯人们一起劝。

后来，林凯接到一个电话，是郑亮打来的。时隔多年，郑亮已经调离原来的岗位，但是这一桩异常残忍的贩童抛尸案，在他心里挥之不去。当初派出所发起捐款，想对陈平他们尽一点心意。但他万万没有想到，陈平已经孤身踏上了寻凶之路。他只得联系了叶红云，把放着捐款的信封交到她的手中。

"过去这么多年，我一直跟老同事打听这个案子。现在李纹易落网，心里总算踏实了。可听说陈平杀了曹远洋，关在你们的看守所，我跟局里汇报了情况，同事们都很同情他，给他捐一点过冬的衣物。"

此刻，林凯回忆起他第一次见到陈平的场景：第三监区的光线昏暗，陈平低头走在其中，整个人像在雾里，看上去灰蒙蒙的。他戴着脚镣，每一步都走得很艰难，仿佛这十几米的走道化成他曾经追凶的坎坷长途，他四处张望着，"像是在寻找什么"。

讲到这里，林凯想起一个被忽略的细节。在监区民警那里上铐时，犯人需要自报姓名，陈平的方式不像其他人那样简洁。

"叫什么名字？"

"陈平，公平的平。"

尾 声

法院的刑事裁定书显示，陈平后来在监狱服刑期间受到表扬奖励 4 次，记功奖励 1 次，至 2019 年 8 月，已先后经过 2 次减刑。

林凯回忆说，陈平在下监（狱）前，留给他一封简短的感谢信，同样用薄薄的卫生纸写成。林凯把这封信复印在 A4 纸上，对折以后，夹在师父留给他的黑色笔记本里。

"这个犯罪嫌疑人，很难用简单的善与恶去概括。他的追凶路坎坷漫长，又到半途中断，法律替他走完了最后一程。"

报告检察官，我要举报我爸爸

　　令他始料未及的是，犯人吐出的线索就像一张巨型蛛网，牵扯出了一系列旧案。随着挖掘的深入，一场跨越二十二年的连环命案逐渐被揭开……

"隐案"指的是未被发现的罪案,犹如被害者的尸骨埋藏在地底。在犯罪统计学里,"隐案"也被称为"犯罪黑数"。20世纪90年代末期,为了降低"犯罪黑数",国内多地成立深挖工作组,各地关押场所也自此成为办案的"第二战场"。

我的同事林凯是一名驻看守所的检察官,他告诉我,五年前巡监时,曾有一名在押人员有检举揭发的意愿,却迟迟没有开口。在师父"黑面杨"的帮助下,林凯最终取得了嫌犯的信任。

令他始料未及的是,嫌犯吐出的线索就像一张巨型蛛网,牵扯出了一系列旧案。随着挖掘的深入,一场跨越二十二年的连环命案逐渐被揭开……

一

2015年7月,驻所检察官林凯忽然变得心事重重。师父老杨问他,是不是巡监时碰上了难办的嫌犯,且嫌犯身上可能藏有隐情。林凯一惊——自己这点心事,果然全被师父看穿了。

几天前，林凯在巡视第三监区时，监室铺头主动要求谈话。铺头说，监室里新来的嫌犯黄洋，几乎每天晚上都在大通铺上翻来覆去，迟迟无法入睡。有一天到了后半夜，黄洋还盘腿坐在铺上自言自语，身旁的犯人全被吵醒了。

最开始被吵醒的是个暴力犯，脾性烈，开口就骂，黄洋还没来得及解释，号服就被对方揪住了。其他犯人也都醒了过来，跟着铺头一起劝："千万别打架啊……到时候上了械具，苦头吃得更多。"黄洋这才躲过了一次毒打。

"看守所给犯人上的械具，基本上是戴脚镣和绑约束带这几种，最严重的叫'临时固定'，用来教育顽固、危险的犯人。身体被固定以后，嫌犯就动弹不得了。"林凯解释道。

铺头向林凯反映，第二天天一亮，他就偷偷观察黄洋的举动：大家都坐在大通铺上，低声攀谈着案情，监室里充斥着脏话。黄洋却一直显得孤零零的，蜷缩在床铺角落，嘴唇翕动着，铺头以为他在默背监规监纪。

铺头凑到黄洋身边，问他是犯什么案子进来的。黄洋说，6月底的一天，晚上10点多，他和朋友在大排档喝了几瓶酒，被邻桌的座椅挤到，就吵了起来。朋友劝了他几句，但他心里就是压不住怒火。那时黄洋和邻桌背对着坐，也没多想，就忽然转过身，左臂卡住邻桌的脖子，右手拔出裤兜里的弹簧刀猛捅了过去，一刀刺破了对方的右肾，构成"重伤二级"，自己便因涉嫌故意伤害罪被刑拘了。

"那你昨天晚上睡不着，是为了什么？"铺头问。

黄洋左右张望着，突然压低了声音，向铺头打听检举立功的事。铺头劝他趁早联系管教民警或者驻所检察官，黄洋却拒绝了，说"事情哪有这么简单"。

听了情况，林凯认为黄洋是想通过立功争取减轻处罚，如此迟疑则证明了他心里应该还有很多顾虑——通常来说，犯人的思想包袱越重，案情就越重大，深挖线索的难度也就越高。

次日清晨，林凯一上班就去巡监，在巡视到黄洋的监室门口时，故意等候了两三分钟。黄洋看到了林凯，还是欲言又止的样子。此时林凯和铺头都把目光聚焦在他身上，可黄洋很快把头转了过去，装作没看见，铺头只能在铁门边喊了一声："报告检察官，无人要求谈话。"

林凯一时也无计可施。

二

驻所检察室在看守所内门的北侧，占地面积不大，两口笨重的灰白色铁皮柜是 1995 年的老货，资产标识牌已有零星的锈迹。最初检察室里人手不多，老杨负责二楼的两个监区，人称"黑面杨"。

林凯第一次巡监，协管帮他打开黑色的铁门，问："你是新来的检察官？"林凯刚点了点头，协管就幸灾乐祸地冷笑了两声："碰上黑面杨算你倒霉啊！"

林凯还没答话，忽然，协管冷笑的脸就僵住了。林凯回头一看，老杨正朝自己缓步走过来。老杨年纪一大把，发型像沙悟净，头顶秃了，下面全白了，走路还有点跛，整个身体朝右倾，看起来毫无威慑力。林凯有些纳闷：为什么所里上下都这么忌惮他？

没过几天，林凯就明白了——老杨在看守所里着实作风强硬，甚至有些不讲人情。

看守所一楼的南北两端是监区，中间的走廊两边是一间间讯问室。那天，林凯跟着老杨巡监结束，刚走了几步，就见老杨在一间讯问室门口停了下来，他透过门上的玻璃窗，注视着室内的情形。

林凯还没弄清怎么回事，老杨就拧开讯问室的门，把里面的民警叫了出来。林凯这才发现，讯问室里只有一位办案民警在提审嫌犯——依照法律规定，提审嫌疑人务必两人在场。这位民警身上"有股匪气"，还想争辩几句，却被老杨慑住，最后乖乖报了自己的名字和支队。

"以前他在提讯室单独提审，说是在等同事，当时我对他做了口头纠正，今天又逮到他违规。"老杨对林凯说，"检察官干的就是得罪人的活儿。"

两天后，一份《纠正违法通知书》就发了出去。

就这样，老杨成了林凯的师父。老杨从前在陆军部队做政治教导员，退役后进入检察院工作，先后在批捕科和反贪局任职，后调入驻所（看守所）检察室，在监所这条线干了十多年，在"深挖"方面可谓功勋卓著，被"深挖办"誉为"监所神探"，没过多久，林凯就跟随师父挖掘出了一起隐案。

2012年9月，嫌疑人王惠诚在某高档小区里入户抢了2万元现金，还将女主人割喉，之后又在羁押期间闹监。当时一名涉及强奸的嫌犯睡在王惠诚附近，因为对管教民警心怀不满，想要保外就医，便伙同王惠诚上演了一出"苦肉计"。一天凌晨4点多，王惠诚拿起在放风期间掰下的砖块，对着那名嫌犯的脑袋猛砸了几下，最终被民警上了械具。

初次见面，林凯对王惠诚的印象很深，"他的眼睛很小，眯成一条细缝，双臂被固定住了，掌心只能抬起一点点，对着我左右摇摆，好像在招手，'嘿嘿'笑了起来，那是绝望的狞笑，让我想象到他作案时的样子"。

老杨也察觉到王惠诚的眼神闪烁，面色犹疑。随后联系承办民警，在了解完王惠诚的具体案情后，结合他的性格特征、作案时间、地点和手法，老杨猜测他是一名犯案老手，或许还有余罪藏身。

开始，王惠诚还咬牙硬撑，老杨也不急，便端着一杯浓茶，在谈话室里和王惠诚聊天。就这样聊了两个星期，王惠诚最后对老杨说："在这里只有你还把我当成一个人，我也不瞒你了，瞒也瞒不住。"

接下来，王惠诚从谈话室出来，被带到三楼的一间提讯室。深挖办案组成员对他发起突审，他瘫坐在铁椅上，颓然吐出一桩隐案：

2005年3月初，晚上9点多钟，王惠诚带了把水果刀抢劫了一位路人，拿走3000元现金。路人想逃跑，王惠诚把他扑倒、掐颈，最后割喉。那是他第一次杀人，尸体被埋在机械厂附近的荒地里。

老杨将犯罪线索上报后，公安局立刻派人到机械厂附近查证。根据王惠诚供出的大致方位，尸体被警察用铁锹扒出时，已呈现"高度白骨化"。经过DNA鉴定和骨龄比对，结果和2005年3月9日被报失踪的男子曹某相吻合，这一桩埋藏了七年的劫杀隐案，终于被挖破。

那时，林凯才驻所五十多天，还是个新人。他看到老杨把市委政法委颁发的深挖奖牌锁进驻所检察室的铁皮柜，再也没有拿出来。

针对黄洋的问题，老杨给林凯出了个主意：先主动找黄洋谈话，了解大致的情况。既然黄洋有很多顾虑，不妨先把检举的事搁在一边。

三

谈话被安排在第二天9点。第一次与驻所检察官面对面，黄洋显得非常拘谨，像犯了错的小朋友一样。身体僵直地坐着，双手平放在膝盖上，低头盯着地砖，不敢和林凯对视。林凯问他在监室里的生活状况，有没有被人欺负。黄洋摇头说"没有"，随后又陷入沉默。

黄洋看起来心神不定，但就是不松口。林凯全然忘了老杨的嘱咐，急着问黄洋有没有要检举揭发的事情，是不是心存顾虑。黄洋连连摇头，说："我没什么要讲的。"

林凯低着头回到办公室，他第一次"攻心"失败了。

接下来的几天，林凯经常忍不住叹气。老杨看他一反常态，试探性地问道："你是不是跟那个黄洋一样，心里还藏着其他事情？"

"师父，我也想挖个大案要案，给别的同事看看，其实我……"林凯向老杨坦白，可话还没讲全，当即被老杨打断。老杨警告他，深挖余案的时候，这种心态是大忌，也很容易陷进一些犯罪嫌疑人"假立功"的迷魂阵，不仅白忙活一场，工作还容易出纰漏。同时，"硬挖更不可行，嫌疑人拥有保持沉默权和隐私权，他不愿意说，你硬要他说，就变成诱供或者逼供，这点绝不允许，你脑子里这根弦要绷紧"。

第二次找黄洋谈话时，老杨在林凯身边陪同。

一番日常聊天之后，林凯问道："你的父母身体怎么样？给你请律师了吗？"

"没有……"黄洋的身体骤然颤动了一下，"我没有家人。"林凯再追问原因，黄洋的整张面孔顿时变得扭曲，冲着林凯暴吼："你管那么多干吗？！我说了没有就是没有。"

林凯正准备解释，老杨忽然在桌子底下拍了拍林凯的膝盖，接着开口对黄洋说："今天就到这里，你先回去吧。"

回到办公室，林凯问师父为什么要打断他。老杨叹了口气，解释道："黄洋很多疑，顾虑比别人多。刚才他的要害好像被戳中了，情绪很不稳定，这时候你要是急于求成，就很容易造成对方破罐子破摔，永远也不开口，你付出的努力都白费了。"顿了顿，老杨又问，"刚才你有没有仔细观察过黄洋？"

林凯愣住了，说："我就一直看着黄洋的眼睛，他的眼神很闪烁，老是往窗户外面瞟。"

"那他为什么要一直看外面？"老杨继续追问。

"这个我确实没想过。"

老杨说，黄洋看着谈话室窗外的场景，一方面反映出他渴望自由的心境；另一方面表明黄洋对当下的环境心不在焉，那些心结尚未解开，"刚才在你提到他家人的时候，他的右拳攥紧，快速敲了两下膝盖，表明他在克制自己的情绪"。

后来林凯回忆说："当时师父（老杨）说，谈话教育就是做嫌疑人的思想工作，想做好并不容易，因为你不仅要弄懂嫌疑人是怎么想的，还要学会去了解嫌疑人为什么会这么想，不能先入为主。"

"以前一个制毒的案子，挖了整整两年，嫌疑人才愿意开口。慢慢挖吧，你挖的不光是别人没发现的隐案，也是在磨你自己的性子。"这是老杨的原话。

几个星期之后，黄洋被检察院批捕了，这一次他主动要求谈话，"我想要检举揭发，但是我怕对不起良心"。

这一次，林凯不再心浮气躁，耐心地向黄洋释法说理。沉默了许久后，黄洋终于开口："我要检举我的父亲。"接下来的话让林凯有些摸不着头脑——"其实我有两个父亲。"

四

黄洋的亲生父亲叫黄爱国，另一个"父亲"名叫江根发，是父亲在村里的拜把兄弟。在黄洋母亲死后不久，黄爱国让黄洋"认了亲"。

黄洋从小在江西的农村长大，8岁时跟着两个父亲来到城里，生活在码头边。某天晚上，他看到父亲黄爱国踉踉跄跄跑回棚子里，满脸都是血，江爸爸叫黄洋不要乱跑，随即就跟着黄爱国冲了出去。后来两人回来就慌忙收拾东西，带着黄洋往外跑。

1993年的那个春夜，两个男人拉着一个小孩窜进了火车站。随后，黄洋被送回江西的奶奶家，两个父亲便消失了。后来，几个陌生的男人来过村子，问了奶奶几件事，又问了黄洋。那时的黄洋还十分懵懂，只会摇头。等他们离去，黄洋问奶奶："这些穿绿色衣服的人是谁？"奶奶告诉他，这些人是警察，是来找他父亲和江爸爸的。

黄洋缠着奶奶追问，他的两个爸爸为什么不回家，警察又为什么找他们，"我奶奶没回答我，就一直看见她哭"。

坏事传千里。有几个村民趁奶奶不在家，偷偷告诉黄洋，说他父亲黄爱国和江根发在城里杀了人，"他们对我说，被抓住肯定要被枪毙，这样我两个爸爸就都没了。我一哭，他们就走了。那时候我还小，但这件事我记得很清楚"。

"所以说，这件事对你影响很大。"林凯说。

"对，我从小到大就被嘲笑'没爹没娘'，后来我就觉得，要想不被欺负，做人就一定要狠，我就是逞凶斗狠才进来的。"

黄洋说，直到他念了高一，奶奶才跟他道出了实情：当年，他父亲黄爱国的确在县城杀了人，1995 年就已被判刑了，而江爸爸还潜逃在外。

奶奶去世以后，黄洋变得不爱说话，每天都回想小时候的事情，加上从小被欺负，就觉得没有人是可以相信的。大约在 2003 年的一天，一个自称叫"江海明"的人找到了正在读大专的黄洋，"他说我小时候喊他江爸爸。我本来不太相信，后来他提到我父亲黄爱国，还讲了很多以前的事情，我就确定他是江爸爸，江根发"。

在黄洋的描述中，江根发小眼睛、身材很矮小，右肘有条很长的伤疤，走路一瘸一拐的。黄洋说，江爸爸一直很照顾他，那段时间经常给他寄钱；可另一方面，黄洋总觉得无论如何，江根发毕竟是一个潜逃二十多年的杀人犯。当然，即便抓到了江根发，他也"怕政府说话不算数"。

听到这里，林凯给黄洋吃了定心丸："刑法规定，犯罪人员提供有效的犯罪线索，可以从轻或减轻处罚。"

黄洋犹豫了一会儿，说出自己最后的一个顾虑——这个"父亲"待他视如己出，自己却把"父亲"出卖了，这种精神折磨让他在看守所活得很压抑。后来，林凯也对我说："这时候他（黄洋）的声音变了调，眼泪吧嗒吧嗒滴在地砖上，那是我第一次看到嫌犯痛哭。"

等黄洋的情绪平稳下来，林凯劝他不要过于自责，毕竟江根发负案在身，而且"揭发同样是一种赎罪的方式"。

当天下午，林凯就联系了公安局追逃办，移送了犯罪线索。经过查实，江根发确实是网上追逃人员，生于1966年，江西新余人，于1993年4月18日作案后外逃。当晚追逃办就制订了抓捕计划，连夜赶往黄洋提供的住址，将江根发抓获。

令所有人都没想到的是，江根发所牵扯出来的案件，不只有"4·18"这一起。

五

在林凯查到的判决书中，江根发说黄爱国救过他两次，一次是他野泳差点淹死，被黄爱国救上来；另一次是他肚子疼，在地上打滚，黄爱国背着他跑到卫生所。他们两个关系非常好，十几岁的时候，就在村里拜把结义。

黄洋曾对林凯说，自己四五岁时，母亲便患上恶疾，把他和父亲撇下了。黄爱国深受打击，经常在村里发酒疯，摔别人家的东西。那时，江根发要么拦着他父亲，要么事后帮着赔钱。有一次喝完酒，父亲把黄洋叫到跟前，让他认江根发做干爹。

1992年5月，父亲带着黄洋，跟江根发到城里学做工，后来经师父介绍，到南岸修筑码头。

江根发后来供述称，1993年4月18日当晚，自己坐在棚子里，黄爱国忽然冲进来，脸上血淋淋的，还有一道黑的胶鞋印子，黄洋当时就吓哭了。"我拿湿的毛巾帮他擦血，问他是谁弄的，他说是工地的齐富贵。齐富贵平常和我们关系还好，我就问齐富贵为什么打他，他说齐富贵乱拿他的钱，还打了他。他说这口气咽不下去，要去寻仇，问我走不走。我看到他被打成那样，脑子也热了，就叫黄洋别乱跑，跟着他去打齐富贵。"

这时林凯注意到一个特别的细节：在江根发的判决书上，也补充了黄爱国在 1995 年被捕后的供词，和江根发的供述存在很大出入。

黄爱国称，当年他在工地上看到齐富贵露了财，便生了歹念。晚上趁宿舍里没人，便偷偷潜进屋里，翻了对方架子床上的包，正好被打牌回来的齐富贵撞见，自己身形矮小，被狠狠教训了一顿，"他（齐富贵）说要告到公安局把我抓走。他打了我，我心里有怒气，也怕他真的叫警察抓我，就逃回家喊了江根发，一不做二不休"。

判决书上的法医尸检载明：被害人齐富贵系被他人用尖锐器刺伤左肺和左心室，致失血性休克，死于心肺功能衰竭。

关于事发经过，两人的供述也不一样。

江根发说，自己去时随身带了一把双刃刀——这是江根发在 1993 年春节到庙会上买的。根据后来江根发二姐江红霞的证言，为了买刀这件事，她当时还和自己的弟弟吵过一架，说"买刀迟早要闯祸"。

两人走到宿舍门口时，齐富贵正好走出来，"我们几个人就扭打起来，齐富贵把黄爱国踢到土包那边，要去拿旁边的铁锹打黄爱国，我就拿刀捅了他。齐富贵'嗷嗷'叫了一下，就倒地了。黄爱国拿着扳手，对着齐富贵的脸又砸了五六下，血喷到他的衣服上。我拉住黄爱国，叫他别打了，齐富贵早就被我们打坏了"。

然而，在黄爱国的供述里，他咬定是自己捅死了齐富贵，"江根发只是帮了忙"。"一看见齐富贵，我就拿刀插进去了"，看到尸体倒在血泊中后，自己便进屋拎走了那个黄布包。这时他们听到工友们回来的声音，来不及处理尸体，便带着黄洋连夜逃往江西老家。

很多年以后，关押在监所的黄洋向林凯复述了那一夜的场景。

晚上风很大，父亲拽着他的手，跟江根发赶上一趟列车。车厢里有风，江根发脱下外套，把黄洋裹紧。黄洋的头靠在父亲的腿上，没多久就昏睡过去。

火车奔驰在岔道上，座位下面短促震动，他被震醒了，变得迷迷糊糊，问父亲"车子开到哪里"。父亲很烦躁，用手压住他的头，说还早得很，让他再睡会儿。黄洋又闭起眼睛，隐约听见江根发对他说："洋洋，江爸爸跟你爸要去很远的地方。"

转车到了新余，他们抄了荒僻的乡村土路，其间拦下一辆三轮车，躺在车后的草堆上，颠簸着回到从小长大的村庄。

到家后，黄爱国把儿子黄洋托付给母亲，塞了几百块钱，谎称"要出一趟远门"，当晚跟着江根发逃出了省界。

黄爱国的母亲曾供出证言：大概 1993 年 5 月，几个男的来问过，说我儿子在外面杀人了。又问了黄洋，那时他还小，差不多七八岁，说自己什么都不记得。

六

由于从齐富贵身上抢到的 560 元大部分都给了黄洋的奶奶，黄爱国和江根发手头的钱所剩不多，迫切想要"弄条活路"。离开江西老家后，黄爱国和江根发先连夜乘车逃往贵阳，三个多月后，又逃到了四川。

1994 年 3 月，两人在绵阳的一家汽车修配厂打工期间，黄爱国和一位工友产生了误会，对方当众责骂黄爱国偷了工厂的零件，黄爱国坚称自己没拿。此后，车间里的工人都说黄爱国"手脚不干净"，黄爱国再度起了杀心。

他对江根发说，在这个厂子做不长，既然那个工友存心冤枉他，加上过几天厂里就发工钱了，他不如找机会把工友做掉弄笔钱，"只要做得干净点，没什么大风险，再逃到别的地方，避一避风头"。

江根发劝他说，两人说不定已经被公安盯上了，能躲一天是一天。要是又背上一条人命，自己肯定受不了，不如老老实实地过普通日子。那时黄爱国听了这番话，暂时压住了心底浓烈的杀意。过了几个月，他们又辗转到成都打散工；到了 1995 年 3 月，又坐车逃到了云南。

后来黄爱国到案后供述，那年他在云南的陇川边境，偶然弄到一把民间粗制的手枪。外形黑黢黢的，枪管很旧，里面装了几颗钢珠。他嫌枪管太长，藏在兜里不方便，就锯掉了前面生锈的一截。

锯枪管的动静很响，这也是江根发第一次发现黄爱国有枪。

再次见到这把枪，是 1995 年 7 月 3 日，那晚他们结伙犯下第二桩血案。

第二次作案前，他们身上的钱已花光，又没找到生计，黄爱国说："要出去弄点钱，不然没活路了。"江根发问他怎么弄。黄爱国说自己想抢出租车司机，"我们做最后一次，弄完分钱，各自走各自的"。

1995 年 7 月 3 日，两人搭上一辆红色桑塔纳出租车。上车后，随便报了路名。等车经过一条河沟，开到幽暗的巷子边时，黄爱国叫停了车，接着就掏出枪顶住司机的太阳穴。司机捏住黄爱国的手腕，想夺枪，江根发拿出事先准备好的钢丝绳，死死勒紧司机的脖子。第一颗钢珠打穿司机的头颅后，又击碎了玻璃车窗，黄爱国随即又开了一枪。之后两人劫走车上的 320 元，在河道附近抛了尸。

"那时候黄爱国太狠了，连开几枪，脸看起来很吓人。我怀疑他枪里面还有钢珠子，很害怕，就想要逃，说自己那份钱不要了。"江根发被捕后供述。

随后，黄爱国的举动让江根发过了二十多年依旧记忆犹新——他拿出 200 元递给江根发，然后扑通跪在地上，朝江根发"咚咚咚"磕了几个头。

黄爱国对江根发说："你这辈子毁在我手里，今天跟我又杀了一个。两个人目标太大，更容易被抓，等会儿我走北面，你往南面跑，逃得越远越好。要是最后都吃了枪子，黄泉路上再做兄弟。"

很快，两人在黑夜中分别，从此断了联系。

判决书上显示，案发之后，县公安局的民警在案发现场做了勘查笔录，绘制了现场平面图，为了查清尸源，还在周边贴了认尸启事，后被司机的母亲辨认了出来。而此时，黄爱国和江根发已逃窜到南北两地。一个月后，黄爱国在甘肃境内再次作案未遂，被警方捕获。起先他坚称过去犯的案子是他一人所为，却很快被识破，最终将江根发供出。

江根发冒名"江海明"，潜逃至河南和浙江等地，靠收废品为生，隐姓埋名了二十二年。这些年，江根发从没结婚，在2003年跑了两三个省份，才辗转找到黄洋这个"儿子"。他以为当年黄洋还小，不会记得之前的案子，没想到最终还是被供出。

判决书很长，林凯说自己看完也有点唏嘘，"就像'愚忠愚孝'一样，江根发这是'愚义'，为了所谓的江湖义气，赔了一辈子，也苦了黄洋"。

林凯记得在深挖工作表彰会上，公安局追逃办的民警跟他提到一个细节，在抓捕逃犯时，警察通常会问："知道我们找你做什么吗？"

江根发不像其他的逃犯那样故意装糊涂，反而平静得出奇，面无表情地说："知道。"

尾　声

2017年5月，我和林凯成了同事，老杨也即将退休了。

那天下午，我经过驻所检察室门口时，看到林凯正帮老杨收拾东西，地板上摊开一个大号的黑色行李箱。老杨叠着藏青色的制服，嘴里哼着小调："春风它吻上了我的脸，告诉我现在是春天……"

老杨没有让林凯送行，只是嘱咐："我给你留了两个老物件，一本旧相册，一本黑色笔记本，放在左边的铁皮柜里。"

那本蓝皮的老相册是一本大案图集，林凯在其中发现了一张旧照：那是1996年，老杨穿的制服像军装，检徽在肩章上。照片下方有一行仿宋字，标明老杨在侦监处——那时人们还习惯叫"批捕科"——照片里的老杨在阅卷，正参与承办一起特大强奸杀人案。

而那个厚厚的黑色笔记本，封皮边缘已磨得灰白，老杨在里面写了十几篇深挖要案的经验总结。最后几篇尤其令林凯动容——那是老杨当初为了帮助他，写了许多笔记，里面全是黄洋的性格分析，也附上了一些刑事政策和谈话策略，这些他都没有跟林凯提过。

一年后，林凯依靠这本黑色笔记本又挖出一桩多年前的悬案。他把自己戏称为"开挖掘机的"，想挖出那些深埋在"地下"的罪恶。

"为什么说'法网恢恢，疏而不漏'？一方面有警方在追逃，另一方面有深挖这个第二战场在兜底，所以说，'隐案'无法遁形。"

05

他说自己患有精神病，用枪杀了毒贩大哥

　　案卷提供了现场和尸检情况：高云虎的尸体位于房间客厅的中央，呈仰卧状，地面一片血泊；体表均为枪弹伤，有三处贯通枪弹创；一颗子弹从左前额射入，从后枕部穿出，另两处创道进入腹腔穿过肠系膜、小肠壁及后腹壁，下腹部为射出创口，呈撕裂状。

2016 年 4 月底，检察院接收了一起特殊的枪击案。

4 月 5 日晚上 22 点 32 分，雷雨交加，犯罪嫌疑人徐贵在一栋普通居民楼的房间中，用一把仿"64 式手枪"朝着被害人连开三枪。第一枪击中头部，另外两枪打在腹部。从现场照片看，弹孔在被害人的脸部开了"第三只眼"，死者双目睁大，嘴巴张开，仿佛正在惊叫。而案发当晚的暴雷声，则成了天然的消音器。

次日凌晨 1 点 47 分，徐贵走进派出所，掏出那把湿漉漉的手枪，拍在派出所咨询台的桌上，称自己患有精神病，杀了人。徐贵交代，枪是他前几天才弄到的，弹匣内装有 3 枚子弹，被害人叫高云虎，有吸毒史。刑警队立即赶到案发现场，随后，刑侦技术人员果然在被害人的毛发中检测出了甲基苯丙胺（冰毒）成分。

案件移送到检察院，检察官韩忠承办该案，我负责协助审查。

通常情况下，人们会把具有暴力倾向的精神病患者叫作"武疯子"。而在本案中，犯罪嫌疑人的绰号是"枪疯子"。

一

那天，我和韩忠坐在徐贵的对面，中间隔着一道不锈钢的铁栏。徐贵瘫在黑色铁椅上，身形瘦削，颧骨夸张地外突，双眼睁得很大，感觉快要掉落下来。他惊惶地望着提讯室的四周，只有在提到枪的时候，两眼才放出光来。赴看守所提审前，同事就告诉我们，嫌疑人徐贵身上还有制枪的案底。

2012 年，28 岁的徐贵还是城郊机械厂的一名车间工人。他从小就痴迷仿真枪，时常在各处搜索相关枪械信息，加上厂里有车床这个便利条件，便在网上陆续购置了精密管、液压管、弹簧、火药、钢弹和铅块等材料。他找同事借了一把铰刀，又找了射钉枪和发令枪做破拆重组，趁周末厂里无人，躲在车间里制作枪托，给枪膛打孔，还把铅块磨成了一颗颗铅弹。

仿真枪做好了，徐贵天天把枪插在腰间，用上衣的下摆罩住，只等四下无人的时候，偷偷拔出来，打树上的麻雀。

一天晚上，徐贵在骑车下班的途中，看见一个陌生男子猛地抱住厂里的一位女同事，右手捂住她的嘴，一个劲儿地把人往草丛里拽。徐贵立刻跳下自行车，拔枪对准男人的头，暴吼着驱赶对方。陌生男子吓得撒腿就跑。徐贵追了几十米，还朝天空开了一枪。"那时我的枪是往天上打的，没有伤害他的想法，也不可能打到他，就是想看一下射击的方向。"徐贵后来说。

没想到，这次见义勇为却给徐贵惹来了大麻烦。那天，一起下班的同事也撞见了这一幕，联想到曾多次在车间看到徐贵拿着"枪状物品"鬼鬼祟祟的，还有不少奇怪的零件，便把"徐贵可能在制枪"的推测告诉了车间主任。

两天后的傍晚，徐贵刚走出家门，就被几个人团团围住。

"我以为是前几天的那个歹徒找人来报复我，看到他们人多势众，我就掏出随身带的那把枪，想把他们吓跑。"

谁知对方是便衣警察。很快，徐贵就交出了手中的枪，被带进派出所。当时民警问他，为什么要组装仿真枪支。徐贵的回答很简单，只有一句——"因为我喜欢枪。"

不久之后，徐贵组装的仿真枪支被送往市公安局物证鉴定中心检验，鉴定人员装弹后进行测速，认定该枪是以火药发射为动力的枪支，可以击发并具有致伤力。

案子被移送到检察院进行审查起诉。由于徐贵认罪态度良好，具有坦白情节，最终被法院以非法制造枪支罪"判三缓三"。

"我这个人直来直去的，也不爱讲话，一讲话就得罪人，跟厂里的同事关系不好。出事以后，他们就趁着机会挑拨。"徐贵后来说。

车间主任和总经理采纳了那些人的"意见"，经开会讨论后，开除了徐贵。这样一来，厂里的同事都知道徐贵为了玩枪，把工作丢了，便给他取了"枪疯子"的绰号。

"枪疯子，你下岗了！"徐贵被开除的那天，车间里有人冲他喊。徐贵默不作声，低着头走出了机械厂，骑上自行车，沿着坑洼不平的土路回了家。

徐贵回忆说，"枪疯子"这三个字就像子弹塞进了弹匣，"跟了我这一辈子"。

二

徐贵的妻子刘芸在市郊的一家超市做收银员，2012年制枪案发时，他们刚刚结婚三年。两人是父母介绍认识的，由于徐贵的相貌和性格的确不太出众，婚后家庭地位也一直不太高。"我很怕老婆，什么都听她的，厂里发的工资，每个月都上交给她。反正我的朋友很少，烟酒也不碰，花钱也就在淘宝上买几把塑料的水弹枪。"

徐贵丢了工作，想在社区开一家杂货铺，却筹集不到足够的资金。他找亲友借钱，亲友都嫌他"吃过官司"，把他轰出家门。最后还是刘芸东拼西凑，才顺利把杂货铺的生意做了起来，他们的日子也眼见着慢慢变好。

2015 年初冬，徐贵的缓刑期届满后还不到半年，一天下午 3 点，徐贵有事提前回了家。开门时，忽然听见房间里有异常的响动，他以为家里进了小偷，立刻推开门冲了进去，竟然撞见刘芸瘫在沙发上"溜冰"（吸毒）。

看到丈夫闯进来，刘芸吓得赶忙甩掉自制的"冰壶"。徐贵愣了几秒，低头看着地上的矿泉水瓶，立刻明白了。他上前狠狠踩了几脚，朝妻子咆哮起来。刘芸蜷缩着身子，跟他道出了实情。

几周前，刘芸的闺蜜秦丽丽找上门。秦丽丽曾在 KTV 里陪酒，在情人高云虎的唆使下，开始吸食冰毒。随着吸毒量加大，秦丽丽就跟着高云虎"以贩养吸"，"目标客户"自然是身边的好友。

一天，秦丽丽把刘芸带到自己的房间，说看刘芸整天闷闷不乐，不如尝尝她手上的"东西"，只要尝一口，浑身都自在。刘芸有些犹豫，秦丽丽就劝她："就吸一口又不会上瘾，也不要钱。"于是，刘芸学着样子，第一次吸了冰毒。免费吸食了两次后，刘芸越来越离不开了，开始频频与秦丽丽联系。

徐贵问她，上次他在店里算账，发现少了 1500 元，是不是被她用来买"冰"了。刘芸点了点头。徐贵没骂她，只是瘫倒在沙发上，颓然自语："完了，我们家完了！"

过了几天，徐贵在半夜里醒来，发现妻子不在身边。他轻轻推开房门，瞥见妻子独自坐在客厅里偷偷吸毒。徐贵一怒之下夺过冰壶，模仿着妻子的样子开始吸。刘芸尖叫着想拦住他，反被推倒在沙发上。

"我陪你吸，你看我能不能把它戒掉！"徐贵说。

"你这辈子都戒不掉！"刘芸狠狠扇了自己几个耳光，抱着徐贵，哭了起来。

接下来，每次刘芸吸毒，徐贵就跟着要一点，直到两人手头没货。徐贵毒瘾发作，就在屋里大声喊叫。有一次，他冲进厨房抄起一把水果刀，喝令刘芸把秦丽丽叫到家里，他要亲手宰了她。刘芸以为丈夫在说胡话，而且那几天，她一直也没能联系上秦丽丽。

供货的"上家"突然失踪，夫妻二人的毒瘾上来，只能到处托人找"货"。就这样，一对毒鸳鸯很快就混进了小城的"毒圈"中，和"道友"们打成了一片。

"我那时候想找秦丽丽算账，但一直找不到。"徐贵供述称，当时他跟妻子要了一张秦丽丽发在朋友圈的自拍照，他拿着这张照片，在毒圈里四处打听她的下落，很多人都摇头。也有人说自己以前"散毒"的时候嫖过秦丽丽，但记忆已经模糊，也不太确定。事实上，几天前，秦丽丽上门提供色情服务，趁嫖客不注意，窃走了对方的苹果手机和黄金手链，已经被公安机关刑拘。在移送检察院审查逮捕之前，警方也追查到了秦丽丽容留他人吸毒的罪行。

圈子里有个人叫王鑫，他告诉徐贵，自己认识这个女人，说她是高云虎的姘头，被逼着去卖春，据说被抓了。听说了徐贵夫妇的事，王鑫又劝他，既然陷得不算深，还没被警察逮住，不如趁早去戒毒医院"养一养"。否则照这样下去，他们俩迟早得进强戒所（强制戒毒所），那里就像坐牢，日子更不好过（依照法律规定，到医院自愿戒毒的人，警察不会追究他们原来的吸毒行为）。

徐贵说自己是个法盲，不清楚法律上还有这个讲究，"戒毒医院"

也是第一次听说。一方面，徐贵琢磨着——"假如我和老婆都去那里，开销也大"；另一方面，他对王鑫越发信任了。

三

等到 2016 年 3 月，徐贵开始出现幻听的症状。第一次是在一个傍晚，他忽然听见有人在自己耳边讲悄悄话，声音很轻，但他能听清，那人说："你永远没救了。"

徐贵转头望向两边，光线昏暗的卧室里只有他一个人。那个陌生的声音依然盘旋着，而且音量越来越高。徐贵大声喊叫，在厨房煮饭的刘芸赶了过来。徐贵问她家里是不是来了客人，他听到一个男人的声音。刘芸惊恐地望着他，过了一会儿，又安慰他说："我听别人说，吸毒会坏脑子。你前几天吸得多，是不是脑子出问题了，要不我陪你去医院看看？"

徐贵不愿意去看病，他反复回忆起厂里同事取笑他的话："枪疯子，你真应该到 ×× 号去看看脑子。"那门牌号，正是精神卫生中心的地址。

没多久，徐贵的症状越来越严重，被妻子强行带去了市精神卫生中心。在那里，他对医生说："吸食冰毒后，我的听力变得非常敏感，就像有了特异功能，我甚至可以听见十几公里以外火车轰隆隆开动的声音。今天早上出门的时候，路边有两个中年男人偷偷讲话，我听到他们是在议论我，嘲笑我是吸毒的，骂我没有出息，那些声音越来越响，开始折磨我，我就跟他们打了起来。老婆拉开了我，打车把我塞到你们这里。"上面这段记录也保留在精神病鉴定报告的资料摘要里。

直到 4 月 6 日，徐贵杀人后，公安分局委托精神卫生中心的司法鉴定所对他进行精神病鉴定。鉴定人员同样认为，徐贵是在使用"精神活性物质"（冰毒）后，患上了"苯丙胺类中毒性精神病"。并且，我们也查看到他此前的诊断报告："言语性幻听，思维略显散漫，情绪不稳定，存在近事遗忘和关系妄想……"

春风微冷，扬起路上细细的尘沙。离开医院那天，徐贵和刘芸在车站前等了很久。精神卫生中心位于偏远的城郊，那辆回家的客车迟迟没有驶来，徐贵却说他"又听到声音了"。刘芸帮他拧开矿泉水的瓶盖，让他先吞一粒药，叮嘱他等会儿上了车，千万不要滋事。

过了几天，徐贵跟刘芸说，城北有一家戒毒医院，想让刘芸去疗养，"哪怕调理一下身体也好"。刘芸生他的气，问："那地方不是跟强戒所一样？你自己为什么不去？"

"以前我改枪被法院判了缓刑，单位里的工作也被挤掉，你没嫌我，还帮我到处借钱，铺子才开张了。我反正犯过案子，进强戒所也无所谓，你跟我不一样。"

徐贵在外面借了钱，已经打到刘芸的银行卡里。他让刘芸进医院养养身体，别被毒品弄废了。徐贵还提出了离婚，说不想拖垮刘芸。

刘芸抱着徐贵哭了起来，说自己年纪不小了，又吸过毒，离婚了也没人敢要。再说，徐贵是跟着她才吸毒的，又患上精神病，她得好好照顾他。

"你不愿意离，我们俩早晚都得被毁掉，分开来还能保一个。"徐贵还是坚持。

刘芸不想离婚，也不想去什么戒毒医院。徐贵却说，城北的戒毒医院提供药物治疗和心理治疗，环境和条件比强戒所好，不太容易进。他已经托王鑫找了关系，刘芸要是不去，那笔"疏通费"就打了水漂。

"你别管我，我撑不住就到强戒所报到。"徐贵安慰刘芸说，"要想想你自己，你爸妈都在老家，还不知道这件事。我的堂哥在市区里做生意，我去看看能不能帮忙。"

经不住徐贵的软磨硬泡，刘芸最终还是去了戒毒医院。临别之前，她叮嘱徐贵务必按时服药。

很久以后，徐贵才从"道友"那里得知，"疏通医院的关系"是王鑫惯用的伎俩，2000元的"疏通费"早就被他用来吸毒了。等徐贵去找王鑫算账的时候，王鑫已经被关进了强戒所。但是把妻子送进医院做自愿戒毒，在徐贵看来，是他做出的最正确的决定。

入院不到一个星期，刘芸就给徐贵打电话，说戒毒医院根本就不是人可以待的，里面每个戒毒的人都有精神病，病得比徐贵还要厉害。她质问徐贵："你为什么要把我送到这种地方？"

刘芸哀求徐贵赶紧把她接出来，她很久没碰"那个东西"了，已经被折磨得生不如死。徐贵在电话里沉默着，然后坐车去了戒毒医院。

这才几天，刘芸就像完全变了个人似的，她面色枯黄，眼窝凹陷，见徐贵没带"那个东西"来，就立刻把他推开，还说了很多尖酸的话。

徐贵想给刘芸削个水果，但医院规定病人及其家属不能携带任何尖锐物品。护士告诉徐贵，在这里戒毒的病人为了逃出去，有人生吞过钥匙、刀片、钉子，甚至罐头拉环。

徐贵离开医院之后，刘芸就再也没有给他打过电话。

四

徐贵回到空荡荡的家，独自在家里走来走去。晚上刚关上灯，毒瘾就犯了，他焦虑不安起来，"感觉喘不过气，我就像有发不完的火，浑身燥得慌，特别想砸东西，摔烂了几个玻璃杯"。

翻阅精神病鉴定报告时，同事韩忠看到这一页，专门对我说，他以前去过强戒所，曾有一位戒毒人员向他描述毒瘾发作的滋味——"就像是精神凌迟"，自己被"千刀万剐"。

徐贵的手头没有"存粮"，他实在忍不住，拨了"道友"宋全的号码。宋全解释自己手里的货不多，加上最近风声紧，他说："虎哥刚从城北的戒毒医院出来，要不我帮你问问他？"

徐贵问谁是虎哥，宋全回答："就是你上次打听的高云虎，以前秦丽丽的货就是他供的。"

"高云虎怎么会去戒毒医院？"徐贵不解。

宋全就跟他讲了"歪理"，说虎哥平常吸得狠，到了戒毒医院就是去拉拉量，调理一下被毒品弄坏的身子，也为了躲避警察。而且虎哥算不上毒枭，每次卖那么零星半点，就算是被警察盯上了，进去也蹲不了多久。

徐贵犹豫了一会儿，说："那你快点帮我联系他。"

经人介绍，徐贵终于见到了他一心想找的人。他想提秦丽丽，但又想到高云虎手里有他要的东西，只能闭嘴。

徐贵供述称，他是有过杀掉高云虎的想法的，但自从两人认识之后，他发现这个瘦高黝黑的男人非常喜欢给身边的人洗脑。在毒品的诱惑下，徐贵也不可避免地成了高云虎的"下家"，让他提不起心中的恨意，反而产生了依赖，这让当时的徐贵"自己都瞧不起自己"。

高云虎是毒圈里的老油子，和徐贵接触久了，他近乎炫耀般地讲述了自己的吸毒史——2007年，他因为注射毒品被处强制戒毒和劳教。出狱后他跟朋友去了昆明，因贩毒被捕，在云南小龙潭监狱服刑，2013年刑满释放。前些年，因为一次酒后寻衅滋事又进去蹲了一阵子，结识了一群新狱友，宋全就是其中一位。

"我这个人嘛，就是喜欢交朋友。"高云虎搂着徐贵的肩膀说，"以前在云南坐牢，一个狱友是徐州的，跟我在同一个号子。我们都叫他小徐州，这人跟我私交好，很讲义气，刚放出来就到这里看望我，还带了一样特别的东西。"

"啥？"徐贵问。

高云虎骂徐贵脑子不灵活："还能是什么东西？'粉'（冰毒）呗！真是好人没好报，哪里会晓得他后来下场这么惨哦……后来还是托朋友问，我才知道他在一次交货的晚上遭人暗算了……"话还没讲完，高云虎突然压低声音，变得很神秘，对徐贵说，"我再给你看样东西。"

接着，他从床底的木箱里掏出两把枪摆在桌上。徐贵看了一眼，其中一把是射钉枪，另一把是部件缺损的黑色手枪。

"我听说那天夜里，小徐州就是被人用这种射钉枪顶在额头上，后脑勺的碎骨片都崩出来了。"高云虎说。

徐贵还是没理他，拿起那把手枪，看到枪身掉了黑漆，又看了看底部，说："这把枪的弹匣盖坏了。"然后他退了弹匣，拉动套筒，接着说："仿的是64式，枪膛烧坏掉了。"

高云虎有些惊奇，问他："你懂这个？"

徐贵说自己以前改过枪，差点坐了牢，外号叫"枪疯子"。高云虎又找出一个淡绿色的茶叶罐，里面藏了三颗子弹。徐贵捏起一颗，看了看弹头，说是"64式的子弹"，又放到手里掂了掂，注意到弹壳底部的刻印，是311军工厂的标记。

"以前没看出来，你藏得挺深。"高云虎拍了一下徐贵的肩膀说，"跟毒品打交道的人，兜里都藏过枪，不仅怕警察，更怕黑吃黑，因为对方要你的命。"

徐贵端详着那片残损的弹匣盖，紧接着推上弹匣，猛拍着弹匣底部，又把枪放到耳边听回膛的声响。

"你这种枪是不用挂机杆的，回膛要拍一下底面的弹匣盖。你看，现在还是空仓挂机，这就说明弹匣前面那个粗钩烂掉了。"徐贵解释道。

"这枪是我朋友在贵州弄的，后来转给了我。"高云虎说，"你那么懂枪，能不能修好它？"

"这个说不准。"徐贵说最短也要两三个星期。

看守所里，徐贵低头注视着讯问椅的黑漆桌面，仿佛上面就放着那把枪。"那把枪做工很粗糙，被人打过子弹，枪机里面很多零部件已经烧变形了。"他一字一句地回忆道，"我说，我的兄弟是做零件代加工的，我在网上发给他一些图纸，让他帮我把零件做好，然后再寄过来。"

那天，高云虎让徐贵把枪带回去修，徐贵把枪塞进外套里，接着伸手去掏茶叶罐里的子弹。高云虎一把握住徐贵的手腕，命令他把子弹放回去。

五

枪很快就修好了，掉漆的枪体在台灯下透出黑蓝色的光。徐贵说拉动套筒时那金属碰擦的声音令他感到无比舒畅，后来他还专门对精神病鉴定人员讲："这种声音可以赶掉脑子里那些乱七八糟的东西。"

我们曾在市公安局出具的物证鉴定报告里看过那把仿64式手枪。照片中，那把枪显得灰暗破旧，掉漆的枪身有双环图案，握把装了两颗粗大的圆钉扣。枪的下面放着测量用的黑色卡尺，全枪长165毫米，"枪支结构完好，各部件联动正常""符合以火药发射为动力的射击原理，能够发射国产64式7.62毫米手枪弹"。

次日清晨，徐贵坐上了一辆客运大巴，匆匆赶去城北的戒毒医院。刘芸同屋的戒毒人员有的还在熟睡，刘芸孤零零地坐在病床边上，望着窗外的天光发愣。刘芸的气色稍显好转了。可没聊几句，徐贵就发现她的反应很迟钝，问一句话，她要停顿两三分钟才能回答。徐贵哄刘芸说，只要再过1个月就能接她回家了，给她买最爱吃的东西。刘芸没有理他，依然怔怔地凝望着窗外。

在回家的半路中，徐贵看见一个手插口袋的男人朝他走来。

后来徐贵在司法鉴定所接受精神检查时，自称有透视的特异功能，"我怀疑对方手里也握着枪，要暗算我"。两人擦肩而过后，徐贵呆站在原地，转身看着那个人的背影，他的右手伸进外套，捏住了那把枪的握把。

"这时，我听到有人在命令我，叫我杀掉他。我就开口讲话了，问杀掉谁，是不是刚才那个人？那声音还是在响，说杀掉他。我很害怕，就赶紧跑回家了。"这是徐贵在精神检查中的自述，鉴定人员将这种症状称为"命令性幻听"。

徐贵跑回家后，立即吞服了药物。他在接受精神鉴定时说，自己服药后经常会头晕目眩，"有段时间觉得没用，就不吃了"。鉴于这种情况，徐贵决定得赶快把枪还给高云虎。

2016年4月3日傍晚6点，徐贵给高云虎发了条微信："东西弄好了，几时给你？"

隔了2个小时后，高云虎回了消息："5日晚上来吧，过来当心点。"

徐贵和高云虎碰头的时间是5日晚上10点。

晚上9点30分，徐贵出了门。他走到半途中，骤雨落下，打在他的身上，到了高云虎所在的居民楼前，他已经浑身湿透了。

在警方提供的监控录像里，当晚10点26分，徐贵走进居民楼的电梯内。他穿着一件轻薄的黑色运动外套和灰色牛仔裤，摁亮七楼的按钮后，回望了一眼摄像头。

一两分钟后，徐贵进入七楼的监控范围，他在第二个房门敲了三四下，原地站了片刻。门打开后，屋内透射出的灯光照亮了他的身影。

徐贵说，自己把手枪交给高云虎后，高云虎退掉弹匣，拉开套筒，看了看枪机内的新部件，随口夸了他几句。接着又在柜子里找出那个淡绿色的茶叶罐，倒出三颗黄铜色的子弹，全部装了进去，"他当时弄得不对，那个弹匣本身也有点问题，突然卡住了，没法推进去"。

徐贵站起来，说："我帮你弄！"

"那你当心点。"高云虎说着，就要把枪递给徐贵。

当时，高云虎和徐贵二人面对面站着。看到高云虎握着枪，徐贵一下子就慌了，"我以为他跟上次那个路人一样，想弄我。脑子里的声音又响了，命令我马上杀掉他，不然刘芸就完了。我还看到以前刘芸抱着我哭的场面"。

"他就站在我的跟前，忘了我手上的枪开了保险，我扳了击锤，朝他的头扣了扳机。"

第一颗子弹从枪口射出，形成弹道，弹头在空气中飞速旋转着，从高云虎的前额射进，从后枕部穿出。

案卷提供了现场和尸检情况：高云虎的尸体位于房间客厅的中央，呈仰卧状，地面一片血泊；体表均为枪弹伤，有三处贯通枪弹创；一颗子弹从左前额射入，从后枕部穿出，另两处创道进入腹腔穿过肠系膜、小肠壁及后腹壁，下腹部为射出创口，呈撕裂状。

韩忠问："你刚才说，开的第一枪，这就已经致命了，那为什么还要再打他的腹部？"

徐贵说他当时已经无法辨认自己的杀人行为，对着高云虎的肚子补了两枪之后，他注视着倒在血泊中的高云虎呆住了。随后徐贵把枪放进外套内侧，离开了那栋居民楼，孤身走在雷雨中。

"那时候我不知道自己杀了人。"徐贵的幻听症状是间歇性的，事发后他回了家。症状缓解后，才意识到自己闯下大祸，"当时我就想逃，想乘车逃到外省，但是逃也逃不掉"。大约过了两个小时，他决定去派出所投案自首。

随后，韩忠对徐贵做了释法说理：徐贵罹患的"苯丙胺类中毒性精神病"是由吸毒引起的，而吸毒在法律上属于"自陷行为"。如果徐贵怀疑高云虎要侵害自己，然后开枪，属于"假想防卫过当"。这两种行为都构成犯罪。至于他的自首情节，可以从轻或减轻处罚。

而在精神卫生中心的司法鉴定意见书里，鉴定人员则认为徐贵在自愿吸毒后，受精神症状的影响，对作案行为的辨认和控制能力受到损害，根据司法部《精神障碍者刑事责任能力评定指南》，"不宜评定被鉴定人徐贵的刑事责任能力"。

同时，徐贵"病情基本缓解，现仅存心因性幻听及牵连观念，意识清晰，思维连贯"，徐贵也认识到他所犯的罪行、面临的法律程序和法律后果，可以被评定具有受审能力。

"这都是老天爷的安排。"徐贵低着头，声音嘶哑地说，"那把枪是他给我的，我发病，再开枪杀掉他，跟他同归于尽，这就叫'一报还一报'。"

"还好我老婆在医院戒毒，没跟我一样被毁掉。"自始至终，徐贵一直念着妻子的名字。我问他还有什么要补充的，他随即问道："我能不能给家属写信？我想让他们替我照顾刘芸。"

"估计不太方便，但我们会联系这里的驻所检察官，让他帮你解决这个问题。"韩忠说。

提讯结束后，我们把徐贵带到第三监区的铁门前。管教民警板着面孔，用挂在胸前的门禁卡贴了一下感应器。"咔"的一声牢门敞开，像是通往另一个世界。

徐贵蓦然回望看守所的走廊尽头，神色凝重地问我："你说，人为什么会喜欢枪？"

枪是权力的隐喻，一把粗制的仿64式手枪，暗含了对他人的生杀大权；而毒品同样如此，以极端的方式，操控他人的精神和生活，让人为之疯狂。

当时我并没有说话，或许徐贵的心中早已有了答案。

尾　声

后来，我联系了驻所（看守所）检察官，在他的协调下，徐贵的丈母娘赶到城北的戒毒医院，去照顾刘芸。

驻所检察官告诉我，徐贵跟同监的犯人讨了几张黄色的横线纸，给他写了两封长信，一封是感谢信，一封是检举信。在那封检举信里，徐贵主动供出了宋全伙同高云虎贩毒的一系列线索。驻所检察官立即将相关材料移交，经公安局查证属实，宋全被抓获归案。

徐贵的案子最终被提起公诉。由于具有自首和坦白情节，并且有立功表现，徐贵最终被判处有期徒刑十二年，剥夺政治权利三年。徐贵当庭表示不上诉。

去年10月，我还在秦丽丽的承办检察官那里了解到，秦丽丽的"狐狸尾巴"终于被警方揪住了，剩余的漏罪——被发现，承办检察官随即进行补充起诉。

"这个嫌疑人没有任何悔罪的表现，光想办法抵赖。我跟她说，害人的那些脏事，法律会一笔一笔跟你算清楚。"

十九岁，她杀了自己刚刚产下的女儿

当天早晨 8 点 13 分，民警赶到现场。勘验人员在卫生间的纸篓和淋浴间里共提取了七处血滴，又在淋浴间的不锈钢扶手上发现两处血迹。法医从水槽里将蜷缩的死婴抱出，发现脐带和胎盘还连接着。

未成年刑事检察，简称"未检"，这个部门的检察官被称为孩子的"国家监护人"。

我曾经在这个业务部门工作，其中一个案子我至今都记忆犹新。被害人是一个新生儿，犯罪嫌疑人丁佳云是她的生母，一个年轻的大二女生。

我曾在先前查阅卷宗的时候，在公安局物证鉴定所出具的《法医学尸体检验鉴定书》里，看到了那具无名女婴的尸体。女婴被翻过身，脊背朝外，蜷缩着趴在剖验台上，这个姿势和案发时证人的描述很相像。我想起丁佳云说她时常梦见水槽中俯卧的女婴，最终被梦里的婴啼声惊醒，吓出浑身冷汗，"永远都是在下半夜，跟那天我生的时间差不多"。

一

2016 年 12 月 18 日清晨 7 点，空气湿冷，整个大学校园正在苏醒。清洁阿姨杨丽华拿着水桶和拖把，走向女生宿舍二楼的盥洗室。

盥洗室就在楼层的尽头，阴冷的白光照亮了门前的几滴血迹。擦掉血迹后，杨丽华踏入盥洗室，拿抹布擦拭着第一间淋浴房的隔门，在里面看见一张浸满血色的纸巾。后来她回忆称："那些女生来了例假以后，会把卫生巾随手丢在淋浴房里面，我就一张张去捡。"

第二间淋浴房里面没有发现血迹，第三间淋浴房的门口下方是防滑踏板，上面有一串醒目的新鲜血滴，一直滴到水槽附近。

杨丽华打开门，低头望见浓浓的血水铺满了地面，还有少量的血块。"以前从来没看到过那么多。"杨丽华犯了嘀咕，弯腰捡起地上几张带血的纸巾。

"水槽那里有五个水龙头，第四个水龙头没拧紧"，水珠一滴一滴落下。杨丽华走近水槽，突然发现一团带有血渍的睡衣，"那件衣服下面包着一个毛茸茸的东西，好像是头发。我以为是什么小动物，把衣服抽掉，就看见一个婴儿趴在那里，我吓坏了"。

听到尖叫后，宿管阿姨也快步奔进了盥洗室，看到了水槽里的婴儿，便赶紧联系了校保卫处。保安队长带人赶到后，凑过去一看，发现那个婴儿已没有任何生命迹象，便立即报警。

当天早晨 8 点 13 分，民警赶到现场。勘验人员在卫生间的纸篓和淋浴间里共提取了七处血滴，又在淋浴间的不锈钢扶手上发现两处血迹。法医从水槽里将蜷缩的死婴抱出，发现脐带和胎盘还连接着。

民警对每一间宿舍逐个做了调查摸排，其中 213 宿舍的一位女生向他们反映称，早晨她起床穿衣服的时候，看到室友丁佳云着急忙慌地跑进来，面色苍白，双手略微有些颤抖，淡蓝色的睡衣下摆有一片鲜红色的血渍。同时，杨丽华提供的证词也印证了那名女生的说法："我怀疑是那个叫丁佳云的女生，早上我看到她身上有血迹。"

丁佳云是艺术学院的学生，在室友们的眼中，她以前性格大大咧咧，成绩也好，可最近几个月，却突然变得不爱说话了，常常独自在阳台上发怔。室友问她是不是藏着心事，说不如跟大家敞开心扉。丁佳云婉拒了她们的好意，只说自己"最近有点抑郁，过阵子就好了"。

民警排查了所有的宿舍房间，发现丁佳云并不在，就拨了她的手机号。

电话接通后，民警向她询问了情况，她矢口否认，声音听上去气若游丝。民警追问她在哪里，丁佳云一直默不作声。这时另一个女人接听了电话，自称是丁佳云的老师，早上她望见丁佳云的裤脚一直在往下淌血，流了一地，丁佳云气色非常难看，就打车带她去了附近的第二人民医院。

二

医院对丁佳云做了身体检查，证实她的确刚分娩不久。经过民警的再三问询，丁佳云终于承认，12月18日凌晨，她在二楼盥洗室自行分娩，随后将诞下的女婴丢弃在水槽里，还用自己带血的淡蓝色睡衣盖在婴儿的脊背上。

两名女侦查员进入了丁佳云的病房。丁佳云在开始供述前，先摸到了柜子上的手机，给她的男朋友赵远打了电话，并且直接按了免提键。"嘟嘟嘟"声回荡在安静的病房里，但电话另一端的男友却迟迟没有接听。

丁佳云说，她和男友赵远是在2015年3月认识的，先后发生过几次性关系，赵远没有做保护措施，"当时我是不知道自己怀孕的，因为正常来例假，男朋友也不知道我怀孕这件事"。

12月18日凌晨3点左右，丁佳云的下腹产生剧烈的疼痛。被痛醒后，她以为是要腹泻，就赶忙冲到二楼尽头的盥洗室。可肚子越来越痛，冬夜里，她感到额头冷汗涔涔，后来一大坨带血的东西从体内分离，发出沉闷的声响。盥洗室的灯光有些发暗，丁佳云低头看了一眼顿时骇然失色，"……当时我看到了那个场面，心里非常害怕……血弄在睡衣上面，不断地往下流淌"。

最初在医院接受盘问时，丁佳云说女婴是活着的："我看到那个小孩想咳嗽但是咳不出来，担心小孩大哭会惊醒别人，就想捂住她的嘴，但是她没有哭，样子非常吓人。我的大脑一片空白，看到附近有个水槽，就双手捧着那个带血的婴儿和胎盘，把她放到里面。"

两天后丁佳云出院的上午，她去派出所再次做了正式笔录，供词却出现了变化——这一次她说不确定自己生下的婴儿是不是活着，到底有没有啼哭，自己也已经记不清了。"当时那一大团东西掉下来"以后，确定是个婴儿，她心里非常恐慌，"就像在做噩梦一样"，有种强烈的羞耻感，害怕被室友和其他人发现，想赶紧把婴儿处理掉。

很明显，卷宗里丁佳云的两次供述疑点重重——起初的笔录供述中女婴有生命体征，之后她又坚称自己产下的是死婴；其次，她的男朋友赵远跟她在同一所高校就读，是计算机学院的大三学生，两人平常交往密切，看着女友的变化和日渐隆起的肚子，赵远怎么可能无从觉察？

很快，我与承办人唐娜对丁佳云做了讯问。

我第一次见到丁佳云时，她瘦弱文静，披着齐肩的棕色长发，整张面孔毫无血色，薄薄的嘴唇像凝着一层白霜。她的精神状态看起来很差，似乎长时间饱受着失眠的困扰，左手的食指和中指不时缠绕着干枯的发梢，眼神有些游离，一会儿转移到门口，一会儿又朝我和唐娜瞟了瞟。

得知我们的来意后，她的双眼闪过一丝惊恐，接下来的神情就更为复杂了——敌意、懊悔和绝望交织在一起。

"你不要紧张，如实回答问题就好。"我从包里抽出一叠材料。我看到她的脸色蓦然发沉，整个人神经紧绷，似乎很压抑。她盯着我拉上黑色公文包的拉链，又把头低了下去。

工作久了，每个检察官都有自己独特的讯问风格，唐娜的声音比较轻柔，语速不疾不徐。核对案发那天的细节时，丁佳云突然深深地吸了一口气，不说话了。唐娜没有急着催促，暂时先转移了话题："从我们的讯问开始之前，你就非常紧张，是不是有事瞒了下来？"

"没有没有……"丁佳云赶忙摇头说，"事情都到这个地步了，我有什么好隐瞒的？"

"那是什么原因呢？"

"可能那天看到那一坨东西，然后就吓坏了，心里受了一点刺激。"

唐娜告诉丁佳云，在案件审结以后，检察院会委托心理咨询机构对她进行心理干预。接着，她重新问了丁佳云产下女婴后的具体细节。

这一次，丁佳云坚称自己产下的是一个死婴。

她说，自己一开始不确定那团东西是什么，把头别了过去，不敢去看。这时她看到身后有个水槽，就想把婴儿放进去。双手抱起婴儿的时候，发现婴儿一动不动，也没有啼哭。

"那你在公安机关那里做的第一份笔录里面，说你看到婴儿'好像要咳嗽，但咳不出来'，有没有这个情况？"唐娜问。

丁佳云的身体忽然像触电般颤动了一下，眼神有些闪烁。过了片刻，她说自己不确定产下的婴儿有没有动静，做第一份笔录的时候，可能对警察说过小孩想咳嗽的话，但是记不清了。

"那你男朋友知道你怀孕的事吗？"唐娜看了一下桌上的材料，问道，"在公安机关的第一份笔录里，你说赵远并不知情，到了 1 月 9 日你做了第二份笔录，说他知道这件事。每次发生性关系的时候，他有没有强迫你？"

"我是自愿的。"丁佳云说，"怀孕这一点他是知情的，之前在第一份笔录里说他不知道我怀孕的事，是我在说谎……我什么都记不清，脑子到现在还是空的。只要想到那坨血淋淋的东西，我就很害怕，而且感觉恶心。这么长时间了，半夜里我老是梦到她，梦见她在哭。"丁佳云细长的眼睛突然睁大，眼神很复杂，既有抗拒，也有求救。接着，她紧紧抱住头，双手攥紧，揪住自己的头发，传来压抑的抽泣声。

"你不要害怕，先把手放下来，深吸一口气。"我用尽量温和的语气安抚她。

"别紧张。"唐娜注视着丁佳云说,"我们不会逼你讲什么,这是你的权利。"

丁佳云把手放了下来,抬起了头,对刚才的供述又做了补充:"我想起来了,那个婴儿确实一生下来就是死的。如果她一直在哭,别人也会发现的。"

这时她的情绪很不稳定,她称自己生下的是死婴,却属于"交代不诚"。

三

针对初生婴儿是否系"活产",法医学上有一种鉴定方法——肺浮扬试验。

尚未呼吸的肺,因为内部并不含空气,在实验水缸中会下沉,而呼吸过的肺含有气体,体积便随之增大,身体比重则小于水,放入水中不会下沉。鉴定书显示,法医根据《新生儿尸体检验》规定,对无名女婴进行肺浮扬试验,最终试验结果呈阳性。这就意味着,丁佳云生下的婴儿属于新生儿活产。

在鉴定报告的最末,法医分析认为,在排除机械性损伤死亡后,"剖验过程中未检见口唇黏膜发绀、面部淤血貌、心肺表面出血斑点等窒息征象",故而排除了女婴机械性窒息死亡的可能性,符合新生儿猝死。

这也就意味着,丁佳云之前的供述是在撒谎。

"如果我们依照现有的证据,足以认定那名婴儿出生时是属于活产,那么丁佳云的行为就已经构成遗弃罪或者故意杀人罪。她很可能在网上查询过相关的法律法规,所以在后来几份笔录里,一直咬定自己生下的是死婴。"唐娜分析说。

"孩子太可怜了。"我回想着婴儿的尸检照片,又想到丁佳云描述婴儿时的恐惧和战栗，不禁有些唏嘘，"我工作到现在，她应该是年纪最小的被害人了。"

"也许丁佳云在处理时，并没有意识到自己已经涉嫌犯罪，而且从另一个角度来说，她自己也是受害人……"

唐娜之所以这么说，还是因为本案的另一个疑点——丁佳云的男友赵远。

丁佳云在公安机关的第一份笔录里，谎称赵远对怀孕的事并不知情，但在唐娜讯问她的时候，她却说赵远知道她怀孕，还带她去医院检查过。这个容易被忽略的细节跟丁佳云弃婴的犯罪事实似乎并无关联，可她为什么要说谎？

卷宗里记录了赵远在案发后第三天的证言。那天赵远接到了民警的电话，到派出所做了笔录，说他和丁佳云在 2015 年相恋，先后发生过几次性关系，"都是体外射精"。到了 2016 年 7 月中旬，丁佳云发来微信说自己怀孕了。

按照丁佳云的说法，赵远最初的态度很好，陪着她去医院检查，"他要我把孩子打掉，叫我不要担心钱，他自己准备了 15000 元，我想他一个月生活费也没多少，就问他钱是哪来的，他什么也没说"。

医生看完了检验报告，对这对情侣说，现在丁佳云腹中的胎儿已经很大，没办法堕胎，只能生下来。

赵远也承认，那次他带着丁佳云走出了诊室，在医院的大厅里坐了很久。两人还没有工作，日常开销都是由父母供着，如果把孩子生下来，就意味着要花更多钱，到时还得结婚，"被学校发现了，影响也不好，我就跟丁佳云说，我自己还没想过那么多，也没准备好"。

可对于赵远以上的证词，丁佳云却有不同的说法。

第二次讯问时，丁佳云依旧瘫在黑色椅子上，干枯的头发披散着，看起来很疲乏。她一口咬定赵远在派出所做的笔录"漏掉了最关键的东西"——"当初我在警察那里撒谎，说他并不知道我怀孕的事情，是怕他受到牵连。可我根本没想到，他反过来抛弃我，做了很多让我寒心的事情。我恨他，甚至想报复他，这辈子都把他当作仇人。现在我想要把他说过的话、做过的事，全都讲出来，不想再替他隐瞒。"

丁佳云说，那天下午离开那家医院后，他们俩各怀心事，挤入下班高峰期的车流。刚走下公交车，赵远便不停地抽烟，一团烟雾缭绕在两人的周围，他埋怨丁佳云说得太晚，现在左右为难。

丁佳云急忙跟他解释，年初的时候，她有过不舒服的症状，但是例假正常来，到网上查了以后，觉得不是怀孕，就没有放在心上。直到后来，她的肚子越来越大，才知道"闯祸"了。

"既然现在必须得生下来，"赵远说，"到时候你就想个办法处理掉。"

丁佳云有些惊恐，问他"处理掉"是什么意思。

"还能是什么意思？就找个远一点的地方把那个东西处理掉，动作越快越好，应该没人会发现。"赵远显得很烦躁，低头看着他丢弃在路边的烟蒂。

"这是你的孩子，怎么能说扔就扔掉呢？"

"那你自己看着办吧。"

回学校的路上，两个人没再说话。

四

"前面几份笔录里，为什么没讲到这个细节？"唐娜听到这里，立即追问丁佳云。

"那时候我怕说出这件事会连累他，所以就撒了谎，说他不知道我怀孕。"丁佳云闭起了眼睛，好像说到了她的痛处。

"你们在微信上有类似的聊天记录吗？"

"没有。"丁佳云低下了头，"他就只说过一次。"

"如果说的这些并不属实，你知道自己需要承担的法律后果吗？"唐娜提醒她。

"我知道。"丁佳云的眼神很坚定。

她说，12 月 20 日下午，警察对她采取了取保候审。她在家给赵远打了电话，但是电话没人接，于是就用了母亲的手机继续打。赵远接了以后，说弃婴这件事在学校里闹得很大，生活受到影响，他自己也无能为力，"现在分手对谁都好"。

丁佳云复述到"分手"两个字，表情像被捅了一刀，白灯光下，泪水把脸颊润得发亮。紧接着，她赶忙擦干了眼泪，继续说道，"当时我就在电话里对赵远讲，这个小孩是你的，现在死了，我也说不定要坐牢，你把我甩手丢掉了，对得起自己的良心吗？"

听到女友的哭泣，赵远却在电话里说："你又不是处女，而且到了怀孕几个月的时候才跟我讲，就说明这个孩子不一定是我的——给我戴了绿帽子，现在难道还要叫我帮你请律师？你自己说，到底是谁对不起良心？"

"不是处女""孩子不是我的""戴绿帽子"，赵远的这些话像刀，刀刃上还带着血槽，丁佳云只觉得"心里的血都快被放空了"，泪水浸湿了她的脸。为了"不让赵远笑话"，她拼命屏住隐隐的抽泣声，反问他："当时从医院出来的时候，不是解释过了吗？"

"这些话你自己信吗？我看你就是想要钱。你别以为我是个印钞机，再多的钱也供不起你这个祖宗。就这样吧，以后别再打扰我了……"还没等丁佳云说话，赵远就很不耐烦地挂断了。

在通话过后的几个星期，丁佳云用家人的手机又给赵远打了无数个电话，甚至办了一个新号码，但赵远的手机永远处于关机状态。

五

之后很长一段时间里，丁佳云把自己关在房中，跟父母也说不上几句话。父亲就整天叹气，生怕她被关进监牢，从此耽误一辈子。而她的母亲在她哭泣的时候，就陪着她，给她擦眼泪。

"你们知道吗？我每天根本就睡不着，一闭眼就老是想起赵远说的那些话，再想想他以前对我讲的那些甜言蜜语，突然变得非常可笑。我闺蜜跟我说，叫我千万不要回学校，也不要看微信，学校里有一些男生讲过很难听的羞辱我的话，说我'不检点'，闺蜜气得差点跟他们打架。多亏有闺蜜在，不然我真的撑不到现在。"

此时丁佳云苍白的面颊已被泪水润得晶莹透亮。唐娜递给丁佳云一包餐巾纸，让她先把眼泪擦干，平缓一下情绪，然后问她："那赵远后来和你还有没有联系？"

"没有，从来没有。我想过报复他，但是那样会连累家人，最后就放弃了。"丁佳云说。

讯问即将结束，丁佳云在笔录上签字确认的时候，看到供词上面写的"赵远"，紧握住黑色水笔在那里戳出了一个小洞。

"我现在每天都会梦见那个小孩，在梦里哭哭啼啼，快把我逼疯了。"丁佳云突然歪着头，凌乱的发丝后面，死鱼般的眼睛透出绝望，"你们说，这是不是报应？"

"这是因为你心里有负罪感。你在这个案子里有两个身份，既是嫌疑人，也是受害者。那个死婴给你造成的心理阴影，加上男朋友给你带来的伤害，还有大学校园里那些流言蜚语，导致你现在心理创伤非常大。结案以后，我们会马上给你派治疗师，也希望你积极配合治疗，以后好好地生活。"唐娜认真地回答她。

案件审查结束后，心理援助中心接受检察院的委托，派出心理治疗师对丁佳云做了疏导治疗。那时丁佳云正取保候审在家，但是死婴案的阴霾已经构成了庞大坚固的灰色樊笼，她可能要花费更长的时间，才能走到阳光照射的地方。

2017年，法院组成合议庭，开庭审理了此案，检察院指派唐娜出庭支持公诉。

在法庭上，唐娜起立宣读起诉书。丁佳云一直不敢抬头，散乱干枯的头发被她扎在脑后，双手紧紧地交握在一起。

也许在等待开庭的期间丁佳云的情绪压抑得过久，变成了体内的一颗定时炸弹。当她听到起诉书中指控她弃婴的犯罪事实时，这颗情绪炸弹终于被引爆，她尖锐地喊了一声，仿佛整个身体快要撕裂开来，泪珠瞬时滚落在被告席上。在侧旁端坐的女法警赶紧起立，凑到丁佳云身边，防止她自残，庭审一度被迫暂停。

在恢复后的庭审里，丁佳云的情绪已经平复，她说自己对指控的犯罪事实、证据和罪名都没有异议。她的辩护律师认为："委托人丁佳云缺乏基本的生活常识，由于法律意识淡薄而犯罪，主观恶性较小，属于初犯、偶犯，并且具备社区帮教的条件，建议法院对她从宽处罚，并且适用缓刑。"

最终，法院采纳了辩护人的意见，丁佳云被判处有期徒刑三年，缓刑三年。

我当时坐在唐娜身边，看到丁佳云长长地吁了口气。

让丁佳云"处理掉"孩子的赵远，由于证据不足，看起来太平无事，但他的事情并没有结束。两个月后，检察院受理了一起诈骗案，嫌疑人名叫"赵远"。起初我以为是同名同姓，后来这起诈骗案的承办人告诉我，这名嫌犯正是丁佳云的前男友，而且，他涉嫌的诈骗案件与死婴案存在联系。

原来，赵远和丁佳云恋爱的同时脚踏两只船，在其他院校还有一个女友。他到案后交代，自己并不喜欢那个女生，只是看在那女生的家境好，肯为他花钱，就确立了恋爱关系，然后用各种名目，以"名借实骗"的方式共骗取 36000 元。

死婴案被爆出后，在大学里闹得沸沸扬扬，一直传到赵远另一个女友的耳朵里。女生又回想起过去他借钱的事，便给赵远打了电话，却发现他手机关机，一气之下就到派出所报了案。

尾　声

几年后的清明节，我到墓园祭扫，途中遇上了堵车。车窗外不远处是北郊殡仪馆，里面有一间解剖室，作为分局法医师的检验地点，一具具尸体都会被运送到这里，其中就包括那名女婴。

我忍不住再一次想起照片中的那个小小的孩子。

此时殡仪馆外的路边栽植着一排黄色的小花，在灰暗的阴雨天开得正盛。

检察官往事：二十八年前的三桩血案

　　报案人是一位姓黄的农民，他向警方反映称：12月26日清晨，自己正坐在田边喝水，忽然听见妻子一声惨叫，便赶紧循声跑过去，见妻子瘫坐在地里，面色煞白。他顺着妻子的视线低头往下看，手中的搪瓷杯也瞬间"哐当"掉到了地上——他们中间横卧着一具无手的裸体女尸，形貌骇人。

　　"舍得一身剐，才能干政法。"每当看到这句话，我就想起我的师父曹兵。他离开军营后，从检几十年，办过许多大案，是一名真正的检察老将。

　　师父曾对我说，每个老检察官都是中国司法制度"活历史"的一部分。年岁长，鬓染霜，他的检察官生涯几经浮沉，身上的制服从豆绿变成淡蓝，见证着检察系统的沧桑变迁。

一

　　"当时你们要上哪儿去？"我指着相册中的照片，问师父。那是他收藏的老相册，深蓝色封皮已经破旧，边角磨出了灰绒的毛边。

　　"出现场——"师父曹兵凑过来，扶起老花镜，端详着那张旧照片说，"那时候我和老杨还挺年轻。"

　　"检察官也要出现场？"我疑惑地瞅着照片。照片像是抓拍的，当时师父披着军大衣，跟着他的同事杨建军正要走出办公室。杨建军身穿豆绿色的旧式制服，红色肩章上扣着硕大的检徽。

　　"对，那时咱们要跟公安一块出现场。"师父解释说，当时他和杨建军都属于"军转干"，被分到检察院的侦查监督处——也就是人们习惯叫的"批捕科"。

"你们这是遇到了什么案子？"

"你以前老要我讲 90 年代的大案要案，这一次给你碰着了，当时我们确实办了一桩大案。"师父摘下老花镜，目光移向窗外，"那是 1995 年的冬天，那天的天气就跟今天差不多。"

他凝视着那团铅灰色的云，有些出神，仿佛回到了二十多年前的场景。

1995 年 12 月底，冬风阴寒。曹兵和杨建军坐着一辆小昌河，跟随公安们的面包车，来到本市北郊的一片农田。下车后，曹兵跟在重案队后面，穿过一圈看热闹的群众，进入案发现场的中心区域。在农田的西南方向，仰卧着一具裸体女尸，变色的皮肤沾着大片污泥，双手被砍去，五官扭曲变形，像是生前遭受了极大的折磨。

报案人是一位姓黄的农民，他向警方反映称：12 月 26 日清晨，自己正坐在田边喝水，忽然听见妻子一声惨叫，便赶紧循声跑过去，见妻子瘫坐在地里，面色煞白。他顺着妻子的视线低头往下看，手中的搪瓷杯也瞬间"哐当"掉到了地上——他们中间横卧着一具无手的裸体女尸，形貌骇人。

老黄说，他吓坏了，不知道该怎么办，一把拉起妻子，像撞了鬼似的奔出农田，甚至都不知道妻子手臂上什么时候还被划出了一道口子。老黄带妻子去了卫生所，顺便报了警。他对赶来的侦查员说："警察同志，你们赶快把那个东西弄走，我这块地今年不会好了。"

曹兵跟着侦查员把案发现场检查了几遍，在离女尸 20 米处发现一双鞋印。警察让老黄过去辨认，老黄抬起自己的脚，说自己从没穿过这种鞋。经过测量，那个鞋印的长度大约是 42 码的鞋留下的。曹兵看着侦查员绘制完现场平面图，又帮忙把女尸抬上面包车。

师父讲到这里，停下向我解释说，作为检察官，跟着公安出现场，大致了解案情只是第一步，接下来，他们还要参与重案队开的案情研讨会，这才是工作重点。他和杨建军必须全面跟进公安的侦破过程，提供侦查提纲和相关意见。

讲到这里，师父问道："我考考你，为什么当时要有这些环节？"

"因为要快捕快诉。"

"对。"师父点了点头说，"90 年代的治安形势很严峻，有些犯罪分子的装备比公安还要精良，社会上经常发生抢劫杀人的恶性案件。上头让公检法三大部门紧密配合，在重案的侦查阶段，检察院就参与进来，与公安协作。那会儿公安的破案压力很大，不比现在。"

"听上去像现在的'提前介入'。"我说。

"对。"师父又摆了摆手，说，"我年轻的时候干过侦察兵，很多场面都见过。可老杨不一样，他以前是军区政治部的，专门搞思想工作，哪儿见过这种场面？我俩第一次出完现场，他回来吃了俩礼拜的素，连根肉丝儿都不敢碰，不信你可以问他——我继续讲，刚才才说到一半呢，你别老是打岔。"

二

看完现场，曹兵转头望向杨建军，见他正跟着侦查员在人群中走访。杨建军时任批捕科副科长，平常话不多，但心思缜密。他在现场向公安局的侦查员们提出了收集证据的意见，待勘查工作全面结束后，合上黑皮笔记本，又与曹兵一起坐上小昌河，跟车火速去了公安局。

当时恶性案件破案压力很大，警队办案讲究速战速决，大队人马抵达局里后便直奔会议室。等曹兵和杨建军进去时，里面已经坐满了人。曹兵随手拉开杨建军身边的椅子，屁股还没坐稳，右肘便给人拽住了，"这是尹队长的专座"。

曹兵反应过来，正想跟对方解释，杨建军急忙按住他的手，暗示他要忍。

"曹兵同志当然能坐！"门口洪亮的声音一出，会议室立刻没了动静。说话的人剃着毛寸，皮夹克衬出精壮的身躯，灯光下的脸如刀削般硬朗。曹兵闻声便知，这是重案队队长尹东明来了——他从部队转业到公安局工作后，连破几起大案，升任重案队队长，颇具威望。

尹东明快步走上前，揽住曹兵的肩，朝所有人说道："我来给大家介绍一下，这位同志叫曹兵，也是我的战友，当初跟我在一个连队。面对新的情况，同志们肯定要有个适应的过程，但是检察院的同志既然已经参与进来，指导我们的侦查取证工作，那我们就是一个集体，不能整天红着脸！"

"尹队"都这样讲了，几个侦查员就主动让出了座位。

尹东明坐定后说，他刚从外地执行抓捕行动返回，收获颇丰，不费一枪一弹，两个盗枪犯便在卧室就擒，还在屋里缴获了一把"54"、一把"64"，以及十来发兵工厂的制式手枪弹。"今天我刚下火车，就听到消息，说市郊发案了。闲话少说，你们讲一讲现场情况。"

侦查员汇报了案情：死者双手被凶手用锐器砍断，双臂均有搏斗伤，左小臂发现一处血滴，下身赤裸，生前遭受过性侵……是被他人勒颈致机械性窒息死亡，法医初步推算的死亡时间是 12 月 25 日，抛尸时间应该在次日凌晨。根据尸检和现场勘查情况，北郊农田并非凶手作案的第一现场，现场提取到的鞋印出自常见的胶底解放鞋，尺寸为 42 码，右鞋根部磨损严重。此外，还在泥地中有效提取到三枚指纹，其中拇指指纹残损，另两枚正常。受害者的衣物材质较为特殊，受到条件限制，无法提取有效证据。

"检察院的同志发表一下意见？"听完汇报，尹东明看向曹兵和杨建军。

杨建军补充道："刚才那位公安同志讲得很详细，技术科也传来消息，说死者左小臂上的血滴并不是本人的，这表明凶手在搏斗的过程中可能受过伤。接下来，各位侦查取证的范围从案发地辐射到周边，排查附近所有的卫生所和药店——还有那个胶底解放鞋，当前还无法确定这是不是凶手穿的，但是右鞋跟磨损厉害的人，走路应该会有跛足的迹象。所以，在大范围排查的同时，我们建议各位要留心这几个地方，同时案件的调查必须符合法律规定，我们会随时跟进、监督。"

杨建军讲完，尹东明立即开始部署侦查工作：一是确认尸源，在全市范围发布认尸启事，并委托各公安分局协助查明死者身份；二是对案发地周边进行大范围摸排，要挨家挨户地走访，同时要寻找死者被砍下的两只断手；三是对近期刑满释放人员做重点排查，确保没有遗漏。

依照惯例，这一宗血案以日期来命名，重案队由此成立了"12·26"专案组。此后，市郊发现女尸的消息很快传出，"12·26案"在市民口中被换成了更阴森诡谲的名字——"断手女尸案"。尚未落网的凶手，也有了一个外号：奸杀恶魔。

三

尸源很快就确认了——案发前几日，本地一名中年男子曾来派出所报案，称自己的妻子莫名失踪了。听到"断手女尸案"后，这个男人预感不祥，便赶到公安局想确认一下。尸源组带着男子去了殡仪馆认尸，男子认出那正是自己的妻子。

死者叫姚芳，34岁，1993年跟随丈夫到本地生活，在国营纺织机械厂工作。警员们随即赶赴纺织机械厂，对姚芳的人际关系展开调查。工友们反映，姚芳性格随和，在厂里人缘很好，不太可能和别人结仇。她和丈夫感情很深，丈夫平时常骑着一辆凤凰自行车来接她下班。12月25日那天，丈夫有事去了朋友家，姚芳独自下班，谁也没料到，就在当晚她遇到了恶魔，横尸于北郊农田中。

纺织机械厂第二车间的一位女工告诉侦查员，就在姚芳遇害当晚，她曾看到一个穿灰色夹克的男人徘徊在厂门口，形迹可疑，"平常来接女同事下班的男人我大多见过，从来没见过这个男的，他看起来很凶，还鬼鬼祟祟的"。

姚芳的家距机械厂3.5公里，回家路上必然会经过一个丁字路口，这条1994年才修好的大路上，沿路有几家小吃店和一家修车铺。侦查组兵分几路，对店铺逐个问询，但由于店铺毗邻几家大型工厂，工人下班晚高峰正是小吃店最忙碌的时候，老板们都说对那个男人没有印象。

只有修车铺的老板提供了有价值的信息：12月25日晚，他手头没活儿，坐在小木凳上发呆，望着街上人来人往，确实曾有一个穿灰色夹克的男人经过，和走在前面的女人贴得很近。当时他还觉得奇怪，但也没放在心上，想着管那么多干什么。

可惜的是，机械厂女工和修车铺老板都没有记住那个男子的体貌特征，女工只说"个儿不高"，其他描述很模糊。

问询结束，专案组开了案情分析会。尹东明分析，北郊在地理位置上相对偏僻，去那里要走很多小道儿，而且沿途居民很少，凶手选择在这里抛尸，说明他对这里比较熟悉。离北郊最近的居民区在抛尸现场2公里开外，外来人员居多，所以要马上对居民区做一遍细致的摸排，对所有的出入人员，全部登记造册。

但排查完之后，侦查员们仍旧一无所获。

眨眼就到了1996年元旦，那个穿灰色夹克的男人依然没被找到。当侦查员们还在加班加点地调查时，市里又发生了一起抢劫杀人案——凶手入室捅死了一位 72 岁的独居老人，拿走了屋内的现金和一条金项链。

师父回忆说："那时候尹东明压力不小，他本来是市局的破案能手，现在两个案子一下都压在了手里。他被领导叫去谈话，回来的时候，我看到他脸色很不好，估计没少挨训。一问才晓得，劫杀案发生以后，老百姓有了一些声音，责怪公安办案不力。这个案子，领导只给了两周限期，如果破不了，就让他自己看着办。"

经过四天的地毯式排查，尹东明带着公安干警在一个菜市场旁的工人宿舍里将劫杀案的嫌疑人抓获。那名嫌犯倒很爽快，不遮不掩，竹筒倒豆子，除了这起劫杀案外，还把自己此前偷了一块上海牌手表等案子全部交代了，唯独没有提及"断手女尸"。

反复讯问核查后，尹东明确定，这起劫杀案跟"12·26案"并非同一人所为，"12·26案"的侦破再陷僵局。

抢劫杀人案告破的第二天晚上，曹兵叫家人弄了几个炒菜，带到尹东明办公室。桌上的烟灰缸里插满了烟头，尹东明随便夹了几口菜就放下筷子，低头继续研究着地图。曹兵凑上去看，那张地图上有着数不清的红色勾画。

挂钟响了又响，尹东明很烦闷，丢给曹兵一根烟，两人对坐无言，周围烟雾缭绕。看着战友急得像热锅上的蚂蚁，曹兵心里也不是滋味，说："这个凶犯难道还插了翅膀不成？摸排力度那么大，怎么就揪不出来？"

尹东明枕在椅背上，望着正对面的时钟，在曹兵身后说："你看这个时针'滴答滴答'地走，我们晚一分钟抓到人，凶手就可能多害一条人命。"

曹兵用指节敲了敲桌子："你别乌鸦嘴，这都是丧气话，一点也不像我认识的尹东明。"

但尹东明真的说中了。两周不到，曹兵又接到尹东明的电话，只有三个字：

"出现场。"

四

去现场的路上，面包车里所有人都沉默着。那个时候，凡是公安请检察院出现场的案子，无一例外都是大案。"12·26案"还像悬剑一般垂吊在每个人的头上，这会儿又撞上一起命案，所有人心里都像两车追尾一样堵得慌。

尸体是在桥洞下被发现的，桥上是刚修建的公路，一传来汽车疾驶的声音，桥洞下就跟着轰轰隆隆地响。桥洞很暗，只能打着手电在桥洞底下侦查。穿堂风很阴，曹兵觉得"就好像有人用嘴对着你的脖子后边哈冷气，寒毛一根根都能竖起来"。

更让大家不爽的是，离桥不远就是县派出所，在警察的眼皮子底下犯案，感觉凶手就像在挑衅。

桥洞下方躺着一具女尸，和"12·26案"一样，也是赤身裸体，颈部有绳索勒痕，生前遭遇过性侵。只是这具女尸的双手完好，也没有搏斗伤。

"把这个地方的里里外外全部给我仔仔细细地查一遍，就算是一滴污水、一根头发、一粒灰尘，都不要放过！"尹东明喊了一声，走出来想抽口烟，结果一阵冷风把刚点着的烟头吹灭了。他骂了一声，把半截香烟夹在耳朵上，提着手电返回现场。在强光照射下，女尸脸上两个暴突的眼球显得格外狰狞，只能用"惨状"形容。

桥洞下有个小水坑，积满了污水。水坑边上有一前一后的鞋印，已经干了大半，并不完整。尹东明蹲下来，低头研究着，一名侦查员在洞里嚷："还是那个解放鞋！"曹兵和杨建军也走过去，和尹东明围在那个侦查员身边，看见桥洞西南侧一片污泥上面留下了一个左脚鞋印——又是 42 码的胶底解放鞋。尹东明忍不住骂了一声："是那个杂种。"

桥上又有车经过，隆隆的声响就好像是眼前的鞋印发出来的一样，曹兵一阵恍惚，片刻后又清醒过来，透过手电的光，看见每个人神色凝重。围观的群众有人说话很刺耳："下一次凶手杀人都要扔到公安局大门口了。"尹东明继续环顾现场，只当没听见。

这时，有侦查员在桥洞底下发现了一只鼻烟壶，尹东明看了一眼，叫他带去刑科所。

"桥洞女尸案"在市里也很快越传越玄乎：有人说那个凶手是走火入魔的气功大师，奸杀女同志是为了采阴补阳，他还会特异功能，可以原地消失；也有人说凶手是鬼变的，一到特定的时间，就窜到人间来害人……

收队后，市公安局局长打了尹东明的 BP 机，通知重案队全员召开紧急会议。曹兵跟着下了面包车，正要和大家一起上楼，杨建军伸出胳膊挡住他，低声说："这次局领导没有通知咱们的人，如果贸然闯进去，到时候双方都不方便。"

曹兵驻足，会后跟公安们打听，才明白杨建军话中的深意——这个"紧急会议"只是名称，实际上是内部训话，局长在会上把重案队一顿痛批，撂了不少重话。他对全队说，"12·26 案"迟迟未破，老百姓对公安的意见很大，市领导已经高度关注这个案子，全局上下顶的压力越来越大，接下来，由他亲自挂帅，担任案件侦办的总指挥。

局长点了尹东明的名字，当场质问他："这个队长你还能不能当？！不能当我马上换人！"

尹东明骨子里有血性，面对领导的责难，带头做了检讨，把所有责任全揽在自己身上，还下了军令状——如果不亲手抓住那个凶犯，他主动辞职，这身军绿色的衣帽，还有配枪，悉数交还。

　　副队长陈国华看不下去，也站起来带头做了保证，接着所有人跟着应和。局长这才点了点头，说："重案队在市里是块金字招牌，你们不要被犯罪分子按住了头，更不要砸了这块牌子！"

　　会后，照尹东明的安排，重案队全队继续留在会议室开案情研讨会。杨建军和曹兵也一起参与了。

　　这次是杨建军率先发言。他以前在部队搞思想工作，懂政治，更懂人情，局长唱完黑脸，他知道该怎么接着唱下去："这将近一个月，公安同志们都非常辛苦，加班加点，从'12·26案'发生后，重案队这层楼的灯从来就没灭过。但是，当前我们受到客观条件的制约，让凶手侥幸躲过侦查。针对这种情况，我和曹兵同志讨论后，来谈谈检察院的意见，公安同志们作为参考，具体实施以徐局长和尹队为主。"

　　这时，刑科所的人敲开门，向尹东明汇报称：经过指纹比对，那只鼻烟壶上的指纹与"12·26案"现场采集到的指纹相吻合。尹东明派人接过物证袋，叫杨建军继续讲下去。

　　"我正想说说这个鼻烟壶。大家不要小瞧这个东西，上面的信息可不少，除了有凶手的指纹，还说明了凶手的生活习惯和爱好。这个鼻烟壶也奇怪，壶身画着春宫图，在市面上并不多见。我们市里共有两个旧货市场，还有南郊夜间的'鬼市'，由于破案任务非常急迫，挨家挨户地问肯定来不及，我建议让技术科把证物拍成照片，贴到市场告示栏，具体交由市场的负责人来落实。"杨建军说。

　　果然，协查告示发布后，一位旧货摊老板认出了这只鼻烟壶，主动联系了重案队。老板说，两个星期前，一个穿灰色夹克的男人在他这里买走了这个鼻烟壶。当时那个男人在他的摊位驻留良久，用拇指不停盘玩着这个物件。他看着心烦，问那人到底买不买，那人就瞪了他一眼——就是这么一瞪，让老板记住了男人的凶相。接着，那人半抢半买，把鼻烟壶塞进了口袋。

老板详细描述了那个男人的体貌特征：长脸，寸头，单眼皮，细长眼，左眼角有个瓜子样的胎记，高鼻梁，颧骨很高，身高大致在170厘米，身材适中，灰色夹克里面穿着白色毛衣。侦查员根据描述，画了一幅素描画像。

然而，侦办工作刚有进展，市里又发案了。

五

1996年1月22日晚上8点，南郊服装厂附近传来一声枪响。有个搬运工骑着三轮车途经此地，听到枪声后，看到一个男人神色慌张地往西面逃窜，他本想要追上去，可一想到男人手里可能有枪，便没敢。他又往前骑了一段距离，发现荒草地上躺着一具尸体，吓坏了，赶紧跑回工厂办公室报了警。

8点半，正躺在家里沙发上打盹的曹兵听到BP机响，看见了尹东明打给他出现场的通知。因为杨建军的老胃病发作，曹兵就跟科里打了报告，说这次自己单独跟着尹东明出现场。腊月初三的天黑得像蜂窝煤，屋外又下起了小雪。曹兵披了件军大衣，跟妻子打了招呼就往公安局赶。他要尽快跟尹东明汇合，否则等会儿雪下大了，现场容易被破坏。

到案发现场后，刑科所的人已经在进行取证。曹兵起初被堵在人群外，于是听见了各种议论的声音，大多数是咒骂。骂人的不只是围观民众，也包括在场所有的公安人员。曹兵走近案发地，才明白过来这是怎么回事。

"这个现场不血腥，没有太多的血迹，也不复杂，一看就是枪杀案，还有关键证物，一枚黄铜色弹壳……简单概括那个现场，就四句话：一片荒草地，一个小女孩，一颗子弹，一条生命。"

受害者年纪实在太小了——女童的麻花辫上沾着草屑、污泥和雪粒，小圆脸煞白，双目微闭，左胸口有弹创，血浸透了淡绿色的毛衣。她的两个手腕已被电线勒红，下身衣裤被凶手脱去，扔在东南面的荒草上。

"连小孩都要弄。"尹东明蹲在现场附近，看着女童的尸体，咬牙切齿。这句话都像从牙缝里蹦出来的，攥紧的拳头快要砸进坚硬的冻土。

全重案队的人打着手电筒在草地上搜寻弹壳。弹壳很快在现场西南面被发现，被放到了物证袋里，递给尹东明和曹兵过目。曹兵借别人的手电筒在透明的物证袋上面照了很久。尹东明听见现场外围有个穿蓝色工服的男人瘫坐在地上痛哭，就走到男人面前，蹲下来询问情况。

男人是女童的父亲，边哭边说，讲话断断续续的。他告诉尹东明：自己在服装厂上班，女儿平常总在南面的工人体育俱乐部玩，孩子很懂事，还给他洗过工服。今晚他跟几个工友打牌，起身要去找女儿的时候，就听见了枪响。

勘查工作持续到晚上 11 点多，结束后，重案队准备返回，曹兵跟在尹东明后面，感觉到有人拽住了他的衣服，回头一看，是那个女童的父亲。他嗓子已哭哑，像丢了魂，眼神略显呆滞，只对曹兵说："公安同志，你们到时候得给我一个交代。"

曹兵本想跟他解释，转念一想，在这个节骨眼儿，说啥都是废话，就硬着头皮答应下来："你放心，我们一定会抓住那个畜生。"

回到办公室，尹东明问曹兵为什么在现场一直琢磨那枚弹壳。

"这个弹壳有问题。"曹兵沉声道，"在现场的时候，我不方便多说，那样别人会说闲话。现在办公室就我们两个，我给你讲一下那颗弹壳屁股后面的'猫腻'。"

曹兵说，这枚子弹壳是 7.62 毫米的"64"式手枪弹，底部刻有两个数字编码，上面的是厂号，下边的是批次，是兵工厂在制造时留下的标记。但是弹壳底部的撞针痕迹很奇怪，边缘也变形了，不像是被制式手枪发射出来的。

以前他和尹东明当兵的时候，用"64"式手枪打过靶，也在靶场捡过很多弹壳，"这种子弹壳被打出来以后，屁股后边是什么样儿，我记得一清二楚，就像认老朋友一样。可以说，这枚子弹是正规的制式手枪弹，但枪，大概是民间粗制滥造的"。

尹东明点了点头，想起了上个月在外地抓回来的那伙盗枪犯。他决定派几个兄弟重新过去突审，同时委托各分局调取近期的弹药失窃案。他又告诉曹兵，弹壳只是物证之一，刑科所在小女孩的衣服上发现了两枚指纹，正在比对。

很快，指纹检验结果出来了，正是尹东明的宿敌——那个"奸杀恶魔"留下的。另外，弹壳尾端的枪痕也如曹兵所说，是由仿制手枪击发造成的。

这说明了一个严重的问题——恶魔有枪了。

六

1月23日早上，曹兵赶到检察院时，杨建军已经坐在办公室翻卷宗了。一见面，就问他案子的情况。讲到昨晚女孩的惨状，曹兵遏制不住怒气，猛捶着桌面，用力地"唉"了一声。

杨建军沉思片刻，对曹兵说："看来你还得受累跟我跑一趟公安局。'12·26案'的凶手犯了三个案子，最近这一宗还是枪案，拿到枪，他会越来越猖狂。现在十万火急，一刻都耽误不得，晚一步抓到，就多一个人被害。"

"尹东明要是逮住那个畜生，批捕的时候，我们必须得好好审一审。根据我的判断，这个凶手可能有前科劣迹，说不定还'余罪藏身'。"曹兵说。

杨建军笑了一声，刚说了句"英雄所见略同"，笑容就突然僵住，五官绞成一团，左手紧捂住肚子。曹兵看在眼里，嘴上却说不出关心的话，知道说话也没用。在政法队伍里，他有两个兄弟，一个是战友尹东明，另一个就是杨建军。兄弟身体抱恙，他得想点办法。

当晚，曹兵命令杨建军"坐着别动"。杨建军不清楚曹兵葫芦里卖的是什么药，但接下来的场面让他哭笑不得：曹兵把家里的砂锅端到办公桌上，锅里是他让妻子熬的稀粥。接着，他又从食堂拿了一副碗筷、小半碗咸菜——他知道杨建军这几日胃病犯了，得吃些流食。

次日一早，杨建军回到办公室，瞧见桌上放了一盒胃药。事后他评价说："老曹就是这样，从不会说什么漂亮话，有时候不声不响，就把事做了。"

杨建军和曹兵去了公安局，与尹东明商讨接下来的方案。经过尹东明的请示，上面下了协查令，让各分局抓紧调查近期发生的枪案，同时对近期的刑满释放人员做了逐步摸排。

几天后，分局传来捷报：1月27日晚8点，侦查员乔装成买枪的顾客，与一个诨名"钉子"的嫌犯在口岸附近接头，当场将其抓获。此后公安又在其家中发现了两把仿"64"式手枪，其中弹药与"1·22案"的弹壳为同一批次。

"马上突审！"直觉告诉尹东明，案子的突破口即将显现。

然而，突审"钉子"的过程中，却让重案队碰了钉子。

"钉子"的真名叫毛丁，安徽人，曾因盗窃枪支弹药在监狱服刑。1994年出狱后，毛丁以倒卖仿制枪支为生，他卖的仿"64"式手枪产自贵州的小作坊，做工粗糙，要价却不菲，在当时平均一把要350元。曹兵后来在重案队那里见过从他那里缴来的枪，"成色差得很，脏兮兮的，枪膛枪管也不行，也就是比普通的射钉枪多装了个'64'的外壳"。

毛丁的脾性就像他的外号，说话带刺，还跟公安要横。审了十几分钟，他说的最多的就是"不记得了"。警方对他做训诫教育，他却发了脾气，吼道：“你到底有完没完，问了几遍还要问？”

当时尹东明去省厅开会，重案队有个叫顾成的，年轻气盛，跟毛丁吵了几句后，一气之下把毛丁的椅子拽走，罚他蹲在地上，双手抱头。毛丁不从，要从地上站起身，又被顾成按了下去。

“你敢再按一下，老子扒了你这身皮！”毛丁拼命叫嚷着。

顾成被激怒了，对着毛丁的胸口踢了一脚。其他人看到顾成动了手，赶紧冲上去把他拉开。毛丁坐在地上，扯着嗓门高喊，似乎想让整栋楼的人都听见。

此时，杨建军和曹兵正巧经过这里，听到突然传来的哀嚎。杨建军快步走过去，直接推开房门，瞥见毛丁仰靠在墙边。公安们回头看到杨建军，动作像是凝固了。

“这声音是怎么回事？嫌疑人为什么在这个办公室？现在他应该在办案区！”杨建军皱着眉头说。

“你是这里的领导吧？你说的话管用吗？”毛丁立刻抓到了机会，“我要向领导反映情况！他们审问我的时候，问不出来就动手打，我身上有伤！”

话一说完，毛丁还哭了起来。顾成在旁边训他：“别装了，大男人哼哼唧唧的，哭什么哭？！”

杨建军扯过椅子，坐在毛丁面前，凝视着他的眼睛问：“动手的是哪些人？你指给我看。”

“就是这个人。”毛丁抹着泪，手指头戳向顾成。

顾成想要辩解，杨建军制止了他：“你们先把他带到办案区，我来了解情况。”

“现在办案要紧，管那么多干什么？”顾成顶撞了回来。

杨建军说：“这就是我们该管的事——私自讯问嫌疑人，程序上已经违法，再加上动手打人，这是要追究刑责的。”

到了办案区，讯问完毛丁，杨建军转头跟曹兵说："接下来我们要调查公安，你跟尹东明有私交，不方便介入，这件事我来处理。你去找蔡宁，他是公安局法纪组组长。"

当日下午，从省厅赶回来的尹东明得知了顾成的事，便想托曹兵向杨建军说情："那个毛丁自己也有问题，跟警察要什么横？顾成他刚从警校毕业，血气方刚，不懂规矩，但他的办案能力还是过硬的，只是不太讲究方式方法，你问问老杨，这事能不能商量？"

曹兵陷入了沉默，他担心的事还是发生了——一面是职责，一面是兄弟，公私之间的冲突，让他卡在夹缝里，左右为难。

尹东明见他没开口，又补了几句："凶手还没抓到，我这里又折了一个兵，整个公安局的人都会把我尹东明当成笑柄。咱们公检两家向来关系很好，去年还一起吃过年夜饭，别为了这点事儿伤了和气。现在最要紧的是破案，其他事没必要上纲上线。"

曹兵最终还是摇头说："这不叫上纲上线，这是原则性问题。你想想看，要是毛丁被屈打成招，不管你们问什么，他都说是自己干的，这不就成了冤案？这样一来，真凶还在逍遥法外，到处作恶，你自己也当不成警察了。"

尹东明没再应声，转身便走了。

七

1月29日上午，杨建军和蔡宁在公安局纪检办公室查问了当时在场的三名警员。最终，顾成承认自己动手打了毛丁，但他强调，打人是为了泄愤，绝非为了逼供，"一人做事一人当，这件事我负责到底，那些同事只是为了拦我，跟他们没关系"。

不久后，公安局就此事召开党委会，下达了处理结果：在场警员一律被处以违纪处分，顾成被记大过。

"小师弟"被处分了，重案队的人自然迁怒到曹、杨二人身上。在异样的眼光中，曹兵很不自在，问杨建军怎么办。杨建军并不在意，他说："该做什么就做什么。干这行注定要得罪人，遇到现在的情况也在意料之中，把手头的工作做好，事情自然会过去的，别人也不会多说。"

顾成被处理后，曹兵对尹东明有点回避，那天他们走进尹东明的办公室，老战友彼此都很尴尬。曹兵明显感觉到尹东明对他的态度有了变化，到底变了什么，说不上来，总之少了一些过往的东西。

杨建军在尹东明的办公桌上放了一张纸，说："这份讯问提纲，我就当抛砖引玉。在讯问这方面，我和曹兵都不如你们专业。如果对你们有点用处，那就再好不过。"

杨建军说得很委婉，在交流时，他总会顾及对方的脸面。尹东明拿起纸看了一会儿，对杨建军说："就按这个来。"

曹兵事后才知，那天在讯问毛丁时，杨建军通过细致观察，摸透了此人的性格。这个犯人是典型的"吃软不吃硬"，"老杨他说，就算是拿千斤顶在毛丁嘴里硬撬，也抠不出一句话，对付这种人要采取迂回战术，在他开口后要速战速决"。

这一回，由尹东明亲自审毛丁。毛丁在尹东明面前显得非常乖顺，问什么答什么。他回忆说，在几周前他确实卖出过两把枪，一把卖给了陌生人，另一把卖给了他的亲戚。

"看清楚，你卖的两个人里面，有没有这个人？"尹东明抽起那张"奸杀恶魔"的画像，放到毛丁面前。

毛丁的眼神不好，他拿过画纸，把脸几乎贴到纸上，盯着画中的面孔对尹东明说："这是我的表哥董伟竞。"

"你确定是他吗？"尹东明问。

"绝对错不了，董伟竞的脸很好认，面孔上有个小疤。"毛丁说完，连声说了两遍"千真万确"。

"什么时候卖的？他住在哪里？全部一五一十讲清楚，到时对你自己有好处。"

毛丁交代说，董伟竞平时阴郁寡言，坐过几年牢，没工作，也没朋友。大约两周前，董伟竞找他买枪，他起先并不想卖，因为贩枪是在刀尖上过活，客户必须是陌生人，交易完成，各走各路，"就算他们买去杀人越货，也跟我没什么关系"。董伟竞毕竟是他的亲戚，要是出了事，他怕受到牵连，"好不容易放出来，回头又折进去"。

毛丁找了个借口，说最近风声紧，枪不好卖，手里的存货也都是别人挑剩下的烂枪。董伟竞猜中了他的心思，又加了一百块，叫他一定要想办法弄到枪。毛丁动心了，便问他买枪的目的。董伟竞说他想在旧货市场摆个地摊挣点小钱，但是在南郊一带，流氓众多，他得买把枪防身。

于是，毛丁打消了顾虑，双方以 420 元的价格成交。交枪时，毛丁专门给董伟竞挑了一把"优等品"，多送了三发 7.62 毫米的子弹，还教了表哥怎么装弹、上膛、保养。

"你知不知道自己做了什么？！"尹东明听到这儿，直接拍了桌子，吓得毛丁浑身打了个激灵。

原本三发子弹，毛丁又多送了三发，多一发子弹，就能多害一个人，公安抓捕董伟竞的危险也就多出几分。

尹东明又问董伟竞如今藏在什么地方。毛丁说，上周董伟竞在他屋里待过几天，说是惹了仇家，暂时躲一段时间。过了三天，董伟竞不辞而别，不知去哪儿了。

"你们交枪是在什么地方？"尹东明问。

"董伟竞叫我给他送过去的，交枪的地方是他挑的，南郊服装厂东面有座桥，我们就在桥底下交货的。"

尹东明想到桥洞案和女童案的案发地点——南郊服装厂离这两个地方都不到 3 公里，加上毛丁又说董伟竞经常在南郊一带活动，可见，这里是他经常活动的区域。

"董伟竞每年春节都回安徽看他老娘，不晓得今年回不回。"毛丁像突然想起了什么，声音却越来越小，生怕自己说错话。

如果董伟竞逃到外省就麻烦了。尹东明立即上报给局长，局里专门请来省厅的专家，召开紧急部署会。在省厅专家的规划下，专案组兵分几路，对南郊所有房屋做了大范围摸排，最终确定南郊第二村队是董伟竞的藏身处。

由于董伟竞持有枪支，极具危险性，专案组没有贸然实施抓捕，他们立刻将情况汇报。此时专案组已由省厅派驻组和市公安局徐局长联合指挥，他们召集了专案组全体人员，公布了缉捕方案。

一场"擒魔行动"即将展开。

八

缉捕组共分四个小组，由尹东明带队，第一、第二小组均配有武警，所有人员一律佩戴钢盔，负责实施抓捕；第三小组是机动组，随时准备支援，第四小组是埋伏组。可以说警方在整栋楼的周围布下天罗地网，以防董伟竞趁乱出逃。

尹东明照他的习惯，在正式行动前花了几分钟给队里的兄弟做了动员："你们都是我的兄弟，一起出生入死，我不希望你们当中任何人出事。董伟竞他顶多就是个毛贼，拿了枪也没用，我们照样有办法收拾他！"

所有人都做了响应，声音很齐，像是同一个人发出的最大音量。

曹兵也嘱咐尹东明要注意安全，可他说出的话令人忍俊不禁："尹东明同志，你给我完完整整地过去、完完整整地回来，千万要平安无事。你有家人，担心你的不只我一个。等你回来，我给你庆功，叫你嫂子给你做韭菜炒鸡蛋，蒸一条鱼，再来一斤酱牛肉。"

1996 年 2 月 1 日晚上 7 点，南郊夜色如墨。这里只有零散的工人宿舍和几户村宅，周围杂草丛生，生活垃圾堆积在门口，无人清理。坑洼泥泞的土路上，积雪初融，留下一摊摊污水。

缉捕组开了两辆民用长安面包车，停在离目标 200 米远的地方。人员下车后步行前往目标后方，大家的脚步声很轻——不费枪弹，不伤一人，当然是最理想的情况，何况周边还有几户居民，夜晚若有枪响，必然会惊扰他们。

尹东明并不急着强攻，他先让埋伏组守在董伟竞的住处附近，然后带着毛丁走到木门前，对身旁的兄弟们做了噤声的动作，接着他故意敲得很大声，并让毛丁喊"开门"。

屋里没人应，只传来一阵奇怪的轻响。尹东明听觉灵敏，知道那是枪械上膛的声音——那一刻，仿佛所有人的呼吸都是静止的，尹东明盯着面前的那扇木门，知道这道门俨然就是生死之门。

忽然，一张阴狠暴戾的脸从黑暗的门后突显，尹东明立刻扑过去，两人重重地摔倒。董伟竞拼命扭动着身躯，吃力地抬起手腕，扣动了扳机。

枪响了，南郊的寂静被击破，尹东明亲眼看见那颗子弹从面前掠过，枪声几乎刺穿他的耳膜。他蒙了半秒，依然死死地攥住董伟竞持枪的手。兄弟们以为尹东明挨了枪子儿，怒气奔腾，顿时蜂拥而上，把董伟竞的四肢全部控住。

经过事后勘查，那颗子弹击中了天花板，它从尹东明耳畔飞过时，只差半指距离，当真是"命悬一线"。

缉捕组在董伟竞的屋内搜出大量的黄色杂志，尹东明抄起桌上的画纸，问董伟竞："这是什么？"

　　董伟竞蹲在地上,不敢抬头看尹东明,只说自己对男女之事严重成瘾,戒不掉,也不想戒。这几天没碰过女人,他心痒难耐,便在画纸上胡乱涂抹几笔:"我也就是在这上面解解闷,没犯什么法吧?"

　　"枪哪儿来的?刚才为什么朝警察开枪?!"尹东明怒声训他。

　　董伟竞指着毛丁说,枪是找他买的,用来防身:"我买这把枪从来没干过坏事,刚才你什么话都没说,就把我弄到地上,后脑壳撞得疼,眼前的星星乱转,我以为仇家要把我灭口,要是不开枪,可能命都丢了。"

　　"这些话你带到公安局里再讲。"尹东明挥手叫了几名下属,把董伟竞押到长安面包车上。接着,剩余警察进入董伟竞的住处,在破旧的橱柜中搜出了一本日记簿和三条女士内裤,还在木桌抽屉里发现了几枚7.62毫米的手枪子弹。

九

　　审讯工作比想象中更难。

　　董伟竞与毛丁不一样,他的嘴巴完全焊死,人坐在讯问椅上,眼睛直愣愣地盯着天花板,任凭预审员如何发问、训斥,他都像没听见,神情漠然。

　　董伟竞看见尹东明正在门外注视着自己,于是与尹东明目光相接,两人对峙着。预审员拍了拍桌子,问:"你在看什么?现在应该看着我,把问题讲清楚!"

　　董伟竞还是没声响。

　　尹东明联系了杨建军和曹兵,一起商讨讯问方案。杨建军提出要"双管齐下",一小组加强讯问攻势,掌握董伟竞的性格特点,寻找他心理防线上的漏洞,争取一举击破;二小组负责取证,收集全案证据,核对所有提取到的指纹。在铁证面前，董伟竞再怎么耍无赖，也徒劳无功。

曹兵也补充了几点："我们上次问过毛丁，他说董伟竞喜欢逛旧货市场，尤其是'鬼市'。那是很多犯人的销赃地，建议在这方面加强排查。另外就像老杨说的，增强讯问力度，并且要做足思想工作。"

这个建议让尹东明犯了难：重案队里有侦查员跟董伟竞一样喜欢逛旧货摊，跟很多老板熟识，调查起来并不麻烦，但是那里人员的流动性很强，加上临近春节，就算跟董伟竞有过交集，甚至收过赃，也可能已经返乡了。

不过，负责取证的二小组还是兵分三路，一部分去董伟竞家中寻查，另一部分身穿便服立即赶到旧货市场，同时，技术科正在抓紧比对指纹。

可就在他们"三路突击"时，讯问被迫中断——董伟竞突发高烧，被带到医务室去了。尹东明去了董伟竞睡觉的监仓，看守的警员说，这几天监仓冷，给董伟竞拿了棉被，他却不领情，深更半夜把棉被甩在地上，今晨发现他裸着上身睡觉，"这是硬生生把自己冻出病来的"。

"不管他是什么人，犯过什么事，先把他医好再说。"尹东明说。

两天后，尹东明选在清晨 7 点突审董伟竞。

寒冬腊月，天还没亮，四周暗沉。董伟竞在睡梦中被叫醒，像被抽了脊椎骨，瘫软在讯问椅上，双目半闭。警员给他量了体温，35.6℃，烧退了。曹兵在门外旁听，手里拿着牛皮工作簿。他隔着门上的玻璃窗，望向屋内的董伟竞，那张面孔苍白如纸，半闭的眼睛微睁，目光阴冷，不断扫描四周，"那样子真是比白无常还要白无常"。

讯问室内，尹东明没有马上展开攻势，而是先问了董伟竞的身体情况。

董伟竞揉搓着眼皮说："身子没啥事，就是燥得很，脱光了想降降火，就弄出病了。你们能不能给我弄一杯热水？"

尹东明满足了他的要求。董伟竞抓起水杯一饮而尽，接着他说出的话，让在场所有人愣住了：

138

"我做了一个梦，梦见我被枪毙了。"

尹东明抄起桌上的证物袋，在董伟竞面前晃了晃，弹壳在透明袋子里抖动："那你用这颗子弹杀掉一个女孩的时候，难道没想过自己要吃枪子？这上面的指纹已经比对过了，都是你留下的。"

"在梦里我死了一回，再死一回也没什么，也就是颗豆子，对准我的脑门子，从前面穿到后面。再说了，你们都讲了证据确凿，我说和没说都一样，我也正好有点话想说，就跟你们全讲了吧。"

曹兵注视着董伟竞，那张阴沉的脸侧向右边，交代犯罪经过时，眼睛朝下看，像冷眼俯视着脚下的女尸。他说话有口音，曹兵勉强能听明白。

董伟竞交代，"12·26案"的死者姚芳并不是他侵犯的第一个女人。此前他看上北郊一位女摊主，心里窜出邪念，在夜间动了手，没想到女人大声呼救，用指甲在他脸上乱挠。董伟竞想用电线勒死她时，有人闻声赶到，他很惊恐，连滚带爬地逃离了现场。

作案未遂，还被抓伤了脸，董伟竞怕被认出，便把自己关在屋里。过了几天，他在地摊上淘了两本黄色杂志。老板跟他闲聊，提到北郊的纺织机械厂新招了一批女工，有几个长得很漂亮。董伟竞起先没留意，回来翻看黄色小说，发现其中他最想看的那几页"关键部分"都被人撕去了，便悻悻提笔在草稿纸上补充，画出女人丰腴圆润的轮廓。画着画着，他突然想起书摊老板讲的话，脸上的伤结了疤也忘了疼。

那天，姚芳反抗激烈，抓伤了董伟竞的手臂，最后被他勒死了。从作案现场到北郊农田，要经过一条幽暗曲折的小径，董伟竞曾经走过，非常熟悉。他在周边偷了一辆三轮车，用麻袋盖在尸体身上，抛尸到农田。然后掏出随身带的刀，割下了姚芳的双手，扔到附近的一口废井里。之后骑行了一段路，便弃车逃离。

"不知道什么时候开始，我满脑子都是女人，几乎时时刻刻都在想。

想去嫖，但是又遇上'严打'[1]，也没什么地方可去。"

董伟竞又说，他平常有写日记的习惯，有的记录很简略，比如"今购杂志一本"。有些内容不堪入目，比如"偷看女人洗澡"。曹兵听到这儿，想起在董伟竞的日记本中，姚芳遇害的那几天都是空白，日期最近的一篇是1月13日写的，页脚有一枚带血的指纹——那是董伟竞杀了第二个女人之后留下的。

"12·26案"发生后，公安局开始了大范围搜查，董伟竞只能跟警察玩"躲猫猫"。此时他深感"嗜杀成瘾"，在桥洞下又杀了一个女人后，"想干完最后一票"再逃回老家，于是去找毛丁买了一把仿"64"手枪。

以前他和朋友去过南郊服装厂，知道财务室的位置。等他准备实施抢劫时，身边有一个身穿花色棉袄的小女孩好奇地望着自己。此时他心生淫念，将小女孩诱骗到厂外的草地，强行脱去女孩的棉裤，女孩拼命反抗，一脚踢中他的裆部。他疼得跪在地上，气急之下，随手拔枪射杀了女孩。听见枪声，厂里起了骚动，他便猫着腰朝南面逃了。

审讯结束后，警察们带董伟竞去指认现场。市局宣传办过去拍了一张照片，拍得并不清晰，个头十分矮小的董伟竞面容模糊，站在几个公安前面，侧过脸，用手指向地面。

十

那年月办大案讲究"快捕快诉"，董伟竞的连环奸杀案很快送到检察院，照例由提前介入的曹、杨二人审查逮捕。

在提审过程中，杨建军问董伟竞："你还有什么要补充的？"

1　严打是中国司法名词，是"依法严厉打击刑事犯罪分子活动"的简略表述，是为解决一定时期突出的社会治安问题而依法进行的打击严重刑事犯罪的活动。

董伟竞说，自己死罪难逃，想在最后讲述自己的过往。

董伟竞说，自己的父亲常年在外，母亲对他很冷漠，几乎不闻不问。他16岁时放学回家，碰巧撞见母亲和别的男人偷情。两人赤裸地躺卧在床，母亲也没觉得尴尬，只对他说了句："滚出去！"

自那天后，母亲也不再遮掩，隔几天就带不同的男人回家，"我老是怀疑自己不是父母亲生的，是我妈跟别的男人乱搞弄出来的，所以她才不管我"。

1979年，董伟竞的二叔托关系把他送到技校。那段时间，董伟竞对男女之事既好奇又憎恨，看着身边的异性，他想去亲近，却又觉得这种念头很荒谬。他拼命压抑着心底的欲望，却适得其反。最终，他忍不住扒了女厕所想一探究竟，结果被一个中年阿姨逮个正着。

事闹大了，他被技校开除了。"我本来也不想待在技校了，无所谓。就是那个女人说我看了她私处，等于毁了她的清白，要让我进去蹲大牢。我二叔塞了很多钱，才把这事摆平。"

"臭流氓"这个帽子是董伟竞的成人礼。不去上学后，他成了"社会闲杂"，整天在街上游荡。转眼到了20世纪80年代，陆续出现了新鲜事物，他在地摊上翻看盗版的武侠小说解闷。那些小说为了吸引眼球，不仅有武打场面，还有很多淫秽片段，让他有了看黄书的癖好。

闲荡的日子很空虚，董伟竞想用欲望来填补，恰好一些黄色杂志和人体艺术写真开始出现在地摊上，他看到了很兴奋。这便成了他生活中唯一的慰藉。

董伟竞说，阴差阳错之下，他谋了一份奇特的工作——给黄色杂志画图，新鲜又刺激。但他画了十几幅"春宫图"，工资还没结，印杂志的作坊就被捣毁了。他丢了生计，只得另谋出路。

"那时候'严打'嘛，偏门生意不好做，我就打点零工，混口饭吃。到了90年代，身边的亲戚做生意发财了，我被朋友忽悠跟着他卖皮具，结果生意没做成，我的钱被骗光。"董伟竞恨恨地说，"我觉得这个社会对我不公平，凭什么那些倒霉事都轮上我？血汗钱被骗光以后，我整天就待在屋子里，后来还被赶出去，有段时间只好睡塔楼，无聊就翻翻黄书。看多了我感觉不解瘾，就想着出去搞女人，顺便再抢点钱。其实还是想报复，具体报复谁，我也不知道，选中谁那就是谁，就是想报复。"

正做笔录的曹兵听到这里，抬头望向董伟竞，又揉了揉眼睛，以为眼花了。

师父跟我说，那时他第一眼分明看见了一具惨白的骷髅。

1996年3月底，在市郊的荒野中，"奸杀恶魔"董伟竞最终被执行枪决。

省公安厅鉴于尹东明在缉捕行动中的英勇表现，授予其"公安英模"荣誉称号。据说重案队私下把"英模"改成"英雄"，师父很赞同这个叫法："尹东明以前在部队就是'战斗标兵'，他抓董伟竞完全配得上'英雄'这个词。"

故事讲完了，师父带我走近玻璃书橱，凝视着他珍藏的旧照片——上面是他和杨建军、尹东明的合影，拍摄于1996年2月底。照片外面裱了淡棕色的绒面相框，照片上，三人身穿绿色制服，背后是检察院20世纪90年代的旧址，尹东明昂首挺胸，杨建军站在中间，背着双手，曹兵咧开嘴，笑得很开心。

可现在，师父并不开心，他眼神黯然，指尖轻抚过照片，说道："你看，那个时候尹东明多神气，峥嵘岁月啊！谁能不怀念？那时候老杨还有头发，我身体还算健康，尹东明也还没出事。"

我知道，师父又要给我讲另外一段故事了。

法警：我要检举公安局治安队长

坐进谈话室，童永兴说："我要揭发我大哥蔡金阳，我和他抢过一个妓女的钱，蔡金阳把那个女的杀了，还碎了尸。以前我害怕蔡金阳报复我的家人，所以我想说又不敢说。"

2000 年过后，检察院人员调整，我的师父曹兵和杨建军调到了自侦部门。杨建军担任反贪局侦查一组组长，曹兵被调到法纪检察处（后来改制为反渎职局）侦查三组。虽然两人在自侦部门待的时间都不算长，但很怀念那段日子。

师父回忆说，自己在反渎局的办案经历，可以用一个犯罪嫌疑人给他起的绰号来概括——"铁老虎"。那个嫌疑人是个涉嫌渎职的警长，是师父在反渎局啃过的"硬骨头"之一。最初接受讯问时，那个警长跷着二郎腿，高抬着下巴。师父没说话，走到他面前，重重敲了敲椅上的扶手："把腿放下，这里是反渎局，你身上还穿着警服。"看见师父像条大铁棍似的杵在跟前，死盯着自己丝毫不容妥协，那个警长只好悻悻地放下了腿。

师父在讯问时自有一套固定的节奏，对方根本没法打乱。他耐心地先听完警长的狡辩，再列出证据逐个击破。那个警长一时语塞，师父也不说话，只是久久地凝视着他。当那个警长嗫嚅着试图做最后的辩解时，师父当即打断他："狡辩对你没有一点用，这些证据是铁证，你这身警服要被扒了！"

"你真是一只铁老虎。"那个警长终于放弃了争辩，仰靠在椅背上，不停地摇头。师父抬手做了一个"请"的手势，警长也领会了他的意思，就把自己给犯罪分子通风报信、帮助其脱逃的事全坦白了。

师父身边的同事听见"铁老虎"这个词，觉得很有趣，便在局里传开了。此时师父已年过半百，可人却不服老，非叫大家把那个"老"字去掉。

"我其实很喜欢这个绰号，它概括了我的性格。"师父说。

可老虎也有无奈成为困兽的时候。

一

2006 年 9 月，检察院受理了一起组织卖淫案。在提审的最后，嫌疑人主动要求检举揭发，并在监室写下了举报材料，由检察官转递给反渎局。

曹兵所在的侦查三组签收了这封信，时任组长的徐常华拆开信封细读之后，面色凝重，把信又塞了回去，准备递交给局长。曹兵注意到了，就问组长这封信有什么问题。徐常华看着曹兵，说："你正好在这儿，跟我出来一趟，有事找你谈。"

徐常华把曹兵拉去检察院的侧门，抽出一根烟，叹了口气说："这个案子我们组不能办，被举报人跟你的关系比较特殊，考虑到这个因素，我得交给局长重新分配。"

"被举报的人是谁？"曹兵好奇地问。

"尹东明。"

曹兵惊讶得张大了嘴巴，怀疑自己听错了。

"你别着急，在调查清楚之前，不好轻易下结论。也有可能是那个犯人急着立功，又跟尹东明有过节，存心冤枉他。"徐常华吐了口烟。

"我相信尹东明的人品，他的性子跟我很像，是容易得罪人。但尹东明是警察，在这种大是大非面前，绝对不会知法犯法。"曹兵说。

徐常华捻灭烟头，摆了摆手，说："话先不要说得太早，毕竟人是随时随地都会变的。整个检察院都知道你和尹东明的关系，不仅是战友，还联合办过案。'严打'时你们兄弟俩拿过荣誉，在本地的政法系统出过名，还登过报纸。可时代变了，很多事情啊，不好说……"

徐常华顺便提及，去年冬天，他受邀去某个政法学院开讲座，提到检察院的"反贪反渎"时，他还专门给学生们讲解了贪官的"59岁现象"。讽刺的是，那个讲座结束后一个星期不到，自己的一个老同学便被反贪局调查，恰好59岁。

铺垫完这些后，徐常华异常严肃地命令道："曹兵，你要保证自己绝对不会插手干预尹东明的案子，一句话都不能说、不能问。另外，从现在开始，你不能和尹东明见面，也不能有任何形式的联系，包括打电话、发短信、写信。如果我发现这类情况，就公事公办，绝不姑息！晚上你写一份保证材料，放到我的办公桌上，到时候我把材料和信一起交给局长。能做到吗？"

曹兵一下愣住了，回过神后，朝徐常华艰难地点了点头。虽然他觉得像是有万吨山石压在颈项，把他的头颅硬生生按了下去，但心里明白：徐组长看似话说得很直接，其实还是给自己留了几分薄面的——徐组长完全可以正常怀疑，尹东明被查，你曹兵也可能有问题。所以为了保障办案的合法性，他必须先让自己回避，并重申纪律。可自己的权力很小，也对得起身上这身制服，他坚信自己身正不怕影子斜！

此时曹兵不会料到，从尹东明案开始，接下来发生的事，用他自个儿的话说，是"好汉被逼成缩头乌龟"，憋屈极了。

二

就在两人谈话的那个下午，尹东明接到通知后来到反渎局接受调查。

他被带到专门的隔音房，至于这个房间的位置，没有人说，曹兵也没有问。在那之后，尹东明就像凭空消失了一样。

保证书写好后，曹兵把它放到徐常华的办公桌上。徐常华随即对他说，最近反渎局招了一批新人，全都是政法大学挑出来的好苗子，"他们明天去省厅培训，时间不长，也就五天，由你做领队，严文锋陪你一块儿去，好好带一带他们。这里如果有什么问题，我随时联系你"。

曹兵憋着火，却只能答应。他知道徐常华这是故意支开自己，严文锋则是他监视自己的"眼线"和"耳目"。受到尹东明的牵连，自己现在几乎也成了一个"嫌疑人"，要随时准备"交代问题"。

曹兵始终没明白他视为兄弟的尹东明到底犯了什么事。过了好一段时间后，他才从局里公开的典型案例中，得知了相关案情。

举报尹东明的嫌犯名叫黄汶，声称尹东明帮助他逃避过处罚。这个名字曹兵似曾相识，询问了以前的战友，才想起此人和尹东明曾在部队共事过，亲如兄弟，"人长得贼眉鼠眼，两颗眼珠子整天乱转，好像要算计你似的。我当年懒得跟他废话，也劝过尹东明，少跟他来往"。

同期转业后，黄汶被安排到基层法院做了一名法警，尹东明则进了公安局干刑侦。他们工作后的第二年，尹东明的母亲罹患直肠癌，手头拿不出钱，医疗费的大窟窿对他来说好比补天。曹兵也急，为他东拼西凑，还是差了不少。这个时候黄汶站了出来，帮尹东明把钱凑齐了。

那时黄汶早厌倦了法警这份差事，说"这种日子一眼就能看到头"。身边一些战友下海经商，做出了名堂，他看着眼红，也想谋求更好的财路。2000 年后，他筹够了钱，跟朋友合伙开了一家"养生按摩馆"，这家店面在当时来说已颇具规模。

2006 年，公安局接到举报称，黄汶的店内有人从事卖淫服务，便立即派人突击检查。按照举报人提供的线索，治安支队民警在会馆三楼现场抓到了一名嫖客。嫖客交代称，他走进按摩馆后，见几个技师衣着暴露，便问能不能"开荤"。于是，技师将他带往三楼技师的休息室，室内的西墙有道暗门，打开后，里面的布置类似宾馆的客房……

被带到讯问室的黄汶，说自己对此毫不知情。然而，那些女技师面对民警，把他组织卖淫的事干脆掀了个底朝天。犯罪嫌疑人刑拘入所后，检察官在讯问时通常会把"有无检举揭发"的问题放在最后，但黄汶却狗急跳墙，刚报完自己的户籍信息，马上就说："我要检举公安局治安队长尹东明！"

黄汶对检察官说，按摩馆做的不是正经生意，需要有个"保护罩"。他经过打听，知道尹东明正好从刑侦调到治安支队做领导，就想给这个老战友送礼，希望在治安大检查的时候，可以为他通风报信，他也能提早有所防备。

"我和尹东明私下见过面，给他带了两条软中华和3万元现金，但他没有收，说他看在以前帮过他的份上，破例帮我一次，也是最后一次，以后也不会再联系，说什么让我自己好自为之——他就是在装清高！后来，他给我的手机发过一条短信，意思是叫我小心点。我那些技师本来是穿旗袍的，开叉开得很高，我赶紧叫她们换了衣服，下面穿西裤。预约三楼的客人，我也让他们改约了……"

黄汶还强调，治安支队确实来自己的按摩馆检查过，并未查出异常。他在检举时态度极好，在答话的后头必定加上一句"谢谢政府"。检察官说，检举揭发的情况必须经过核实后，才能算立功。黄汶的头点得像小鸡啄米，说"绝对属实"。

做法警的时候，黄汶押解过很多犯人去法庭上接受审判，最后他自己也成了押解对象。不仅如此，他还把曾经的战友拉下水。曹兵了解了事情的原委后，大腿都快要拍肿了，骂尹东明"为了黄汶这个小人，毁了自己的大好前程"。

"我很了解尹东明，你在关键时刻帮助过他，他就会永远记住，一定会想办法报答——当年借钱帮他母亲治病的事，肯定也成了黄汶后来的筹码。"

那年，全市开始了政法队伍专项整顿活动，处罚力度极为严厉，尹东明刚好撞在了枪口上。在尹东明被收监后，曹兵乘坐长途大巴专程赶到监狱去探望过。这对老战友隔着厚厚的玻璃，握着话筒的手僵在耳边，半天都讲不出话来。

跟我回忆起那天的场景，师父说，他只记得有一声沉重的叹息，不知道是谁发出的。曹兵当时还和尹东明说，等他出狱那天，一定要亲自来接他。可尹东明很坚决地说，谁也别来接，以后也别来看他了，等出狱后自己会联系曹兵。

曹兵知道尹东明是个很要强、爱面子的人，如今这个身份落差和处境，他是不想让亲友们看到。

三

2008 年晚春的一天，曹兵接到了一个陌生号码的电话，对方的喉咙像被砂纸磨过，说出的话像是带着毛边，可曹兵一听这个口音和说话习惯，还是辨认出来电话那头的人是尹东明——两年期满，他出狱了。

两人约定的碰面地点在公园，他们以前一起散步的地方，时间和地点都是固定的，连具体方位都能用暗号代替。在电话里一对暗号，曹兵就听见尹东明说话发颤，他自己的鼻子也像被灌了醋，分外酸楚，随口说了"不见不散"，便匆忙挂了电话。

次日傍晚，暮色苍茫，平静的湖面起了一层薄雾。曹兵坐在湖边的长木凳上，看见了尹东明远远走来，急忙起身想打招呼，却愣在了原地——尽管他去过监狱看过尹东明，但眼前这个人，还是让他感到陌生：原先的尹东明走路时昂首阔步，如今却低着头，有些畏首畏尾，那张脸挨过了风刀霜剑，显得更为苍老，头发稀疏斑白，身形十分消瘦。曹兵只觉得心酸，就搂住他的肩膀，故意加大摇晃的幅度，希望可以借此触摸到那个记忆中的兄弟。

两人原先常去的面馆已经改成了一家外贸服装店，曹兵带着尹东明去了另一家面馆。尹东明要了三两宽面外加两个卤蛋，下筷子前，手腕却被曹兵握住。曹兵从公文包里掏出一罐辣椒酱，拧开瓶盖，挖了一勺放进尹东明的面碗里："我知道你无论吃什么都要加一勺辣酱，而且嘴巴只认这个牌子，我特地给你备好的。"

尹东明的脸就像被狠扇了一巴掌，五官都聚拢了，赶紧埋头吃面，不让曹兵看清他的脸。可曹兵却听见强忍的抽泣声，眼泪"吧嗒吧嗒"地全都落进面汤里。曹兵装作没看见，闷头吃了一口面，面条不够筋道，口感远不如当年那家。

面不再是以前的面，眼前人也不再是当年的那个人。曹兵百感交集，放下筷子，右手遮挡住眼睛，声音略微颤抖，刚说出"兄弟"这两个字，喉咙就哽住了。

尹东明终于哭出了声，曹兵也跟着落泪。

走出面馆，两人回到公园里的健身步道上。尹东明说自己曾在监区撞见了一个以前办过的犯人，两人打了照面，彼此都傻眼了："老曹，你能想象吗？你曾经抓过他，结果你现在成了他的狱友，穿着一模一样的囚服。他不敢直接说，但是话里有话，那种挖苦、嘲讽比枪毙还难受。"

尹东明说，两年多说长不长，说短也不短，算是他人生中的坎儿。可这道坎儿也是他人生的分界线，那身警服扒下来以后就再也穿不上了，当年擒拿凶犯的"公安英雄"，成了刑满释放人员，这种身份落差，让他"早在心里把自己枪毙了几万次"。出事后，妻子跟他离了婚，房子划过去了，但常来监狱看他，送过衣服和钱。女儿在国外结了婚。如今他出来了，无依无靠，也无处可去。

　　曹兵想说点鼓励的话，但觉得光动嘴皮子并不管用。他想了想，带着尹东明来到附近的银行，从 ATM 机取出 2 万元现金，塞给尹东明说："不怕你笑话，平常单位发的工资都上交了，这是我的一点私房钱，全都取了，你先拿着，也别急着还，凭你的能力，我知道肯定能还上。"

　　老婆在外面出差，曹兵就把尹东明带回家住了一晚。第二天是礼拜六，曹兵不上班，联系了房产中介，想给尹东明租套房子。尹东明看了资料，嫌房租太贵，不停地摇头。曹兵劝他："租房子又不是住酒店，是要一直待下去的，有些地方不能将就。"

　　租房中介的嘴皮子都快磨破了，尹东明才看上了一套一居室，月租500 元出头，不含水电费。曹兵却很不满意，说那房子过于简陋，"除了一张床，一个柜子，还有啥"。

　　中介刚想跟曹兵解释，尹东明走到他们中间，双手向外一推，做了个"停"的手势，让他们俩别吵，说房租便宜最重要。中介趁热打铁，带尹东明和曹兵看了房，还没等曹兵开口，尹东明就决定租下来，不仅仅是房租低廉，阳台采光也好，离马路很远，夜里很安静。

　　曹兵憋住火，给尹东明留了面子。等那个中介一走，他就全撒了出来，把尹东明一顿数落："你说房子安静这不是废话么？那么远的郊区，不安静才怪！刚才开车过来都快 40 分钟了，附近也没什么便民设施，你下楼买个包子都要走一两公里。"

　　尹东明笑着说，3 公里以内都是可接受的范围，到时候弄一辆二手自行车，骑过去就当锻炼身体，最主要是房租便宜，省下的钱就能买烟了。

　　曹兵叹了一声，反问："你把烟戒了，不就能省更多钱？"尹东明连连摇头，说这么多年了，老烟瘾早在心底扎根，说犯就犯，不可能说戒就戒。

　　曹兵本想说，他自己说戒就戒了烟，但是尹东明刚出狱，那样说有可能伤及对方的自尊，因此自己也破戒跟着抽了一根。经历过"高开低走"的人，内心总是敏感的。

安顿好住房后，尹东明去旧货市场淘了一辆二手的凤凰牌自行车。买车的费用，准确来说，是曹兵出的钱。然而，尹东明却没想到，修车的钱比买车还贵。为了以后不"掉链子"，他骑到了修车摊，叫摊主给爱车做了全面体检，摊主喷上除锈剂，东擦西抹，给自行车做了翻新。一番捣鼓，那辆车脱胎换骨，在阳光下闪着柔和的亮光。

曹兵约了尹东明去郊野公园骑车，看见尹东明一路按着铃铛，快乐的模样就像是刚学会骑自行车，曹兵会心一笑，他已经很久没看到尹东明这样了。

四

光顾了尹东明那头，曹兵却没顾得上自己。

一个天色阴沉的上午，曹兵正在组织大家给汶川捐款，局长突然把他叫到办公室，跟他谈了半小时。等他走出房间，只觉得"脚下发飘，天旋地转"。

局长向他下达了人事通知——当前，检察院控申部门的信访量已攀升至高位，接待窗口严重缺人，反渎局也面临新一轮的机构调整，昨天下午，"检察院政治部、反渎局和控申处经过开会研究，决定将曹兵同志调往院信访办公室指挥工作"。

曹兵不想让同事们察觉出异样，回到办公室后，硬挤出笑容，继续登记捐款名单。组长徐常华想必已经知情，过来找他聊天，想安抚一下他。曹兵却挥手拒绝道："局长刚才已经通知过了，老徐你先忙吧。你放心，我只要在反渎局一天，就会把手头的活儿做好。"

反贪、反渎是检察院的门面，更何况，曹兵本人也在反渎局立过个人二等功，多次荣获市委政法委颁发的奖牌。他在组里人缘也很好，年轻的同事们都很喜欢他。让他"下沉"，只是官方的说法，调他走的另外一个说法，是他多年以后听到的：由于性情坦直，他不慎得罪了领导。

"所以说啊，人一定要心态好，事情既然已经发生，关键看自己怎么去对待了。你要是说岗位'下沉'，那肯定越想越气，容易想不开。可你要是说'锻炼''履新'，就不会那么难过了。"七八年后，已经成了我师父的曹兵，如是对我总结。

曹兵最初调到信访办的时候很难适应，"那真是一段令人血压升高的日子啊"，老搭档杨建军就专程赶去信访办给他做"心理疏导"。十几年的交情，杨建军太懂曹兵的性子了，也明白这种调动摆明了就是要让曹兵吃苦头的——曹兵过去在办案中积累的工作经验，到了控申处很难派上用场。

曹兵时常要去控申大厅巡查。有个老爷子，背着灰蓝色斜挎包，拎着黄色塑料袋，里面放着保温杯和干粮，每周一、周三、周四的早上9点，准时到控申大厅门口"报到"。老人告诉曹兵，他家住在偏远的郊区，坐公交车过来要花两个多小时。向曹兵诉苦时，患有严重糖尿病和高血压的老人越讲越激动，用食指戳着曹兵说："我血压很高，受不了刺激，要是把我气得血管爆掉，你们全都要对我负责，还要对我家老太婆负责！"

曹兵急忙劝慰了一番。待老爷子情绪好不容易平缓后，又细说了自己要反映的情况：他坚持认为自己家动迁核算面积有误，怀疑工作组存在失职行为，想上门找"有关部门"要个说法，不料却被踢来踢去。好不容易找对地方，对方却一直拖延，久而未决。无奈之下，只好跑到控申大厅来了。

"答应了他，就得帮他处理"，可"有关部门"仍然一拖再拖。曹兵看不下去，只能亲自打电话问询，遇到对方给他打官腔的时候，他也只能"三连问"——你说的"尽快"是不是猴年马月?"抓紧"到底抓得有多紧?"落实"究竟落到实处了吗?

"那里气人的事太多,几天几夜都说不完",在信访办,曹兵的血压时常飙高,觉得头昏脑胀,开始学着收敛爱发脾气的性子,怕跟别人一着急,自己的血管先爆掉。那时,他的健康已经亮起了红灯,"六高"全占,一样不差。高血压是他的"老朋友"了,最早发现超标的时候,他还以为是血压计坏了。他的口味很重,爱吃腌菜,在家自制香辣萝卜片,撒上芝麻和香瓜子仁,闷进玻璃小罐,味道确实一绝。他还喜欢吃黄油饼干和油墩子这些高糖高脂的食物,所以血糖偏高,血脂严重超标,体检测出的甘油三酯指标比正常值翻倍。但他对这些都没放在心上,从未忌口——"这也不能吃,那也不能吃,活着还有什么劲。"

家里也不顺,儿子嫌他催婚催得烦,跟他打冷战,半个月都没理他;再看看股票,一片"绿水青山",全部套牢,他舍不得割肉,只能自我安慰"钱乃身外之物"。

师父回忆说,那时他照着镜子,都会对着镜中陌生的自己发愣:"我的头发本来是非常浓密的,天然卷,每年能省掉几笔烫头的钱。可那时候我都快秃了,变成个荷包蛋,跟杨建军有得一拼了——不过世事难料,我自己刚调换部门没多久,杨建军也被从反贪局调了出来。"

五

在一起外地案子成功办结后不久,杨建军便收到检察院政治部的通知,被调到驻看守所检察室。

此时曹兵已在信访办工作了几个月,两人时常通电话。杨建军打电话说了自己调岗的事,提醒曹兵别忘了随身带降压药和保心丸,曹兵也让他调整好心态，准备驻所工作。

驻所检察室在监所外围，屋内的地砖还是 20 世纪 90 年代铺的，从未翻修，采光也差。在这里，他要负责第二监区的巡查。管教民警告诉他，二监区关押着很多重刑犯，"个个都是刺头，人人都是奇葩"，着实令人头疼。杨建军听后自嘲道："我在反贪局就掉了好多头发，现在估计全要掉光了。"

果然，不出半年，他大半个脑袋就秃了。

驻所以后，杨建军的烟抽得更凶了，每天打底一包半。看守所内严禁吸烟，他在室外找到个合适的吸烟点，又在窗檐边上放了个空茶叶罐当烟灰缸。有同事来了，他就发两根，没人的时候，他就站在石阶上凝望着高墙外的天空。

曹兵下班后常常骑车到看守所，每次都能把正在抽烟的杨建军抓个正着。他向来是反对杨建军抽烟的，嘲笑对方没有毅力，不像自己"说戒就能戒"。

"老杨，抽到烟屁股就不要再抽了……"

"老杨，你这样下去不行，两个肺比煤饼还要黑。"

"老杨，你为什么还在抽？！"

曹兵找到杨建军的同事，用开着玩笑的口气建议他们没收杨建军的烟盒，对他每天的吸烟量实行严管严控："以后你们抽了 5 根，才能给他发 1 根，明白吗？"

其实曹兵理解杨建军的"复吸"——那时驻所检察室缺人手，看守所的羁押量又逐月升高，杨建军不仅要巡视自己管辖的第二监区，还要巡查对面的第三监区，很多工作也要他亲自去办，整天忙得连轴转。那时杨建军要值夜班，食堂的夜宵只有馒头、稀饭和咸菜。有时候，曹兵会在自行车车筐里放上自己在家腌制的香辣萝卜片，还有两大包苏打饼干，带来给他改善伙食，"坚决支持老杨同志的工作，给你带了点'战略物资'"。

　　杨建军笑了，跟曹兵聊起看守所的人偷偷给他取的绰号："上次我抓到办案人员'单人提审'，又查到监区特保私卖香烟，发了几份《纠正违法通知书》，后来他们背地里就叫我'黑面杨'——这外号还挺好记。"

　　"那我以后叫'白脸曹'吧？这样我还是你的老搭档。我们一个唱黑脸，一个唱白脸。"

　　"那谁演关公？给你来一个'捉放曹'。"杨建军笑道。

　　"尹东明"三个字像条件反射一样到了曹兵的嘴边，又被他生生咽了回去——他和尹东明都喜欢看电视剧《三国演义》，尹东明的眉眼跟关羽的扮演者的确有几分神似，又像关二爷一样重情重义。可这"一捉一放"，令曹兵又想起尹东明心中的暗疤，于是换了话题。

六

　　过了些日子，曹兵又去了驻所检察室，他进屋后，往桌上放了苏打饼干和胃药。杨建军笑着说："说曹操曹操就到，我正想找你呢！我手里有个案件，关于嫌疑人的一些信息我想找尹东明协助一下，而且我还想和院领导申请一下，让你参与进来协助我们。"

　　曹兵一听，立马站正身子，昂起头，像面对领导似的大声说："于公于私，我责无旁贷。"说完和杨建军不约而同地笑起来。

　　杨建军拿起桌上的座机，跟检察院分管检察长做了口头汇报，并申请让曹兵参与办案。得到批准后，杨建军告诉曹兵，最近他很关注一个名叫童永兴的在押人员。此人今年23岁，技校肄业，因涉嫌盗窃于2008年10月被刑拘，羁押入所后被分配在225监室。童永兴犯的案子有点特殊——盗窃邻居晾晒的女士内裤，后来发展到入室行窃，结果被男主人抓住，送到当地派出所。进了监室后，他在"铺头"的胁迫下，交代了自己做的事情，刚一说完，大家就哄笑起来，直到引起管教的注意，才勉强忍住。

童永兴肤色苍白，身形瘦弱，一米八出头，大腿跟胳膊一样细。打架没有身材优势，犯下的案子又令人鄙夷，同监犯人争相压榨他，逼迫他值岗、洗衣服和打扫卫生，后来就开始抢他的食物。童永兴被如此一番折腾，肠胃的老毛病复发了。一天晚上，他挨不住胃开始痛，便向管教打了报告，然后被带到了看守所五楼的医务室。杨建军恰巧路过医务室，发现里边的嫌犯正是自己最近关注的童永兴。

在管教和杨建军的盘问下，童永兴终于吐露出了实情，并央求他们放过那些人，"不然我以后的日子会更惨"。杨建军沉吟片刻，对童永兴讲："你别担心，好好吃药，把身体养好，这个事情我们帮你解决。"

监区领导和管教介入后，霸凌童永兴的人受到严惩，童永兴也被调到了新监室，待遇有所改观。但每次面对问话时童永兴心事重重、一副欲言又止的样子，这引起了杨建军的注意。杨建军约谈了童永兴同监的犯人，那人也说童永兴最近心神不宁，胃口也差，饭菜只吃了两口就饱了，晚上老是在铺板上翻来覆去，都影响别人睡觉。大家看他平时老实巴交的，才没有发作。

凭据经验，杨建军推测童永兴肯定有心事，且这个心事多半与"隐案"有关——他很可能身藏余罪。

深挖隐案是杨建军的日常工作，但他并不打算立即开展谈话教育，因为还没到最佳时机。杨建军偶尔找童永兴谈话，关心他的病情，提醒他"要时刻遵守监规监纪"，唯独不提案子的事。时间一长，童永兴对杨建军逐渐产生了信任。

转眼到了11月底，在杨建军照常巡视监区时，童永兴终于鼓足勇气喊了报告："杨检察官，你现在有空吗？我有事情向你汇报。"

杨建军却说："快到饭点了，你先吃饭吧。"

他是故意这样说的，目的是让童永兴的情绪彻底到达临界点。果不其然，次日上午9点，童永兴又一次提出要求约见检察官。

坐进谈话室，童永兴说："我要揭发我大哥蔡金阳，我和他抢过一个妓女的钱，蔡金阳把那个女的杀了，还碎了尸。以前我害怕蔡金阳报复我的家人，所以我想说又不敢说。"

蔡金阳其实是童永兴的初中同学，童永兴叫他"大哥"，是他的"小跟班"。2005年7月5日傍晚，蔡金阳玩老虎机输了钱后，让童永兴"到发廊那边招个小姐玩玩"。见童永兴不应声，蔡金阳便一直在旁边唆使。

童永兴有些害怕，问："被警察逮到了咋办？"

"你就这点出息！"蔡金阳说，"怕什么，出了事我帮你顶着。"

童永兴刚把蔡金阳看中的小姐领进屋里，蔡金阳便将她扑倒，骑在身下，双手猛掐女人的脖子。过了会儿，女人没了声响，蔡金阳伸出食指放在她的鼻孔下方探了探，然后冷眼盯着地上的尸体。童永兴被吓住了，蔡金阳朝他翻了个白眼，说了句"干活了"，就拽过女人的黑色包。拉链的质量很差，滑到中间卡住了，他就用双手抓住拉开的两侧，使劲往外扯，把人造皮革都撕出了细屑。蔡金阳翻出1000元现金，分给童永兴200元，然后踢了一脚尸体，警告他说："今天的事情只有我们两个人知道，你要是敢说出去，我就来找你麻烦。你听清楚了吗？"童永兴不敢出声，只得拼命点头。

"呵，我看你这个尿包也不敢。"蔡金阳抬起下巴，用蔑视的口气说，"反正这个女人是你给我叫的，现在你跟我在一条船上，你永远也别想撇清。死人让我来处理，你帮我把垃圾袋扔掉。"

交代案件时，童永兴一直低着头，声音小而细，像蚊蝇在盘旋，瘦长的脸上露出苦笑："说起来也可笑，明明我是蔡金阳的帮凶，结果杀掉那个女人，我自己倒留下了后遗症——关在这里，我总是半夜睡不着，反反复复就在想这个问题，当初蔡金阳为什么会选上我？可能他就是看上我胆小、好欺负吧。假如我换成他，再借几个胆子给我，我也绝对不敢杀人。不怕你笑话，别说是杀人了，就算打架我都不敢，也打不过。"

杨建军说："我不会笑你，你敢把这件事讲出来，就已经和以前完全不一样了。你还有什么想说的，都可以跟我说。"

童永兴说他怕蔡金阳被警方抓获后，将罪责全部推卸在他身上，导致自己罪加一等。

杨建军让他不必多虑，说："在罪责方面，我们会依法查证，不会冤枉任何一个人。你交代的这个案子，如果查证属实，法律上对你会从轻或减轻处罚。"

七

公安局追逃办收到杨建军移送的线索材料后，立即展开调查。民警们发现，2005年7月市区发生过一起失踪案，失踪的是个女人，相关信息与童永兴的供述高度吻合。

但是，蔡金阳却迟迟没有落网。

杨建军对曹兵说："找不到蔡金阳就前功尽弃，案子确实存在，可是人又逃到哪里了？我了解到，蔡金阳之前服刑的监狱和尹东明是同一个，而且时间有重合，因此我想看看尹东明那里是否可以提供一些有价值的信息。"

"唉，我想想怎么和他说吧。"曹兵说。

曹兵从杨建军那里出来的第二天，就去看望尹东明。进屋后，尹东明和他并排坐在破旧的黑皮沙发上，无意中聊到了杨建军，曹兵便说起老杨最近在办一个案子，可凶手一直没抓到。

"那个凶手叫什么？"

"蔡金阳，你认识？"

尹东明是随口一问，曹兵也装作随口一说。可是话刚说出口，曹兵就有点后悔了——万一尹东明真和这个蔡金阳认识，他要真较起劲来自己去找人抓人，出了事可怎么办。

尹东明听到蔡金阳三个字后，突然愣了一下，然后眼睛中突然闪出一道光，缓缓地说道："我认识！"

直觉告诉曹兵，尹东明很可能想借这个机会弥补他不能再当警察的遗憾。可他已不具备调查和执法权，如果在调查中做了出格的事，这个责任没有人可以担当得起。曹兵告诫他："如果你有这方面的线索，那就再好不过，可以提供给杨建军，也可以交给公安，但你千万不要擅自行动。"

尹东明望着手中的烟，许久才点头。

蔡金阳正是尹东明过去的"狱友"，因为盗窃进去的，比尹东明早2个月刑满释放。

在服刑期间，蔡金阳曾跟狱友聊天时说，等他一放出去就去"开荤"，直奔发廊和足浴店，还大言不惭地讲，那边方圆几公里的足浴店，所有技师全都是他的"老相好"。这些话是尹东明手头仅有的线索，有没有用，尹东明自己也不确定——可即便是蔡金阳吹过的牛皮，尹东明也要亲自撑开看个究竟。

尹东明骑车去了蔡金阳说的地方，根本找不到那些店面。问了附近晒太阳的老人，才得知原来街区做过一次"大整顿"，那几家经营范围暧昧不明的小店全被拆除了，整条街面刷成了一堵干干净净的白墙。

尹东明又赶到另一个蔡金阳提过的居民区，那里有一片群租房，住着他的狐朋狗友。可这次又扑了空——这两年城市变化很大，街区已经推掉了危险的群租房，尹东明只在垃圾箱边上看到半个损毁的铁架床。

尹东明不甘心，打算一直找下去。后来我问尹东明，干这事费力不讨好，问他图什么呢。可尹东明却说：他这样做不是为了向任何人证明什么，也没有证明的必要，只是做一件自己想做的事，把自己丢掉的尊严找回来。

因为怕违反工作规定，曹兵没再向尹东明诉说过相关案情。可尹东明就是头犟牛，认准的事谁也拉不回，他骑车跑了好几个区县，啥也没找到。他发动曾经的"狱友团"，寻找蔡金阳的下落，却没人理他，还有人笑他"闲着没事干"。

就连自行车也笑话他，后轮"罢工"了，在路上嘎吱作响，刹车也慢了半拍。尹东明把车拖到了街角的修车铺，在路边点了根烟。头顶烈日，街上行人稀少，他无意中看向马路对面，便看见了自己曾经的狱友倪敬东恰好蹲在对面的马路牙子上。

尹东明打开兜里的录音笔，过了马路，甩给对方一根烟，马上切入正题："你在里面跟蔡金阳关系最好，知不知道他在哪儿混？"

倪敬东说，出来后，蔡金阳找他，还送来了一部二手的黑色诺基亚手机。他猜到这手机来路不正，没敢收。

"我最近怎么没看到他？你知道他到哪儿鬼混了？"

"要不你去北郊找找看，那里有个二手市场，什么人都有，每次蔡金阳干完小偷小摸就跑到那里销赃。"倪敬东讲到这里，有点起疑，"别人放出来都恨不得跟里面的'老朋友'撇清关系，你怎么那么想找到他？"

尹东明不动声色，又给倪敬东发了烟，说自己出来后很难适应新生活，没朋友，也没人愿意跟自己交朋友，就想找人叙叙旧，找点事做。

"我好心提醒你，出来找谁也别找蔡金阳，他这人不想走正路，说不定又进去'回炉'了，你能找到他才怪呢。"

"多个朋友多条路，你看我不是找到了你这个老朋友？但是你放心，我自己做事有分寸。"尹东明假装存了倪敬东的手机号码，又套出了对方和蔡金阳相遇的时间和地点。

倪敬东说，如果真想找蔡金阳，还可以前往另外两个地方：一个是西郊棚户区，那里还残留着几家发廊；一个是北郊的歌舞厅，用废工厂改建的，毗邻二手市场，蔡金阳销赃完，就会去那里潇洒。

八

尹东明不是没想过亲自去抓蔡金阳。他自认是个练家子，当年从部队出来可是在警校当过教官，专门教擒拿格斗，对付蔡金阳不在话下。可他又害怕，真出了什么岔子，"回炉重造"的就是自己了。

权衡之后，尹东明让曹兵把录音笔转交给杨建军，说录下的资料有没有用，他也拿不准。

曹兵把录音笔放进左胸口袋，郑重其事地说："尹东明同志，你这半个多月跑得那么辛苦，把自行车都快骑报废了。如果线索真实有用，一定要给你奖励，至少要颁发奖状。要是没人发，我自己给你颁一个！"

到了驻所检察室，曹兵则对杨建军讲："老杨，你看尹东明提供的这些材料有没有用，没用的话，我就随便编个理由安慰他，跟他说'这些线索真的太有用了，我们准备奖励你'。奖金就算了，我手头也没多少私房钱，老婆最近查得越来越严，到时候我们请他吃顿饭就好。"

"不，你低估了他。"杨建军给出肯定的答复，"尹东明做的这些基础工作非常关键。"

公安局追逃办收到尹东明提供的线索材料后，经过多方协力，最终将蔡金阳成功抓获。

正如童永兴所担心的那样，到案后的蔡金阳辩解称，当时他自己只负责招嫖和望风，杀人、抢劫、碎尸，全是童永兴一人所为。杨建军说，当时刑侦支队为了查明案件事实，专程赶赴看守所对童永兴进行突审，并于当晚召开了案情分析会。警方在会上指出，童永兴和蔡金阳两人的口供存在很大出入，都把罪责推给对方，只有对赃物的供述是一致的——他们都说对方从被害者那里拿走了一部黑色的摩托罗拉手机。

公安调整了侦查方针，决定"以人寻物"。几天后，北郊二手市场的一个店主从公安出示的照片中辨认出了蔡金阳，说自己三年前曾从蔡金阳手上收过一部二手的摩托罗拉手机，手机的特征与蔡、童二人的供述相符。店主记性不错，说由于手机的按键磨损严重，他起初并不想收。后来蔡金阳反复强调说"半卖半送"，最终以40元的价格成交，那手机后来也没转卖出去，现在还放在玻璃柜后面的抽屉内。

公安将手机交由报女儿失踪的老两口辨认，他们声称这就是女儿曾使用的手机。

与此同时，另一边刑事技术科也传来捷报，经过相关的生物比对，凶手正是蔡金阳。

公安火速赶往看守所提审蔡金阳。面对铁证，蔡金阳瘫在椅子上，对自己的犯罪事实供认不讳。

知道杨建军挖"隐案"的事办妥了，曹兵也跟着松了口气。

此案让杨建军荣获了市委政法委颁发的"先进个人"奖励。表彰大会结束后，他给曹兵打了电话，让他把这次的"无名英雄"尹东明约出来。

老哥仨重新聚首，杨建军提议拍一张合照，就像十几年前捕获"奸杀恶魔"后他们在检察院门口拍的那样。尹东明摇头，曹兵只好跟杨建军说："照片就不拍了，我们都老了，拍了也不好看。"

杨建军心领神会——相较当年，他和曹兵只是调动了岗位，可尹东明却已不是警察了。

三人在饭馆聚餐，杨建军点了几个家常菜，没要酒水，只喝桌上的大麦茶。虽然曹兵觉得"喝了酒，该说的、不该说的，都会说出来"，但如今，他们都是知天命的岁数了，有些不能说的话，彼此也心知肚明。杨建军说完开场白，以茶代酒，敬了一杯，之后没再说什么。曹兵连讲了几个笑话用来活跃气氛，直到饭局结束。

饭后，落日正圆，树影微动。三个人漫步在空旷的街道，曹兵随口哼着歌，调子抑扬顿挫。受到感染，杨建军和尹东明也跟着哼起来。

师父记得很清楚，那时他哼唱的是电视剧《三国演义》的主题曲：

"滚滚长江东逝水，浪花淘尽英雄，是非成败转头空。青山依旧在，几度夕阳红。"

"铁三角"重出江湖

在案发现场中，死者躺在两张高低床之间，身体有两处弹创，一处在喉咙，一处在右胸。墙角处发现两颗粗糙的钢弹。现场勘查的民警打开手电，冷冽扎眼的光柱将房间照得亮如白昼，绿毛的面容清晰地展现出来。

在前面的故事中，曹兵的战友尹东明曾经为了哥们义气，犯下他绝对不该犯的错，脱掉了警服，坐了两年牢，这段经历成为他心中无法愈合的伤口。

我曾在师父曹兵家中遇到过尹东明，便对他说："我师父经常跟我提过你，以前你破过不少大案，是名副其实的'公安英雄'。"尹东明低下头，说"那都是陈芝麻烂谷子了"，随后干咳了两声，没再言语。

我突然意识到，尹东明经历过大起大落，再提及那些警界荣誉，无疑是在他的伤口撒了把盐。我后悔自己的冒失，却不知如何圆场，场面一度陷入尴尬。

就跟抽烟似的，尹东明深吸了一口气，又缓缓吐出，他随后说了一番话，令我印象尤深："有些事说出来也没什么，过去我是局里的重案队队长，经历过枪林弹雨，也亲眼看着副队长死在我面前，后来我犯错进了监狱，人的一生有许多后悔的事，我当然后悔，肠子都'悔烂'了，不是'悔青'了。但是后悔没用，犯了错就要认错改错，我也用不着遮遮掩掩。"

听到尹东明这话，我顿时松了口气，他坦荡的模样显出几分气概，难怪师父以往提到他，脸上总是写满了自豪。

尹东明扯了个板凳坐下，在接下来的交谈中，他大大方方地讲述了自己过去经历的一些事，其中一句话令我印象极深——"我以为脱下警服以后，日子就会平平淡淡了。可是我想错了，那些奇奇怪怪的事情还是会找上我，多亏了你师父曹兵还有杨建军，不然我未必能撑到今天。"

综合"铁三角"的共同讲述，便有了下面的故事。

一

2008 年深秋的一天，曹兵接到一通电话，对方说尹东明出事了，人在医院里。曹兵急忙赶到医院，见到尹东明躺在病榻上，腿上还打了石膏。

尹东明告诉曹兵，那天他正打算出门采购，刚骑到菜场门口，便听见有个女人尖叫了一声，大喊"抓小偷"。一个瘦小的黑影手抓着皮夹子，"唰"地从人群窜出来，撞进尹东明的视线。

就像猫和老鼠一般，这个情景触发了尹东明的本能，他想都没想，冲过去想拽小偷的衣服。可那个小偷跑得极快，尹东明赶紧跨上自行车，和几个男人一起追赶。眼见小偷闪进了窄巷，尹东明急忙拐弯追了上去，不料却被巷口堆积的钢材绊倒，自行车倾倒在地，车轮在原地飞转。

尹东明咬紧牙，仍想去追，可是这一跤摔得不轻，痛得他根本爬不起来。后续赶到的男人见状帮他打了 120，还帮忙打了曹兵的电话。曹兵一听就急了，赶忙骑车前往医院。

那年尹东明 49 岁，当年跟他一起出生入死的兄弟升职升官，自己现在却落得一无所有。他卧在病榻，对曹兵感叹："老了，警服被扒了也好，要是穿警服抓贼，把自己弄成这样，那真是闹笑话了。"

曹兵说，先前他坚决不让尹东明租那个一居室，一是交通不便，二是治安不好。那处郊县有许多暗巷和稻田并未设置道路监控，形成了监控盲区，县派出所增加了治安巡逻的频率，但是"贼鼠"们似乎在疯狂繁殖，"我的老战友曾永兴就在这里的派出所负责治安巡逻，前阵子他跟我讲过，这里的小偷好像都组成了帮派，非常难对付。你也别自责，毕竟年纪也大了，斗不过那些年轻的小毛贼"。

曹兵背着双手在病房中来回踱步，差点撞上护士。其实他也在发愁，平时省吃俭用、背着老婆偷偷攒的私房钱全部借给了尹东明，可是眼下尹东明左腿骨折，借给他的钱在医院就已经花掉了1/3，后面的护理还要用钱。

就在他们一筹莫展之际，尹东明的"贵人"来了。

这个"贵人"正是那个被偷钱的女人，名叫唐红霞。她赶来看望尹东明，说派出所抓到了偷钱的毛贼，据说还没成年。她从民警那里听说尹东明见义勇为受了伤，心里过意不去，给他送来果篮，还有点钱，当作一部分医药费。

尹东明刚想婉拒，曹兵赶快按住他的手，说："别辜负人家的一片心意！"

临别时，曹兵跟唐红霞在门外聊天，得知她的个人情况：前年离异，儿女已成家，目前独居，比尹东明小2岁。唐红霞也问了很多，全都围绕着尹东明，似乎对他很感兴趣。

曹兵聊下来，感觉唐红霞明显是看上了尹东明，他就跟对暗号似的，介绍尹东明：当过兵，同样离过婚，女儿同样也成了家，同样也是一个人，有责任心，做事踏实，比唐红霞大2岁；唯一的美中不足，就是从外地辞职，刚到这里，就遇上了这个糟心事儿。

曹兵说完又转过头，重新打量着病房内的尹东明，虽说头发白了，但尹东明长得不差，就像瓶老酒，"越老越有味道"。

唐红霞递给曹兵一张黄色的便笺纸，说道："你让他（尹东明）放心，他坏掉的自行车我拿去叫师傅修了，修好后暂时放在我们小区的停车棚。等他养好了伤，就照上边写的地址，到我这里来取。"

唐红霞走后，曹兵背着双手，走到尹东明的病床前，像领导似的下了命令："尹东明同志，你的自行车还停在唐红霞那里，等你腿伤痊愈以后，速去领取。假如你实在着急，现在也可以单脚跳着过去。我刚才跟她接触过，了解她大致的情况，发现她对你好像有点意思。"

"我现在连自己都养不活，就不要再耽误人家了。"尹东明转头看着窗外。

次日傍晚，曹兵赶到病房时，看到尹东明身边有人陪护，此人正是唐红霞。他站在那里，觉得自个儿有点多余，像个乱闪的电灯泡。唐红霞对曹兵说，尹东明的工作还没着落，她所在小区正好缺保安，她跟保安队长也很熟络，想回头给尹东明介绍。尹东明在一旁听着，没声响。

把唐红霞送走，曹兵回到尹东明的床边，说："到时候你养好了腿伤，唐红霞说的工作，你先做着，至少可以'过渡'一下。"

尹东明依然摇头，他压根就不愿做这份差事。公安和保安，仅一字之差，地位却是天差地别，这种"垂直降落"会深深地刺痛他。

曹兵急了，对他说："尹东明，你还记不记得以前提审嫌犯的时候看守所里面那几个大字？叫'认清形势'。你年纪大了，中间又断了几年社保，人家给你介绍工作，你还挑三拣四，那以后该怎么办，成天喝西北风？"

尹东明低头不语。

曹兵意识到自己把话说重了，沉默了半晌。这时尹东明开了口："你讲的话不中听，但也是为了我，你也别急，我出了院去试试看。"实际上，尹东明受伤住院前，为了找份差事跑过好几个地方，对方均以年龄过大为由而婉拒。他曾用"灰"字形容当时的状态：灰心丧气、灰头土脸，活了几十年从来没有这么"灰溜溜"。当时他失望地回到一居室，独自抽着闷烟，房间狭小逼仄，四周都是白得刺眼的墙，显得清冷孤寂。

此时，手机响了。曹兵打电话问尹东明："公安分局最近在招聘巡防保安，你想不想过去？想去的话，我帮你报个名。"尹东明沉默了片刻，说他不想去，局里熟人多，撞见了彼此都尴尬，更何况自己坐过牢，也不方便。电话那头，曹兵轻叹了一声，嘱咐他少抽点烟，就挂掉了。

恰恰相反，尹东明不仅没少抽，反倒越抽越凶，一根接一根，烟灰缸里插满了烟头。自从入狱后，他自动将自己踢出了他们的好友名单。

由于尹东明很少出门，也不跟邻居们打招呼，人们便开始谣传起来，以为他是逃犯或者瘾君子。这些刺耳的谣言传到了居委会和警务室，社区警长便亲自上门做登记。两人一见面，不免有些尴尬，原来这位罗警长是当年尹东明带过的学警。

罗警长放下了查户籍的警务通，跟尹东明寒暄了几句，转身便要走。尹东明叫住了他，问起了重案队的"战友"们。一问才得知，当年一起出生入死的战友，有人已升任机关党委书记，还有人调到了省公安厅。

两人一叙旧，尴尬顿消，罗警长回忆起他的实习经历，那时他的警衔还是两拐，现在已经是两杠一了。他还记得当年跟他关系最好的除了尹东明，还有陈国华。一提到陈国华，尹东明的眼皮便低垂下来，神色黯淡。

借用尹东明打的比喻，陈国华的名字像一发7.62毫米的手枪弹，击碎了尹东明尘封许久的记忆之匣，陈年往事如同染血的玻璃碴子，在他的眼前四处迸飞，又纷纷扬扬地落下。

陈国华是重案队的副队长，尹东明往日的左膀右臂，也是罗警长最钦敬的师父，局里"传帮带"的典范，却在千禧年之后因公殉职，死于凶犯的枪弹之下。陈国华死的时候，他的孩子刚上初一，妻子患有尿毒症，每个礼拜要做透析，光靠抚恤金远远不够。当时公安局局长带头捐款，大伙踊跃参与，为陈国华的妻子凑了一笔钱。尹东明很想去看望一下陈国华的后人，便向罗警长要了具体联系方式。

此时，罗警长接到了教导员打的电话，便匆匆告辞，留下尹东明独自一人呆站在原地，困在记忆的牢笼之中。

"人总不能活在回忆里。"尹东明说，"记忆是破碎的，现实是困难的，但生活还得照过。"伤愈后，他去了唐红霞说的小区上班。那里的保安制服有点像警服，尹东明穿上浅蓝色的制服，看到肩章上绣着保安公司的名称和衣服编号，陷入惆怅的追忆之中：倘若他还在警队，肩上的警衔应该是两杠三。

保安队伍每天定时巡逻签到，每人配发一根防暴棍，黑色橡胶包铁，长约20寸。尹东明做了一个黑色的塑料棍套，扣在右侧腰间的裤袢上，这是他过去别枪的地方。他想借此一点一点摸索到曾经的记忆。没想到保安队长命令他把棍套卸下："全队要服装统一，巡逻时右手持棍，你把自己当警察了？"

尹东明没有顶嘴，他把棍套放回门卫室，随后跟在巡逻队伍后面。他是保安里面年纪最大的，队伍前面是二十几岁的年轻小伙。当年他在警局，永远是带队走在最前面，如今他紧跟在所有人屁股后头，显得很不起眼，宛然一条多余的尾巴，没有人回头看他。

谁也没想到，尹东明干了不到两个礼拜，就砸掉了饭碗。

二

2009年1月初，尹东明在值夜巡逻时，看见一个男人在骂孩子。从他们身旁经过时，他又听见两记响亮的耳光，眉头便皱了起来，觉得"教育自家孩子也不能这么打"，又转身看向孩子，忽然发现了一些端倪。

时值寒冬，烈风如刀，尹东明算是不怕冷的，都要紧裹着厚实的保安大衣，可是那个干瘦的孩子只穿着一件薄薄的淡紫色外套，左手冻得开裂，鼻子流着鼻涕，求男人放过他。尹东明又看了眼那个男人，身上穿着水貂大衣，头戴一顶毡帽，嘴里骂着脏话，反手对着男孩又是一记耳光，打完还是不解气，又是掐脖子，又是捶脑袋。孩子想逃跑，又被拽了回去。

"算了算了，再这么打下去要打坏了。"尹东明上前劝了劝，"小孩子不懂事，说他几句就行。"

男人瞟了瞟尹东明，说这个男孩是小偷，想偷他的东西，却被他抓个正着。前几天他刚被偷了一部手机，正愁找不着人呢，今天这小偷倒是主动送上门来了。

尹东明说，这个小孩看起来也不大，最多10岁，还是把他送到派出所交给警察来处理吧。

"你算什么东西？我怎么做事还用得着你来教？"男人上下打量着尹东明，"老子还没教训完呢。"说完，便拉起男孩的手，想拉到旁边的停车棚里继续打。

尹东明握紧的拳头，又很快松了下来，在心里劝自己不要多管闲事。这时他的同事小刘正好经过，看着男人教训小孩，问尹东明为什么站在这里，到底发生了什么事。

"你们这两条看门狗，看什么看？"男人边说边用手指头戳着尹东明的鼻子，"小区真是白养了你们这些闲人，全都吃干饭的，这个小偷你们看不见啊？还能让他溜进来？"

听到"看门狗"三个字，尹东明掐灭了烟头，拳头再次握紧。小刘倒很能忍，把男人的侮辱当成耳旁风，拉着尹东明就要走，低声劝他："尹大哥，你干保安干了没多久，多一事不如少一事，别把工作弄丢了。"

尹东明点了点头，只能隐忍着，"忍"是他这几年唯一学会的本领，放在以往，他绝对忍不下来。可这时，男人的辱骂声、孩子的求饶声萦绕在耳边，吵得他的内心"就像受潮的火柴头，一遍遍地划着火柴盒，迟早要点燃"。

尹东明和小刘刚走了几步，便听到男人又掌掴了男孩，声音很响。男孩被打闷了，脚跟站不稳，一屁股坐在地上。尹东明转头撞见这一幕，还是没忍住，就又劝说男人放过那个孩子。

男人狠狠剜了他一眼，说："你要是再废话，小心我连你都打。"

"连谁都打？你把话再说一遍。"刚才男人那句话彻底燃起了尹东明胸中的怒焰。男人径自走到他跟前，眼看就要动粗，尹东明伸手抓住对方的手腕，反关节一拗，男人疼得"嗷嗷"乱叫。

保安队长早不来晚不来，偏偏选在这个节骨眼，倒是一路小跑冲了过来，大声嚷嚷："尹东明，你干吗呢？是不是不想干了？"

"老子早就不想干了，这种冤枉气你自己受去吧！"尹东明朝保安队长吼了一嗓子，迈开步子正欲离开，男人一把抓住他的肩头，说："你弄伤了我的手，该赔我钱！"

尹东明回过头怒视对方，目光森然，如孤狼见血。男人立时被吓住了，急忙松了手，转而又盯上了保安队长，恶狠狠地说："这个事情你告诉我怎么解决？解决不了我就给你们经理打电话，砸掉你的饭碗。你想想看，今天晚上他当班，让这个小毛贼溜进来，说不定都是事先串通好的。"

趁着男人在讲话，那个男孩便悄悄溜走了。等男人回过神，看到男孩早就跑远了，便质问保安队长："刚才那个人还说什么不要再打了，把小屁孩送到派出所，人都逃掉了，还送什么送？"

"尹东明，你过来给人家道个歉。"保安队长顿了顿，"我好心提醒你一句，现在这年头，谁混得都不容易，你不要逞什么英雄，小心你这半个月的工资都被扣掉。"

"你爱扣不扣。"尹东明扯掉脖子上挂的保安工牌，甩到保安队长的身上，"这份差事我根本不稀罕。你骨头太软，肩膀扛不住事，不配当这个队长。做保安很辛苦，兄弟们跟着你只会更苦，别再让我看见你，我怕脏了我的拳头。"

尹东明昂首挺胸，大步踏出小区。虽说丢了工作，但他发觉胸口堵住的那股气终于捋顺了，就像后来曹兵所说——"过去那个尹东明总算回来了"。

然而，尹东明走到半途，感觉背后有人跟着，回头一看，原来是刚才那个被打的小孩，走在冬风中，怯生生地望着自己。

三

尹东明看着嫌烦，不管怎么说，今晚的事毕竟是由这个男孩引发的，如今这孩子还过来跟踪，不是存心给自己添堵吗？于是，他走到男孩面前问："为什么年纪轻轻不学好，你爸妈呢？"

男孩被尹东明吓得一愣，听到爸妈这两个字，忍不住放声大哭。泪珠滚过他红肿的脸庞，不断地往下淌，仿佛要将以往遭受的所有委屈都发泄出来。

男孩这一哭，尹东明心软了，想帮他擦掉眼泪。男孩往后躲闪着，这似乎是他长期养成的应激反应，以此逃避随时的毒打。尹东明又问了一遍，男孩的家人在什么地方。男孩操着一口异地方言，尹东明听不太懂，但也猜出了大概，这个男孩被拐骗到这里当小偷，找不到爸妈了。

眼下这男孩做小偷，肯定是被人胁迫的，可是自己已经不是警察了，刚刚又赌气丢掉了工作，还有什么余力去帮别人呢？尹东明沉默了，下意识地掏出烟盒，男孩看着他点燃香烟，竟也想讨根烟抽。

"小小年纪还学会抽烟了？"尹东明假装要打，想到那孩子早就挨够了打，手刚抬起，便放下了。此时男孩的肚子在"咕咕"乱叫，尹东明心生怜悯，干脆好人做到底，出钱让孩子自己去买点吃的，垫一垫饿扁的肚子。他掏出了钱包，"里面一共就两张，一张绿色的50元，一张紫色的 5 元，剩下的钱还在曹兵给我的卡里，在医院花掉大半，也剩不多了"。

尹东明转念一想，给了男孩现金，最后还是会落入犯罪团伙的手里，不如换成一碗面条，塞进男孩的肚子。当时是晚上九点多，尹东明正好也饿了，附近新开了一家牛肉拉面馆，之前他自己舍不得去吃，平日值班的夜宵只是两个又冷又硬的菜包，就着矿泉水，算是勉强打发了。今日诸事不顺，可肚子是无辜的，他指了指马路对面的面馆，拉起男孩的手就过去了。店里人不多，尹东明和男孩坐在最里面，要了两碗细面，再加两个荷包蛋、一碟醋熘土豆丝。望着瘦巴巴的男孩，尹东明把自己的荷包蛋放到男孩碗里，盖在面条上的牛肉片本就少得可怜，他也夹给了男孩，自己就吃面喝汤了。

男孩抱着大碗狼吞虎咽，尹东明叫他慢一点吃，不够还能再加面。男孩喝了口汤，忍不住哭了，他哭得浑身抽动，筷子也握不动了。尹东明很纳闷，问男孩又怎么了。男孩擦掉鼻涕，用方言夹杂着普通话，对尹东明说，自己想家了，以前他爸爸就经常带他去吃面条，他最喜欢吃的也是面。如今这个陌生的异乡，只会让他在饥饿和恐惧中艰难度日。

尹东明红了眼眶，喉咙有些发紧，毕竟他自己也为人父母，"设身处地去想，假如是我的女儿被拐到外地，被人逼着去偷，别人东西被偷了，要打她，偷不到东西，她回去也要被打，光是想一想，心就碎成稀巴烂了"。

吃完面，两个人站在面馆外，店里的白灯光把他们照得半明半暗，尹东明低头望着男孩，男孩低头看着地上，不敢直视他的双眼，地面上留着泪滴的印记。尹东明叼着烟头，用拇指拭去男孩的泪水。男孩不再闪躲，向他说了声"对不起"。

尹东明问男孩，为什么给自己道歉。男孩说，今天的任务没完成，一开始尾随他，是想偷东西，谁料尹东明对他这么好，还请他吃面，这么一想，心里就更内疚了。

尹东明踩扁烟头，不知该说些什么，和男孩就这样傻站着。许多年以后，他向我讲述了当时内心的想法：倘若自己还在公安局，带着一群兄弟，直接就能端掉犯罪团伙的老窝。可如今势单力薄，回归社会之后，又四处碰壁，连吃口饱饭都够呛，实在帮不了别人。

尹东明又问男孩："跟你一样的小孩大致有多少？"男孩看起来很迷茫，低头望着自己摊开的双手。尹东明后来和我说："如果没有猜错，他（孩子）是想说，两个手数不过来，这就说明案子非常恶劣，哪怕我不是警察，也不能装作没看见。"

此时，尹东明心里有了打算：先把孩子带回家暂住一宿，第二天早上，他再联系社区警务室的罗警长，无论如何，小罗终究是自己带过的徒弟，总归好说话一些。接着，一是让小罗先报派出所，再上报分局，核查拐卖人口信息，设法找到孩子的亲生父母；二是解决孩子的吃住问题，"不管是去救助站还是其他地方，反正说什么也不能再让他（孩子）回去偷东西"。

尹东明就问男孩，愿不愿意跟自己回家。男孩半天没回话，看起来非常犹豫。尹东明懂他的想法，此时此刻此地，说不定就有坏人在暗处盯着男孩，一旦男孩哪天又被抓了回去，到时可就不是一顿毒打那么简单了。

"你别担心，叔叔我当过警察，会武功，叔叔的好兄弟是检察官，外号叫'铁老虎'，也是专门惩罚坏人的。有我们在，任何人都不敢欺负你。"尹东明怕自己讲得太复杂，男孩听不明白，就尽量采用通俗易懂的语言，但说到"会武功"这三字，他差点被自己逗笑了。

男孩终于点头答应，拉着尹东明的手，又立刻转过身，四下张望着，神色紧张。异常的举动再度验证了尹东明的猜测，他后来跟我说："那些人敢这么弄，是因为这些孩子还小，压根就没有对抗的能力。要是敢从我这里把小孩抓走，看我不收拾他。"

四

刚到家门口，尹东明看到门被开了锁，就知道曹兵在他家，当初租房他配了两把钥匙，和曹兵人手一把。曹兵问尹东明，今天出什么事了，把保安队长气个半死，队长打了唐红霞的手机，唐红霞想了解情况，可是尹东明电话关机，便拨了曹兵的电话。曹兵骑着自行车找尹东明，逛了一圈没找到，索性就到家里等他。

"这个小孩又是谁？"曹兵看着尹东明身后的男孩。

尹东明讲述了今天的遭遇。曹兵听完，把老花镜搁在桌上，凝视着眼前的男孩，又看向尹东明，说道："工作没了倒可以再找，我也帮你想想办法，唐红霞是个好女人，错过就可惜了，而且如果你今天不这么做，就不是尹东明了。话又要说回来，这孩子是小偷啊，你把他带到家里来，不怕引狼入室？"

"你说我有什么好害怕的？"尹东明望向家中四周，苦笑着说，"你看看我这房子，再给你看看我这钱包，真是'家徒四壁'，不要说这个小孩，假如真正的小偷溜进来，看着都摇头。"

曹兵被逗得大笑，夸尹东明吸取了他的幽默细胞，学会了苦中作乐，值得表扬。尹东明身旁的男孩不懂曹兵到底在笑什么，但是被他爽朗的笑声感染了，也跟着笑了起来。

曹兵又问了男孩的名字，男孩说自己叫"狮子"，后来改了口，说他叫李益明。

"'狮子'这个名字是谁给你取的？"曹兵看着李益明，无意中摆出讯问的架势，他又天生凶相，把李益明吓得缩到尹东明后头。尹东明叫曹兵温柔一点儿，不要把孩子吓坏了，接着又对孩子说："你别怕，他就是我跟你说的'铁老虎'，不会欺负你。"

曹兵叫李益明坐到跟前，对他说："你讲的方言我能听懂，把你知道的都跟我说说，这样我和叔叔才能想办法帮你。"

李益明告诉曹兵，他被拐骗以后，原有的姓名便遭到剥夺。经常打骂他的人玩过一盘棋，上面有颗棋子画着狮子，就随便给他取了这个绰号，其他孩子也是一样，均被用动物命名。

曹兵跟尹东明说："有狮子的棋子应该就是斗兽棋。你先让这孩子洗个热水澡，脸蛋也要敷一下，都肿了。"

尹东明帮孩子脱掉上衣，见到了触目惊心的画面，他和曹兵都被震惊得说不出话来——孩子的身上到处都是伤疤，有烫伤也有刀伤，盘踞各处。

李益明说，这些伤疤都是打他的人弄的，那个人染着一头绿颜色的头发，长得像妖怪一样。上个月他想逃跑，最后还是被抓了回来，"绿头发"在他的皮肤上弄了这些疤，还说如果敢有下一次，就挑断他的脚筋，这样他就再也跑不掉了。

尹东明观察到，李益明在讲述时，身子会不由自主地发抖，再看孩子身上有多处旧伤，可见他被伤害的频率非常之高，必定留下了心理阴影。

曹兵握着李益明的手臂，那些疤痕显得残忍而又狰狞，他心头的火快压不住了，便沉声说："去年11月底，市检察院发过通知，这个郊区的案件管辖权，也划归到我们区院。今天我看到了这些，如果还是坐视不管，也不配当一个检察官了。明天我跟小罗商议一下，咱们几个一起想办法。"

五

第二天一大早，曹兵就敲响了尹东明的房门，尹东明打着哈欠开了门，看见曹兵拎着油条和豆浆。曹兵刚进屋就数落他："我是看在孩子的分上，才去买了早饭。都怪你租个破房子还挑那么远的地方，买个早饭都费劲，我'吭哧吭哧'骑过来，半条老命快没了。"

吃过早饭，尹东明打了罗警长的手机。对方说他刚从警务室出来，正要到这里办事，等一下上门听尹东明细说。

没过太久，罗警长进了屋。没等尹东明和孩子开口，曹兵便亮明了身份，向他讲述事情的来龙去脉，后来越说越激动，直接撸起孩子的袖子。罗警长看到那些伤疤，深深地叹了口气。

一番商议过后，他们决定兵分两路，罗警长这一路负责带李益明去派出所做相关登记及调查，曹兵这一路负责向检察院做书面汇报。他之前就听说老领导徐常华调去了未成年刑事检察科，"我跟老徐也得强调一下，遇上这种事就必须提前介入"。

"尹队要不跟我一起把孩子带到所里吧？"罗警长为了表示尊重，跟尹东明也讲了一声。他这一说，曹兵才反应过来，刚才把尹东明忽略了。也许是听到了"尹队"这熟悉又陌生的称呼，尹东明的眼神有些黯然，他将罗警长和李益明送到门口，说："我就不去了，碰见熟人会尴尬。事不宜迟，小罗你们赶快去吧。"

李益明跟着罗警长迈出了房门，回头望着尹东明，向他挥了挥手，有些不舍。尹东明看着房门被带上，去摸兜里的烟盒，曹兵见状阻止了他："别抽了，你看看那个烟灰缸，那么壮观。"

回到检察院，曹兵走进了徐常华的办公室，开玩笑地说："老徐，你跟我是老同事，'恭喜徐常华同志光荣履新'这种漂亮话，我就不讲了。"徐常华笑了，说曹兵这两年还是没变，问有什么事情找他。

曹兵也没废话，将事情告诉了徐常华，希望未检科提前介入，与公安合力打掉那个拐骗团伙。见徐常华有些犹疑，曹兵又是直肠子，便讲了心里话："老徐，你不要觉得麻烦，嫌麻烦你就别干政法，别当领导，我是军人出身，弯不下腰来拍你马屁，也不会绕着圈子讲什么场面话。你是未检科副科长，就得担起你的责任，不要忘了当年我刚调到反渎局，你是怎么跟我说的。"曹兵敢说出这些话，也是因为徐常华是他的老领导，信得过徐常华的为人。

"你误会了，我不是嫌麻烦，而是听你说那些未成年的小孩还有很多，既然我们暂时还不知晓他们的下落，不如放一条长线，争取救出更多的孩子。当前你在控申处，有很多不便，这份书面报告由我来写。但是老曹，咱们事先说好了，这个是你知情的，也是你汇报又再三强调的，假使成立了办案组，我可是会把你借调过来，到时候我向院党委和政治部打申请报告。"

"行，我随时等你的消息。"曹兵爽快地答应了。

那天下午，罗警长打了曹兵的办公室电话，说："你们未检科的领导徐常华刚才联系了我们副所长，专门来了解孩子现在的情况，我也跟你汇报一下进展，分局那边已经在核验信息了，一旦联系到亲属，我们马上送孩子回家。徐常华那边是要求咱们派出所先把孩子安顿好，他们未检科要见一见李益明，再做进一步调查。"

曹兵刚挂掉电话，桌上的手机又响了，是唐红霞的来电。她跟曹兵说，这两天她求了很多人，还是没保住尹东明的工作。她想为尹东明争取半个月的工资，保安队长又从中作梗，编造各种理由，就是不让尹东明拿到钱。

"有这种事？"曹兵说，"你先别着急，我估计保安公司那边也不敢乱来。下了班我正好去尹东明家，帮他再想想办法。尹东明这个人什么都好，就是脾气急，给你添麻烦了，我先替他跟你道个歉。"

六

据尹东明回忆，曹兵是在晚上 7 点到他家的，上门找他谈话主要有两个目的：一是介绍工作，派出所近期招募巡防队员，尽管距离相对较远，但至少包饭，吃的问题解决了；二是介绍对象，唐红霞是一个好女人，要多跟她发展，没有机会就创造机会，有困难就开口，老曹同志必会鼎力相助，竭力牵上这根红线。

"老曹同志，我觉得你不像检察官。"尹东明夹着香烟，透过袅袅升起的烟雾，若有所思地望着曹兵。

曹兵有点蒙了，问他："那我像啥？"

"啥都像，像工会的人，像媒婆，像婚姻介绍所，还像居委会大妈。"尹东明笑得呛咳起来，烟都拿不稳。

曹兵却还是一本正经，说："我跟你谈正事呢。严肃一点，把烟给我掐了。"

尹东明掐灭了烟，说："老曹，不是我不领情，而是我已经亏欠你太多，几辈子都还不清。你岁数也大了，身体也不好，我不能再拖累你。找工作的事情我自己解决，也没考虑过谈对象，走一步看一步吧。"

曹兵看了看尹东明，抓起车钥匙便走，摔门前还扔下一句——"真是瞎子点灯白费蜡！"

次日晌午，尹东明打电话给曹兵道歉。曹兵跟他说："你想求得我的谅解，得先答应我两个条件：第一，巡防岗位你明天就给我去报到，我已经联系朋友跟你对接，你是人又不是腌咸菜，老是闷在家里，人都要臭了。那一片巡逻路线你也熟悉，干起来得心应手，要是找到其他工作再辞职也不迟，骑驴找马终归是好的。第二，我会设法给你创造机会，让你跟唐红霞再见一面，实在看不对眼，那就另说，感情这种事只有自己心里最清楚。"

尹东明试探性地问："后天行不行？我一大早就去报到，明天肯定去不成，我有点私事。"

曹兵又来气了："怎么？你还想谈条件？"

"我真的有点私事。"尹东明说，"当年我们副队长叫陈国华，你还有印象吗？牺牲之后，我常去看望他的家人，转眼都两年多没去了。"

曹兵说他有印象，陈国华长着标准的国字脸，身板厚实，办事雷厉风行，与他关系不错。曹兵跟尹东明说："那你也别拖到明天了，择日不如撞日，今天晚上我买点水果，跟你去陈家一趟，明天早上你照常报到，我都跟别人说好了。"

动身前，尹东明拨通了陈国华儿子的号码。对方叫陈小刚，目前在北郊租房，随后陈小刚报给了尹东明新的地址。尹东明说，北郊离他的家不远，晚上他和曹兵过去探望。

傍晚5点多，尹东明和曹兵去了陈小刚的家。在尹东明看来，陈小刚的身板太过瘦小，大风一刮，就能刮到天上。但是他记性好，过目不忘，一见到曹兵和尹东明，没等他们自报家门，便将他们辨认了出来，还说了几年前的事，全部都能对上。

见到黑瘦的陈小刚，尹东明很是心疼，觉得这孩子没少吃苦。进了屋，他看到横穿屋子的拖线板，还有两箱方便面，箱子上堆着一摞厚厚的法律书籍。

曹兵说，看这些书很费脑子，不能光吃方便面，否则营养跟不上，便带他和尹东明下馆子，边吃边聊。三人到了餐馆，尹东明问起陈小刚的近况，陈小刚说母亲病逝后，他的舅舅负责照顾他，后来他考上了政法院校，现在想继承父亲的遗志，当警察。

尹东明埋头吃饭，想给这孩子泼一盆冷水，让他看清现实——他太瘦弱了，瘦到一拳揍过去就能送上西天，抢救都来不及。这副羸弱的小身板，怎能保护人民群众的生命财产安全？

假使尹东明还是警察，做面试官，第一个就不会让小刚通过，即便他是自家兄弟的亲儿子。

曹兵想跟陈小刚说点什么，转头看向尹东明，又把嘴巴闭上了。尹东明放下筷子，干脆和陈小刚讲了实话："我觉得你不适合干警察，找点别的活儿干吧。"

陈小刚很不服气，总是追问他为什么。尹东明懒得废话，反倒训了小刚一顿："你已经是个男人了，别再像个小学生一样，总是问'为什么''为什么'。问了别人也不一定告诉你，还会觉得你老实、好欺负。"

"谁说我好欺负了？！"陈小刚抓起玻璃杯往桌上一砸，水点子溅得到处都是，还烫到了尹东明的小臂。尹东明随便抹了抹，继续扒拉着炒饭，心想"真是'蔫人出豹子'，或许像小刚这种人，生来最恨别人觉得他好欺负"。

曹兵被吓了一跳，手里的勺子掉到地上，他瞪了陈小刚一眼，强忍着怒火。陈小刚死死地盯着尹东明，吃不下饭，像是气饱了。这时，尹东明灵机一动，便问小刚："我再问你一遍，你是不是真的想当警察？"

"当然是真的想了，我做梦都想。我父亲以前是重案队的，今年我也想报考刑侦岗位，继承他的警号。"陈小刚说得很起劲，又抓起了玻璃杯，曹兵见状赶紧压死陈小刚的手腕，不再让他敲餐桌了。曹兵后来跟尹东明说，还真是有其父必有其子，想当年陈国华的犟脾气上来，杯子就得倒霉。

与曹兵分别后，尹东明推着自行车，和陈小刚漫步在空旷无人的街上。放眼望去，周边的白色厂房一望无际，在茫茫夜色中像沉寂的冰原。尹东明问陈小刚："北郊是市里有名的工业区，住在这里的人不多，看起来很荒凉，你为什么到这里租房子？"

陈小刚说，一是这里房租便宜，路上车较少，偶尔有几辆重卡经过，平常很安静，他可以沉下心来，复习警察考试；二是为了查案子。

尹东明的车骤然停下，质问道："查案子？还没当上警察呢，你查什么案子？"

陈小刚告诉尹东明，他的邻居是北郊工厂的老员工，非常熟悉这边的情况。北郊地形复杂，存在多处监控盲区，本地人较少，多为流动人口，那些群租房和棚户区极易"藏污纳垢"。听邻居说，有一群人贩子便隐匿于此，他们诱拐了很多小孩，通过暴力手段，威逼孩子们偷窃。最初，陈小刚以为这只是邻居道听途说，直到有一天晚上，他偶然撞见一个小男孩偷盗后，被人们狂追，才开始相信邻居那些话，"那些小孩很可怜，被逼着去偷，还要被打，我总该做点什么吧"。

尹东明想起了昨天发生的事，也没多说，只是劝陈小刚先安心备考，他说："你也没有能力管，看看你这副身板到底能对付谁？"

"尹叔，你不要把我看扁了，我爸爸陈国华二十多岁的时候，跟我一样瘦，后来强壮得像头牛。我承认自己体型瘦，但我有着跟我爸一样的正义感。你等着瞧吧，迟早有一天，我会成为他那样的人。"

听到最后一句话，尹东明像触电一般，原地定住，他说前面的路不远，让小刚自己回去，随即跨上自行车，骑远了。雪夜清旷静寂，沿途的树木和电线杆在尹东明的余光里疾速滑过，换成了一张熟悉又陌生的脸庞。

尹东明事后回忆称，那种异样的感觉"就跟活见鬼似的"，感觉牺牲的陈国华此刻就在他身旁，似乎要嘱咐什么。"也许是让我照顾好小刚吧！"尹东明后来跟我说。

直到现在，尹东明也时常会梦见倒在血泊中的陈国华，随后他在深夜中醒来，摸出一根烟，默默地走向窗台。点了烟，他的手凌空伸出，像在给空气敬香。面对窗外的暗夜，尹东明开始细数着内心的"清单"。

我问过尹东明，那个清单是什么。尹东明说，所谓的"清单"就是他这一生中最害怕的事。与穷凶极恶的嫌犯搏斗，他不怕，干警察就要敢和恶人斗凶斗狠，如此才有威慑力。被局长当着大伙的面骂得狗血淋头，他也不怕，爷们的脸皮没那么薄，"我这辈子最怕的，就是同事殉职以后，我要亲自上门跟他家属交代"。

家属的面孔，从忧愁到震惊再到绝望地放声恸哭，尹东明觉得传达这个消息太过于残忍，无论是对家属，还是对他自己。他想忘记那些刻骨铭心的画面，可是越想忘记，越是挥散不去。陈小刚当时在读初中，哭得冒出鼻涕泡，在尹东明离开前揪住他的袖口问："你能不能把我爸爸的警号给我？"尹东明摸着小刚的头发，问他这是要做什么。

小刚扯过他灰蓝色的书包背带告诉尹东明，他父亲陈国华从没送过他上学，把父亲的警号缝在背带上面，这样父亲天天就能陪着自己。

尹东明别过头，随口说了声"回头我亲手交给你"，然后摸了摸陈小刚的头发。转身出门的时候，他抬手使劲揉着鼻子。

七

按照曹兵的要求，尹东明去派出所报到了。当巡防员的第一天，他买了几包中华烟，给所里的同事散了一圈。曾队是老警察，兼管巡防队，他接过烟，问尹东明此前从事什么工作。

尹东明帮他点上，吹着发烫的打火机壳，望着老曾身上两杠三的警督肩衔，刚溜到嘴边的话，硬是咽了下去，随口说了句"瞎混"。说完怕老曾不信，还给自己补了一刀——"混了大半辈子，也不知道在混点啥。"

老曾笑着拍了拍尹东明的肩，说"浪子回头金不换"，便吐出一团烟雾上了楼。尹东明抬头望着老曾穿的冬执勤服，眼睛有点酸，不知道是被烟味呛的还是其他原因。总之，曹兵嘱咐过他，在所里工作，"要低调、要忍"。

尹东明负责治安巡逻，同为巡防员的小张带他去熟悉片区。巡逻了一圈，两人在路边歇脚，尹东明给了小张一根烟，说："听说这里有人贩子，也不知道真假？"

小张说，这里有没有人贩子他不清楚，但是小偷确实很多，前几天在这个片区，就有人被偷了手机和钱包，跑到派出所报案后，那人还找到教导员，投诉巡防队。小张还忍不住发着牢骚："老曾被闹得头昏脑胀，把我和同事们臭批了一通，命令我们的巡逻从一天3次增加到一天6次。但你要知道，我们是步行啊，光靠两只脚要走到啥时候？好歹要发几辆自行车吧？"

尹东明说，他正好有一辆自行车，以后他和小张轮换，一人骑一天，这样轻松省事。小张摇头说："不行，老曾规定巡逻至少两人，你只有一辆单车，总不能让你在前面骑，我跟在你屁股后面追吧。"

小张话音刚落，一名染着绿发的小伙骑着摩托车呼啸而来，经过他们面前时，故意让机车叫嚣着，就跟挑衅似的。尹东明对着那个人的背影啐了一口。

"这个人叫'绿毛'，他没个正经工作，整天在外面潇洒，也不知道那些钱是从哪儿搞来的。上次我还看见他欺负一个小孩，把人家的耳朵都快拧掉了。我跟同事讲了他几句，他也不听。"小张说。

说者无心，听者有意。尹东明想起昨天李益明讲述的悲惨遭遇，正好提到了一个染着绿发的人经常虐待他。绿油油的头发在街上的辨识度极高，几乎找不到第二个，极有可能就是李益明说的那个"坏人"。尹东明掐掉烟头，问小张："你知不知道那个人住在什么地方？"

"我哪儿知道？反正我跟你就在这一带巡逻，总会碰上绿毛。"小张说。

当晚下班，尹东明给曹兵和罗警长打了电话，让他们关注一下那个叫"绿毛"的人，或许与那些人贩子有关。但此时的尹东明并不知道，他很快就会和绿毛狭路相逢。

八

四天后的傍晚，尹东明下班后想去看陈小刚，途中偶然见到绿毛站在一排铁栅栏旁边，跟他面前的小孩说话，语气很重，仿佛在威吓。那个孩子像是被吓傻了，看到绿毛的手高高地扬起，赶紧向后缩，恐惧的样子和李益明很像。尹东明正要冲过去，绿毛看见有人来了，对着孩子的大腿踢了一脚，叫孩子"快去快回"，一眨眼的工夫，孩子便没了踪影。

绿毛打量了一下尹东明，便回身到厂区那里逛了一圈，再回头一望，见尹东明还跟在身后，便问他到底想做什么。尹东明把车靠墙停下，活动着筋骨，拳头捏得"嘎达嘎达"响，说："我是派出所的，找你调查情况，你跟刚才那个小孩到底是什么关系？为什么打他？"

绿毛白了他一眼，说尹东明又没警官证，他没有义务汇报情况。说完，他转身便走，嘴上仍不饶人："你有这闲工夫，还不如调查一下这里小姐晾的内衣内裤有没有被偷，真是狗拿耗子多管闲……"

"事"字还没蹦出来，绿毛的左手关节就被锁住了，左脸紧贴着粗糙冒刺的墙壁。尹东明逼问他："你跟那个孩子到底是什么关系？你自己又住在哪儿？跟你同住的还有谁？"

绿毛说："那个小孩是我的亲弟弟，到处调皮捣蛋，我就教训一下他。我住在前面那栋房子，里面放了四张铁架床，住了七八个人，都是做散活的，具体干的是什么，我也不知道。"

尹东明要到了具体地址，才松开了手，警告绿毛："你最好不要落到我手里。"

绿毛活动着他的左肩，说："我要到你们派出所举报你！"尹东明说：

"那你举报吧。"随后，他望着绿毛走远，才走进陈小刚租住的那栋楼。

尹东明控制绿毛的那一幕，碰巧被陈小刚看见了，他问尹东明能不能现场教他这一招。尹东明说，擒拿格斗对力量有要求，先把这身细胳膊练粗再说吧。接着，尹东明从夹克里掏了些钱，塞到陈小刚手里，叮咛他"平常多买点肉和鸡蛋，营养搞不好，肯定考不上"。

"尹叔，我跟你一样，猜到绿毛他们有问题。我待在这边的目的就是想接近绿毛，跟他混熟以后，我再暗中收集证据。"小刚说了他的想法。

"你是《无间道》看多了，还是脑子有问题？"尹东明在小刚的脑袋上敲了记"爆栗"，向他解释称，卧底通常也叫"化妆侦察员"，要经过严苛的侦查训练，对身体及心理素质要求极高，可谓"百里挑一"。没有训练过的人贸然去当"卧底"，无疑是去送死，说不定还把自己折进去，"假如你跟他们一起偷东西被抓，这辈子就别想考警察了，连政审都过不了"。

小刚的床头摆着一本蓝白封皮的公安教材《刑事侦查学》，书页已被翻卷，里面满是红色和黑色的划线，空白处做着字迹工整的笔记。尹东明坐在矮凳上翻着，说："字倒是写得不错，比你爸的好看，但是光看书没啥用，警察这一行很吃经验，注重'实务'，你属于'零基础零经验'，还想当什么卧底，你自己说说，幼不幼稚？"

陈小刚接过话茬，说："我听我爸讲过公安局的'传帮带'，我没经验可以让你教我，你可是重案队出来的，侦查经验非常丰富。"

尹东明被气笑了，说陈小刚的如意算盘打得挺好，不过"传帮带"这件事先等他考上警察再说。当"卧底"这件事，现在想都别想。听到这话，陈小刚干脆"坦白从宽"："去年招警体测我没过，假如我今年还是考不上，起码也要帮警察破个案子，弥补遗憾。"

"弥补遗憾"，这句话瞬间触碰到了尹东明的内心，想当初他帮曹兵的同事杨建军破"蔡金阳杀人案"，不也是为了弥补这个遗憾？话又说回来，尹东明好歹做过警察，擅长侦查和擒拿格斗，陈小刚几乎就是一张白纸。

"你跟你老爸都是这副犟驴脾气。"尹东明说，"这里太冷了，你给自己买个'小太阳'，钱不够你跟我说，下个月初我发了工资就拿给你，到时候你要把钱管好，别'卧底'没当成，钱倒被偷了。"说罢，尹东明下了楼。外面飘下零星碎雪，陈小刚跟了下来，追问尹东明去哪儿。尹东明嫌他烦，说："你管我去哪儿？"

"我猜你要去绿毛说的那个地方。"陈小刚说。

尹东明拍了下他的脑袋，说："你这里倒是转得挺快。跟我过去以后，记住多看少说，遇到危险就跑。"

尹东明和陈小刚赶到绿毛供出的"巢穴"，只见大门敞开着，物件早已搬空，铁架床上的木板也被掀掉，水泥上堆满了废纸团和吃剩下的泡面桶，室内一片灰暗。看来绿毛没跟自己说实话，尹东明低声咒骂着。陈小刚进屋观察，猛地打了个激灵。

刚才他的脚边突然闪过一只硕大的老鼠，一秒不到，便已消失不见。尹东明笑话他："看你这点出息，碰到老鼠就吓成这样，还想当警察呢？倒还别说，这个地方真是'老鼠窝'。"

陈小刚没理会，指着地上的香烟盒跟尹东明讲，这是绿毛平常抽的烟。尹东明瞥了一眼，默不作声，等他再回过头，看见陈小刚蹲在地上一动不动，好像在出神地望着什么东西。

尹东明凑上去一瞧，陈小刚在观察着地上的斗兽棋。此刻尹东明猛然想到，李益明当初跟他提过这个物件，只是他当时没放在心上，倒是曹兵记了下来。

陈小刚站起来，对尹东明说，地上这副斗兽棋似乎有猫腻。尹东明还是不信，让他把话讲清楚。陈小刚说，斗兽棋少了狮子和大象，而在其他动物棋子的底部都有刀刻的标记，不知有何含义。

尹东明想到李益明的绰号正是"狮子"，心中猜到了答案，嘴上却说："你这是侦探小说看多了，这个地方有股怪味，不宜久留。"陈小刚仍不死心，临走前又捡起地上的红色塑料袋，将斗兽棋装了进去。

暮色时分，尹东明与陈小刚分别，他想起晚上要和曹兵碰面，便去附近的超市买酒。刚结完账，尹东明便听见了污秽的咒骂声，还伴随着摩托的轰鸣。他循声望去，白天他抓的绿毛骑着摩托，胳膊上的衣物被另一个瘦弱的男孩紧紧拽着不放。

那个男孩竟然是陈小刚。

九

绿毛很快认出了超市门口的尹东明，犹如老鼠见了猫，立马发动摩托，陈小刚被重重地甩在地上。尹东明赶忙跑到小刚身边，想将他扶起来。小刚的面容剧烈抽搐，牙关紧咬着，话几乎是从牙缝里挤出来的："胳膊好像断掉了。"

更令尹东明愤懑的是，绿毛的黑色摩托车在十米开外，刻意停下，发动机"咕嘟咕嘟"地叫嚣着，他还坏笑着，高举起左手，朝尹东明竖起中指。

"当时他那个侮辱的手势，让我看得心里冒火，人都像被点着了，但我没追，只要一追，他就会开车逃。那绿毛就是想报复我，想看我追不上又着急的样子。我没有中计，最要紧的是先把小刚送医院，这笔账肯定会跟绿毛算。"尹东明回忆说，"他（绿毛）这部摩托到处都是疑点，一是明显改装过；二是他此前有盗窃前科，车说不定是赃物；三是他把小刚弄伤了。"

把小刚送进医院后，曹兵在电话里骂了尹东明，问他怎么不守信用，没来会面。尹东明说了原因。曹兵更生气了，质问他："怎么让你看个人都能把他看进医院了？"虽然生气，曹兵还是骑着自行车赶到医院，他很清楚尹东明和小刚身上没钱，只能自掏腰包垫付。"没办法，上辈子我肯定欠他（尹东明）的，这辈子要还。"曹兵后来调侃着说。

等曹兵的时候，尹东明连续拨了老曾和同事的工机，托对方追查绿毛的行踪——那个绿毛伤人逃逸不说，还出手挑衅，必须找到他。

城中村地处两区交界，属于典型的"三不管地带"，街面监控的安装并不到位，即便装上了，也会遭到人为损坏。若想找到绿毛，得费一番工夫。好在老曾常年派人在街面巡查，对辖区情况了如指掌，经过几番问询，当晚10点多钟，巡防队员在城西郊的游戏机房抓住了绿毛。

那时，绿毛正在和收钱的小妹打情骂俏，双手已经不老实了。他反问巡防员："我是遵纪守法的好公民，还要配合你们调查什么？谈个恋爱也犯法啊？"几个强壮如牛的巡防员没有废话，像拎小鸡一样把他拎到门口，让其交代摩托的下落，见绿毛仍在装糊涂，便说："到所里再演戏吧。"

曹兵冲进医院时，碰巧撞见尹东明往外赶，他喊了一嗓子，问尹东明大晚上跑哪儿去。尹东明头也没回，只扔下一句话——"给小刚报仇。"

曹兵急着看望小刚，也没细想，快走到电梯的时候，他才猛地一拍脑门，差点叫了出来。尹东明被逼急了，什么事都做得出，若是冲昏了头，把对方弄伤弄残，又得折进去，曹兵为他所做的一切也就前功尽弃了。

曹兵没猜错，尹东明冲到了派出所门口，把巡防员们拦了下来，正要去抓绿毛的手腕，来"上点手段"。绿毛一见到尹东明，发出电锯般刺耳的嚎叫，这时老曾赶紧站出来劝阻。

"曾永兴你让开，我今天不教训他，就是他养的。"尹东明也不想再给老曾面子，这时候谁拦着他，就是他的仇人。

"尹东明你今天中邪了？在派出所门口对别人动手，你想没想过后果？"老曾跟着急了，看尹东明不听劝，想擒住尹东明的胳膊肘。尹东明过去就是教擒拿的，手臂顺势一转，格挡开了，说道："我说了，你别拦我。"

眼见两个老警察快要动手，巡防员们赶紧劝说："尹大哥你别急，先把绿毛带进去再说，让咱们办案队的弟兄好好审他。"

老曾让巡防员们别再多说，对尹东明讲了一段话："本来当着大家的面，我不想说什么，当初曹兵求我收留你做巡防员，我根本不同意。不管你以前是刑警队长也好，曹兵跟我强调的'公安英雄'也罢，总之你坐过牢，我跟曹兵讲过，'有前科的人，我这边不收'，是人家老曹跟我好说歹说，我才勉强带着你，还替你瞒着。现在你这么搞，难道是想再进去一回吗？在里面那两年你白待了？你不为自己想，也要替曹兵想想。"

在尹东明回忆的画面里，当时在场的所有人都是错愕的，其他巡防员不敢置信地望着尹东明，一句话都说不出来。倒是绿毛以为有人护着，先放了话："哟，我说呢，怪不得人这么野，原来吃过牢饭。"

巡防员厉声训斥着绿毛，将其带到派出所审问，只留下尹东明一人待在原地，老曾经过时瞥了他一眼，便走了。

那时，尹东明的"拳头攥紧了又松开"，过了 5 分钟，他才骑上自行车，赶去医院照顾小刚。"派出所离医院不远，也就两三公里路，那天我感觉这条路很长，骑了很久才到。"

曹兵看到尹东明灰心丧气，猜出了大概，当着小刚的面，也没多说，便问病床上的陈小刚到底怎么回事。小刚说，傍晚他和尹东明分别后，碰巧又看见了绿毛在这里瞎转悠，便上前询问绿毛，屋子里那副斗兽棋下面刻的标记是什么意思。奇怪的是，绿毛一听到"斗兽棋"，像吃了枪药似的，朝陈小刚吼了一嗓子，警告他别多管闲事。陈小刚不愿放弃，跟随在绿毛后面，绿毛骑上了摩托车，就在这个节骨眼，尹东明又出现了。

绿毛在尹东明那里吃过苦，不想再吃一次，便慌忙开溜，陈小刚也就被车子甩到了地上。

尹东明越听越气，今天没教训到绿毛，还在大伙面前挨了老曾的骂，这口窝囊气实在忍不了，他看了看曹兵，又看了看陈小刚，走到医院门口，抽掉了半包烟。他打了巡防员小张的手机，对方告诉他，那辆车竟然是绿毛自己掏钱买的，连正规发票都有，非法改装倒是事实，现在车子已经扣了。绿毛在所里签完字，说他要到所长那里告状，要求开除尹东明。老曾跟绿毛讲，没有证据就不要胡乱冤枉别人，"倒是绿毛你自己，出了派出所以后，给我老实一点，嘴巴和手脚都干净一点，否则你还得到这儿来报到，到时候我让尹东明来审你"。

听小张讲述时，尹东明的拳头捏得"咯咯"作响，他暗自发誓，要亲手抓住绿毛。可是，他没想到很快会以他意想不到的方式再次见到绿毛。

十

案发时间是 2009 年 3 月 5 日晚上 8 点 30 分，尹东明之所以记得那么清楚，是因为这一天是二十四节气中的惊蛰。晚上 8 点多，尹东明和小张在辖区内巡逻，突然听到附近响起了尖锐的惨叫。尹东明和小张便赶过去查看。这时，尹东明望见一个鬼鬼祟祟的黑影在拐角处加快速度，接着往右一闪，很快便消隐在黑夜之中。

声音是从西北那栋房屋发出的，楼道的感应灯是坏的，入夜要打手电筒才能看清。尹东明和小张在灯光下拾级而上，爬到了二楼。尹东明发现他和陈小刚来过这个地方，那间屋子的门开着。小张往屋里打了光，吓得差点把手电筒摔在地上。尹东明笑他胆子太小，接着用自己的手电照过去，猛然一惊，屋里有一具死尸倒在血泊之中。尹东明再把灯光照在死者脸上，那个死者不是别人，正是他痛恨的绿毛。

小张立刻向派出所报告了情况，尹东明继续观察现场，低头看了一下手表，时间是晚上 8 点 30 分。

很快，公安分局刑警队、派出所办案队还有老曾的治安队全部抵达案发现场。曹兵来这里看望尹东明，听老曾说尹东明是现场目击者，便也跟着赶来。

在案发现场中，死者躺在两张高低床之间，身体有两处弹创，一处在喉咙，一处在右胸。墙角处发现两颗粗糙的钢弹。现场勘查的民警打开手电，冷冽扎眼的光柱将房间照得亮如白昼，绿毛的面容清晰地展现出来。老曾对刑警说："这个死者生前经常来我们派出所报到，叫赵敬，18 岁左右，绰号'绿毛'，有盗窃前科。"

尹东明正在思索时，老曾喊了他一声，让他和小张到刑警那里配合询问。曹兵看着尹东明缓缓走出现场，有一种回到 1996 年侦办"奸杀恶魔"案的错觉。这时，曹兵回头望见了他的老领导徐常华，问对方怎么也到了。

徐常华告诉曹兵，当时他和其他检察官去看望了李益明，对方向他描述了一个染着绿头发的"恶魔"。前些天民警也接到举报称，"绿毛"赵敬涉嫌教唆未成年实施盗窃，便对其进行了调查。就在十几分钟前，公安打了他的手机，说今晚发案了，死者正是他们近期重点调查的"绿毛"，徐常华决定赶赴现场。向院领导汇报后，他带着一名检察官提前介入案件，指导公安侦查取证。

"我记得当初跟你说过，既然你对李益明的案子那么上心，又是咱们院的'老同志'、批捕科的'老侦监'，假如你真有这个意愿，那我马上就给副检察长打报告，把你从控申处临时借过来，最好再加上你的老搭档杨建军。"

"那我老曹也表个态，'老侦监'就该带头示范，假如我自己也帮不上忙，我再帮你请杨建军'出山'。"就在曹兵讲这句话的时候，侦查员拎着物证袋给徐常华过目，袋子里装着两颗带血的钢珠。

徐常华又对曹兵说："在调令下来之前，案子的研判分析会你先别过去，后续如果有什么消息，我再通知你。"

几天后，曹兵的调令下来了。徐常华把他叫到了办公室，简要地讲了当前的情况：由于凶手的反侦查意识很强，案发现场并未提取到有效的鞋印和指纹，周边又是监控盲区，为案件的侦破增加了不小的难度；同时，这起重大刑事案件为辖区治安带来了恶劣的影响，让居民们人心惶惶、怨声载道。鉴于这种情况，由公安局副局长和分管检察长牵头，公检联合成立"3·5"专案组，徐常华是检方办案组的负责人，又调来了曹兵和杨建军。曹兵临时借调到办案组，全身心扑在案子上，杨建军的身份类似于顾问，平常依旧在驻所检察室工作。

尹东明非常关注这起"3·5"杀人案，私下向曹兵打听，曹兵对他说："我知道你心里又痒了，但我不能透露给你，不然就违反规定。小刚他马上要考试了，你应该把心思放在他身上，帮他就是帮你殉职的老同事。"

听到这句话，尹东明显得很失落，站到窗前一根接一根地抽着闷烟。

十一

民警们对现场周边展开了深度摸排。有居民向他们透露，有一名穿棕色夹克的男子在案发那晚待在现场，东张西望，形迹可疑。民警经过反复核查，最终将犯罪嫌疑人锁定在一名叫"张通"的男性身上。对其盘问时，民警发现张通面色慌乱，便立即转变思路，向其不断地施加心理压力。张通很快开口承认自己参与了杀人案，但自己仅仅只是负责望风，并提供了一只蛇皮袋。民警问他真正动手杀人的是谁，张通拒不交代，以沉默对抗。

在张通被羁押的第三天，管教告诉杨建军，张通跟同监的犯人打了一架，原来张通自称"在社会上有大哥罩着"，便出言不逊。有一个犯人骂他不懂规矩，便出手教训了张通。

这个"社会上的大哥"引起了杨建军的兴趣，他没有急着找张通谈话，而是先关心对方的伤情，并在生活上予以关照。过了一天，杨建军问起张通"大哥"的事。

一听到"大哥"，张通立刻警觉起来，说："我大哥义薄云天，我曾经发过毒誓，绝对不会出卖他，你不要再问了，我不会说的。"

"张通，你完全没有意识到事情的严重性，这是一起故意杀人案，如果你一直是这种抗拒的态度，谁都保不了你。你回去吧，本来你还有一线希望，自己倒放弃了。"杨建军说。

两天后，又发生了一件事让深挖工作出现了转机。张通被调到新监室后，同监室的人均收到亲友寄过来的接济包裹，只有张通一个人没收到。他孤零零地坐在墙角，显得很失望。

杨建军听说了此事，在巡监途中把张通叫到了谈话室，刻意地明知故问："今天监室里有多少人收到了接济物品？"

"报告检察官，今天跟我同监的人员基本上都拿到了。"张通说。

杨建军又问："那你大哥给你送了吗？"

张通一时语塞，便低下了头。

杨建军继续追问："连东西都不肯寄过来，这样的大哥算是义薄云天吗？"

张通还是没吭声。

"或者我这么问，如果你当大哥，会眼睁睁地看着自家的兄弟被关着，不去保他，连保暖的衣服都不肯寄一件吗？"杨建军加重了语气。

"不会。"张通嗫嚅着。

杨建军说："你既然说了'不会'，说明你自己是讲江湖义气的，那是你大哥不够仗义，估计是在利用你，你好好想想吧。"

看见张通欲言又止的样子，杨建军明白他的谈话起了效果，接着就是"放长线"："你现在先回监室吧，不用急着告诉我。回去以后仔仔细细地想清楚，彻底想明白了，再来找我，我就在这里。"

次日巡监时，杨建军经过了张通所在的 206 监室，他看到张通抬起了头，想要申请谈话，但杨建军假装没看到，只是找了张通身边的人。

那人向杨建军反映，张通昨晚在铺子上翻来覆去，今天一大早自己就被张通吵醒了。张通一口气问了很多问题，比如，"帮助别人犯罪最重要判多久？""揭发其他人是不是就可以判得轻一点？"那人被问得心烦，便跟张通讲："你有问题别问我，问管教或者驻所检察官。"

杨建军点了点头，让对方先回了监室。下午两点半，他照常去巡监，这时张通守在铁栏后边，看样子已等候多时。杨建军说："你不要急着约见检察官，自己要先想清楚。"

"杨检察官，我想清楚了。"张通说。

这一次，张通进入的房间不再是谈话室，而是提讯室。杨建军提醒他，现在说的每一句话都要为此承担责任。张通点了点头。

张通交代，前些天他收到了大哥的寄信，说五天后会到看守所看他，"我跟大哥的关系非常铁，之前我们合伙做过偏门生意，大哥还为此发明了一些暗号。他这次说来看我，就是过来对暗号，教我接下来怎么对付你们"。

谈话结束后，杨建军将情况汇报给看守所齐副所长："依照刑事案件管辖规则，我一开始就在'3·5'专案组，同时也是看守所深挖犯罪线索领导小组的负责人之一，对这个案子属于'一办到底'。我建议专案组与深挖组强强联合，诱捕真正的嫌疑人。"

齐副所长同意杨建军的思路，决定偕同专案组启动诱捕方案。会见的日子就要到了，所有人都严阵以待。

十二

　　按照深挖专案组的安排，几名民警身着便衣在会见室附近展开布控，为了避免打草惊蛇，他们乔装打扮成前来探望的嫌犯家属。张通由民警看守，躲在会见室附近的杂物间，透过门上的玻璃，准备对嫌疑人进行辨认，杨建军和所领导在监所的总监控室统领全局。

　　上午10点15分，一名男子身穿深蓝色外套，留着染烫的卷发，进入了民警们的视线，这时却突发意外。

　　张通认出此人后，忽然弄出了响动，想暗示对方快跑。好在他身旁的民警反应极快，迅速将其控制。张通仍在激烈挣扎，导致杂物间传出了异常的声响。

　　那个卷发男人警觉起来，立刻转身折返。在他走出会见室的一刹那，两个男人挡在他身前，亮出了警官证，将其带进了警车。

　　杨建军在总监控室看到这个画面，松了一口气，但脑海中又出现了一个闪念——这个卷发男子就是真凶吗？

　　从检三十余年，杨建军早已练就了一双毒辣的"火眼金睛"，用他自己的话来描述："一个陌生人从我面前经过，他从事什么职业，喜恶是什么，有什么癖好，我心里基本都有数。"

　　民警当前抓获的这名男子究竟是不是真凶本人，杨建军的内心是否定的，给出的理由比较简单："以我初步的推断，再结合现场情况，凶手的心思很缜密，不可能轻易让我们抓到，更不可能留个卷发招摇过市，那样太显眼了。"

　　当日下午两点半，杨建军临时召开了小组会，先讲了他的想法，建议公安民警对卷发男子俞燕华加强审讯，揪出真正的凶手。

　　然而，事件的发展完全出乎了所有人的预料。

那个卷发男人好像存心跟杨建军过不去似的，刚被押进审讯室，屁股还没坐稳，便将他的犯罪事实做了"竹筒倒豆子"，还强调说："一人做事一人当，我就是你们要抓的那个'飞鼠'。"

"监所神探出现误判"这则小道消息在看守所不胫而走，有人在杨建军背后议论纷纷："还神探呢，也不过如此嘛。"

这些话传到了杨建军的耳朵里，他没有理会，依然要求深挖专案组进一步细查。成员们面露难色，委婉地告诉杨建军：俞燕华交代的多处细节与案件均能印证，还有追查下去的必要吗？

杨建军只说了三个字："继续查。"

十三

杨建军竟然失算了。曹兵听到消息，老花镜都掉下来了，老杨是被市委政法委认证过的"监所神探"，绝非浪得虚名，在他们"铁三角"里也是带头大哥，看人的眼力极好，这次怎么就看走眼了？

曹兵专门给杨建军打了电话，但只是叫老杨多保重，不然胃病又要犯了。对误判一事，曹兵只字不提，一来顾全对方的颜面，二来他站在杨建军这一边，相信对方的判断。

杨建军说他没有大碍，随后长叹了一声，对曹兵说："看来还是得亲自审啊，照我的办案经验来看，犯罪嫌疑人刚被警方抓捕，就迫不及待地主动承担法律责任，往往存在两种可能，第一种就是通过坦白来减轻处罚。但我坚持认为，这个叫俞燕华的嫌疑人更属于第二种情况，他很有可能是在替某个人顶包。"

"对了，尹东明前阵子跟我讲了一件事。"曹兵突然想起了什么，说道，"陈小刚去过绿毛生前待过的地方，发现了一副斗兽棋，棋子后边还有记号，不知道这个线索对你们有没有帮助。"

"这里面有什么讲究吗？"杨建军擅长下象棋，但是对斗兽棋不太了解。曹兵是个臭棋篓子，却偏偏什么棋都爱玩，什么都玩不赢，他在电话中给杨建军讲了"狮子"背后的秘密。

杨建军听后，沉吟了片刻，便说："小刚提供的这些线索不一定有用，但我会留意，你们不要打击他的积极性，先替我表扬表扬他。我已经想到下一步怎么做，你回去通知一下徐常华组长，我需要他的配合。"

当天下午3点，杨建军带着他的检察官助理，让管教民警把那个叫俞燕华的卷发男子带到了谈话室。

起初，俞燕华神色紧张，警惕地望着杨建军。杨建军微笑着说："你别紧张，我们是驻所检察官，来向你了解一下情况。"

"该说的我都已经说了，没什么好问的。"俞燕华的目光飘向别处。

这时，杨建军做出了一个举动，让俞燕华有些摸不着头脑——他在俞燕华的铁椅子前面放了一张A4纸，上面有几行字，乍一看，就像是试卷。俞燕华低头看纸上的文字，仔细看完后，他却坐不住了，仿佛化成了一摊烂泥，险些从椅子上滑下来。

俞燕华看到的问题是，张通为了争取宽大处理，已率先招供犯罪事实，问俞燕华对此有什么事情要向检察官反映。

"俞燕华因为探望张通而被捕已成既定事实，到案后他主动揽下了罪责，导致他无法再做出自相矛盾的供词，那样对他没有任何好处。所以说，老老实实地交代犯罪事实才是他当下的最优选择。"杨建军对此分析称。

在俞燕华招供的时候，徐常华和曹兵找到张通谈话，同样给了他一张问卷似的调查表，上面写的则是俞燕华抢先招供。这样一来，张、俞二人手上的调查表就形成了指认循环。曹兵看了一眼调查表，瞬时明白了杨建军的用意。

张通望着那张纸，声音有些发颤："不会的，我大哥义薄云天，怎么可能出卖我？"

曹兵对他晓以利弊："张通，你所谓的'义薄云天'在现实利益面前不堪一击，俞燕华他哪怕再'义薄云天'，也想为自己争取从宽处罚的机会。当然，交不交代是你自己的事，但我劝你要多为自己考虑考虑，这是你最后的机会了，千万要好好珍惜，现在坦白还来得及。"

做过了释法说理，曹兵停顿了大约两分钟，这段沉默既是施加压力，也是留出时间让对方自行权衡。面对内心的"重负"，张通垂下了脑袋，手指触摸那支黑色圆珠笔，犹豫了片刻，才握起来，在纸上写下三段话。曹兵还记得，"最后一个句号是他用笔戳出的洞"。

走出看守所谈话室，曹兵、杨建军和徐常华聚到一块。曹、杨交换了手中的调查表，脸色骤然一变——张通和俞燕华在第一个问题里都写了密密麻麻的十几行字，但在最后一句，这两名嫌疑人不约而同地写出了"吴晨"这个陌生的名字，这将是涉案的第三个人，也让案情愈发变得扑朔迷离。

同时，张、俞二人均指认吴晨就是团伙的头目，而他们只是参与杀人，并没有参与拐骗和教唆等其他犯罪活动。俞燕华还用他龙飞凤舞的大字注明了吴晨的绰号："飞鼠"。

十四

谈话过后，就是专案组的正式突审。有了杨建军前期的铺垫，后续的讯问工作非常顺利。根据张通和俞燕华供出的线索，承办民警循线追踪，最终于 2009 年 4 月 5 日在江苏省宿迁市将吴晨抓获归案。

嫌疑人吴晨生于 1980 年 12 月 23 日，到案时 29 岁，高中文化程度，因涉嫌故意杀人罪被刑事拘留。4 月 25 日，公安分局就此案向检察院提请批准逮捕。

"老徐你说说看，一个还不到 30 岁的年轻小伙，为什么能对那些孩子做出这么恶毒的事，还教唆他们去犯罪？"吴晨到案后，曹兵向身旁的徐常华抛出了这个问题。徐常华看向窗外的黑云，抽着闷烟，与曹兵对坐无言。

曹兵没有放弃寻找答案。2009 年 4 月 28 日，曹兵和徐常华负责提审吴晨。管教民警将吴晨带到了提讯室，隔着窗户上的不锈钢铁栏，曹兵瞥见外面翻涌的乌云。在吴晨被锁进铁椅子的那一刹那，一声闷雷轰然炸响，室内的所有人都听得分外清楚。

这次审讯比预想中顺利。坐在曹兵对面的吴晨，对拐卖、教唆未成年犯罪的案情供认不讳。他向曹兵交代称，他与绿毛均有吸毒史，由于缺钱，便动起了犯罪的邪恶念头。吴晨听赵敬说，"未成年犯罪不用坐牢"，就想到了拐骗、教唆儿童实施犯罪，先由他负责"利诱"，通过食物或玩具诱骗孩童上钩，再让赵敬实施"威逼"，利用棒打、刀割、火烫等残忍的方式，暴力胁迫 6 名孩童外出实施盗窃。

"赵敬在南郊旧货市场偷过一盘斗兽棋，他不太会玩，只是用动物棋子给那些小孩取名，然后再教他们偷盗的方法，用两根手指从他的口袋里夹出棋子，让他们速度要快，只要慢一点点就要挨打。小孩在外面没偷到东西，赵敬会打小孩，或者他在赌坊打牌输了钱，回来就发泄在小孩身上。有一次，那个叫'狮子'的小孩被打得太惨，连我都看不下去了，就劝赵敬下手不要那么毒，小孩还小，被打坏就难办了。赵敬也没听我劝，叫我别多管。后来，两个小孩实在受不了，偷偷逃掉了，一个叫'狮子'，另一个好像叫'大象'。我怕事情败露出去，警察会找我们麻烦，就跟赵敬搬走了。赵敬一开始还不愿意搬，跟我吵得很凶，我们俩差点动手。"吴晨坦白称。

同时，吴晨还交代说，他杀人的起因是赵敬偷走了他的毒品，并私吞了13000元的赃款。而且赵敬整天招摇过市，极其容易暴露，因此吴晨想到了"黑吃黑"，也想过唆使那些未成年的孩子"报复"赵敬，这样可以让自己隐居其后，逃脱法律的制裁。然而，孩子们时常被赵敬凌虐、殴打，早已造成应激障碍，不要说是杀人，连跟赵敬正常交流都困难。吴晨只能联系他的兄弟张通和俞燕华，承诺事成之后，按照具体的分工划给他们3000—5000元的酬劳。张通和俞燕华是拜过把子的兄弟，2006年跑到广东合伙做了偏门生意，想发一笔横财，结果被中间人欺骗，导致债台高筑，他们都认为，"反正动手杀人的不是自己，近期又正好缺钱"，便答应了吴晨，帮他实施杀人计划。

2009年3月5日那晚，由张通负责望风，吴晨将赵敬骗至他们曾经居住的出租屋内，俞燕华从身后用张通带来的蛇皮袋罩住赵敬的头后，和吴晨一起用棍棒殴打赵敬。抽出蛇皮袋之后，吴晨看到赵敬躺在地板上一动不动，便上前去探对方的鼻息。谁知赵敬装死，突然扯开嗓子求救。惊惶之下，吴晨掏出防身用的钢珠枪，对赵敬连开两枪，随后同张通、俞燕华火速逃离现场。三人先逃到南郊躲避公安的排查。吴晨逃去江苏之前，曾出言威胁，如果张通和俞燕华被抓后将自己供出，他就会报复他们的家人。

让吴晨签字捺印之前，曹兵问他还有什么想说的。

吴晨瘫软在讯问椅上，跟曹兵讲："我还能说什么呢？没被抓到就算是逍遥法外，能快活一天是一天，被你们抓到了，就自认倒霉呗……检察官你真要让我说点什么，我想说的是，拐卖小孩是赵敬想出来的主意，他虐待、胁迫那些小孩，我也没参与过，就算我杀了他，他也是死有余辜。我也承认我指导过小孩怎么偷东西，但真正去偷东西的是那些小孩，不应该让我去连坐。"

"你这叫白日做梦，犯了杀人重罪，再纠缠这些有什么用呢？教唆小孩去犯罪的，只会从重处罚。"曹兵厉声驳斥了吴晨。他回忆说，当时吴晨的脸上"看不到任何懊悔，反而很轻松，这就是最可恨的地方"。

提审结束后，曹兵在审查报告中分析称："我国刑法规定，教唆不满十八周岁的人犯罪的，应当从重处罚。吴晨教唆未成年人实施盗窃，在刑法上属于间接正犯，而且教唆行为本身具有极大的社会危害性和精神腐蚀性，危害孩子们的身心健康。因此在本案中，吴晨虽有坦白情节，但犯下数罪，情节恶劣，应当依法予以严惩。"

2009年7月，吴晨被人民法院判处死刑，剥夺政治权利终身，并没收违法所得。张通和俞燕华分别被判处三年零六个月和十年有期徒刑。三人当庭均表示上诉，不久之后，二审法院驳回上诉，维持原判。

三个星期后，市委政法委将"3·5"杀人案和"吴晨结伙拐骗、教唆儿童犯罪案"评为年度优秀案例，对公安分局和检察院未检科分别做出表彰。徐常华不愿独享殊荣而让曹兵和杨建军沦为幕后英雄，向院领导讲述了他们两人的贡献。

院党委经过评议，向曹、杨二人颁发奖牌，副检察长让曹兵和杨建军站到话筒前发表感言。曹兵说："我和杨建军从检几十年，身上穿的制服颜色变了，头发也变花白了，唯一没变的就是我内心坚守的东西。要我总结的话，那就是我做了一件问心无愧的事，对得起我胸前佩戴的检徽。"

接下来是杨建军发言："曹兵说得很对，我们都老了，过去我的头发还很浓密，现在各位同志也看到了'事实'，我的头发没多少了。作为检察院的老前辈，我认为应该把本领传给年轻一代的检察官，他们是政法系统未来的希望，我也给自己安排了任务，那就是做好'传帮带'工作。"

会后，徐常华告诉曹兵，此前他向公安分局制发了《检察建议书》，要求民警重点核查人口信息，积极与被拐家属对接，争取"让孩子们早日回家"。这一举动得到分局领导的支持，最终公安系统层层联动，已帮助李益明和其他四个孩子找到了他们的亲生父母，还有一个孩童（此前被赵敬取名为"大象"）暂时被安顿在儿童福利院，但警方从未放弃寻找他的家人。李益明与他父母团聚的当天，徐常华来到现场，看到李益明见了亲人，先是习惯性地往后退缩，被母亲拥抱以后，孩子的情绪失控了，放声大哭，一家人相拥而泣，徐常华为之动容。

与此同时，由于孩子们长期遭受赵敬的虐待，内心遍布疮痍，检察院专门委托了市心理援助中心为这些受伤的孩子无偿提供心理辅导，也许孩子们终其一生都难以抚平这些创伤。徐常华对我说，作为一名未成年人刑事检察官，有责任和义务为孩子们"去争取哪怕只有一线的阳光"。

人们心里的石头终于落了地，可是曹兵和尹东明还有一件事放心不下：陈小刚已经通过了招警笔试，接下来就要迎接面试和体能测试了。

十五

曹兵决定给陈小刚搞突击，他和杨建军负责做面试官，尹东明做体育教练，负责训练小刚跑步。

尹东明比任何人都清楚，陈小刚能说会道，成功通过面试并不难，唯有体测才是他的死穴，去年就遭遇过滑铁卢，被无情地刷了下来。

"去年你被淘汰了，今年可能还被淘汰，你自己要有正确的认识，提高长跑成绩不是一朝一夕就能搞定的。现在时间紧、任务重，你做好思想准备，然后就是拼，拿你这条命去拼。"尹东明不喜欢打鸡血，更讨厌讲"漂亮话"，陪小刚训练之前，先给对方泼了一盆冷水。

陈小刚的脾气随他父亲，总是不服输，跟尹东明拌了几句嘴，撒开脚丫子就开始跑。刚刚跑了500米不到，他就跑不动了。好不容易跑完全程，已经是要死要活，等回到了终点，他却看不到尹东明了。

陈小刚回到家，看见尹东明独自吃着面条，便发了脾气："你怎么把我一个人丢在那儿了？"尹东明头也不抬地吃着面说："等你跑完，我都饿死了。你那碗面，我放在厨房，自己去拿，下一次再跑不及格，就没得吃了。"

每逢周末，曹兵就约上杨建军和尹东明，三人骑着自行车，让陈小刚跑在前面。在曹兵的印象中，尹东明对陈小刚很严厉，跑到了提速的路段，尹东明就会向远处的陈小刚高喊一声："跑得快一点！"然后尹东明加快车速，追赶前面的陈小刚，只要小刚一旦被超过，等待他的将是尹东明千奇百怪的惩罚项目。

"尹东明，你要把握好分寸啊，不要把人家吓出心理阴影了。"曹兵劝他。

尹东明微微摇头："怎么会呢？如果就这点心理素质，也不要当警察了，警队也丢不起这个脸。"

陈小刚长跑的终点在城郊的一处公交路牌下面。等他跑完，尹东明掐了秒表，脸上紧锁愁眉，一公里的路程，陈小刚足足跑了6分多钟，照这样下去，根本没法过线。

曹兵在站牌下面停了车，与尹东明发生了争执。他认为尹东明的训练方法太过激进，长此以往，小刚还没去考试，身体就先出了问题。尹东明觉得曹兵啥也不懂，纯属班门弄斧："我在警校就是这么训练别人的，难道还会有错？"

杨建军在旁边劝和，迅速岔开了话题："到中午的饭点了，不管你们俩谁对谁错，咱们先要把'五脏庙'供好。"

恰好在他们附近就有一家面馆，专卖河南烩面，"铁三角"带着陈小刚，要了四碗面，外加两个荷包蛋放到小刚的碗里。

"尹东明，你说你是不是目光短浅？我当初撮合你和唐红霞吧，你嫌我多管闲事，还叫我什么'媒婆'。如果唐红霞跟你好了，她现在还能做点好菜，炖个鸡汤，给小刚补充营养。"曹兵吹着面碗上的热气，调侃对方。

尹东明翻了白眼，说："你就只会说点有的没的，到时候小刚吃肥了还要减重。再说我自己也会做饭，费那个工夫干什么？小刚跑及格了，才能吃顿好的，跑不及格就没得吃，饿着。"

陈小刚吸溜着面条，插嘴问："唐红霞是谁？"

"她本来会是你干妈，你干爸尹东明不争气，大好的机会放在一边，不去争取。"曹兵说。

"别听你曹叔瞎编，赶紧吃，吃完准备模拟面试。"尹东明轻轻地拍了一下陈小刚的后脑勺。

下午是模拟面试，"铁三角"把陈小刚带到家里。

"虽说我没怎么帮别人培训，但我相信自己也是很有一套的。你曹叔我当年可不一般，不信可以问问你干爸，别人是怎么评价我的？"曹兵拍着胸脯，满怀期待地看向尹东明。

尹东明倒是一点儿都不留情面，说："他们对曹兵的评价就是喜欢吹牛皮，脾气又臭，像头犟牛。"

"尹东明，你当着小孩的面瞎说什么呢？"曹兵举起了大巴掌，佯装要打人。

尹东明像练拳击一样后仰上身，对陈小刚说："你看你曹叔这样子是不是像头发火的老牛？"陈小刚实在憋不住，咧嘴笑了起来。

尹东明又说，他刚才在跟曹兵开玩笑。曹兵是侦察兵出身，又在检察院批捕科身经百战，接触过形形色色的杀人犯。千禧年以后，又调到反渎局办案，绰号"铁虎"，在审讯方面极为强悍，能顶住他施加的压力，以后的任何面试都不在话下。

"这还差不多。"曹兵满意地点了点头，说，"面对讯问的检察官跟面对考官当然是不一样的，毕竟你不是犯罪嫌疑人。但是归根结底，这两种'面对面'存在共性，那就是心理上的博弈。你的父亲陈国华是个好警察，都说'虎父无犬子'，我倒要看看你几斤几两。"

尹东明回忆，第一次面对咄咄逼人的"铁虎"，陈小刚如坐针毡，仿佛在面对可怕的刑具。模拟面试结束后，陈小刚快虚脱了。

杨建军微笑地望着他说："结合你的思维能力和身体素质，综合考量下来，我还是建议你积极备战司法考试。通过后报考检察院，当一名检察官。"

尹东明急了，赶紧插了一嘴："老杨你这人怎么这样？我就想你怎么那么好，双休日跑来给人家当面试官，原来是过来'挖墙脚'的。"

杨建军永远是气定神闲的样子，他看了一眼陈小刚，又看着尹东明，不疾不徐地说道："小刚还没考上公安呢，这不算'挖墙脚'，他的身体素质不好，心理素质也有待提高。要说优点，那就是他思维缜密，过目不忘，以他的条件更适合做文官，这才是真心为他的前途着想，扬长避短嘛。"

"老杨这是让小刚给自己留条后路。"曹兵当起了和事佬，"当然我觉得老杨讲得有点道理，小刚你还是在法律考试上多努力努力，然后考咱们检察院吧，当律师也可以，总之要发挥你的优势。"

尹东明在曹兵身边听着，越听越觉得纳闷，恨不得捶他一拳："老曹你这到底是调解矛盾还是煽风点火啊？"

"尹叔，你不要激动，他们说这些也是为了我好。可我还是想跟我爸爸一样当警察，继承他的警号。"陈小刚说，"以前我还听我爸爸说过，只要看到你们三个人在一块，他就觉得开心，好像在听群口相声。"

听了这段话，"铁三角"有些怅然。他们三人和陈国华的关系很好，合作也很默契，1997年春节还聚在一起吃过年夜饭，陈国华笑声如雷，比曹兵还响。如今陈国华长眠在烈士陵园，对他最好的告慰，就是帮他的孩子圆梦。曹兵清了清嗓子，跟陈小刚说："定了目标就要用功，我来总结一下你要改进的地方，刚才你没弄清楚面试题目要问什么，答得文不对题。而且你一紧张，就容易急，一直讲车轱辘话，这些都得改。现在休息得也差不多了，我们接下来继续。你把二郎腿给我放下，坐要有坐相……"

在曹兵和杨建军的精心调教之下，陈小刚适应了这种"高压态势"，逐渐发挥自身的长处，语速也自然放缓了，讲话很是笃定。尹东明也对陈小刚竖起了大拇指："你总算不像以前那样'哒哒哒'像挺机枪说个没完，又说不到重点了。"

考试的日子到了。送考前，尹东明哼唱了一首《少年壮志不言愁》，这是他和小刚父亲最爱唱的歌，唱到"金色盾牌，热血铸就"时，尹东明莫名地哽咽，他用力清着嗓子，拍了拍小刚的肩膀，说："心态放松一点，别紧张。"

不久，考试结果公布了。陈小刚得知分数的那一刻，双手掐住尹东明的肩膀，使尽全身的气力，大吼了一声，把整栋楼都快震塌了——"我考上啦！"

尹东明撒野似的低嗥，鼻子越发酸楚，随后他装作若无其事地说："考上就好。"他永远不能再穿上警服了，但是他帮战友的孩子圆了警察梦。

第二天，陈小刚又将"铁三角"聚在一起。尹东明像沙子吹进了眼睛，拼命揉搓着眼皮，还没说话就哽咽了。曹兵用大拇哥指了指自己："你看我牛吧？我给你说，你这次能考上，全靠我的模拟面试。"

杨建军笑曹兵只会自吹自擂，对陈小刚说："希望你成为你父亲那样的警察，我也希望将来能有一个徒弟把我几十年练就的本领传承下去。"那时的杨建军可能并不会想到，这个心愿在若干年后得以实现，带教的徒弟继承了他的名号，同样也被誉为"监所神探"，挖掘出一件件深藏的隐案。

"严师出高徒，到时候咱们比一比谁带的徒弟更厉害。"曹兵接着杨建军的话茬随口开了个玩笑。

日后，曹兵成为我的师父，我们在 2016 年与杨建军师徒联合组成了"深挖战阵"，挖破了一起诡异的杀人案中案。

套娃式命案

2016 年 8 月 25 日，"深挖"接力棒由林凯交到师父和我的手中。赶到看守所，我们去第三监区门口"提人"。周秦的拖鞋和脚镣在地板上磨着，慢腾腾地走在昏暗的走廊，一双眼睛在黑暗中很明显，犹如野兽在暗处凝视。

2013 年初春，检察官曹兵调回侦查监督处（简称侦监处）工作。这是检察院的一线部门，也是曹兵和杨建军最早待过的地方，当年他们叫"批捕科"。

与此同时，我也调到了侦监处，成为曹兵的徒弟。2016 年 8 月，我们承办了一起故意杀人案，犯罪嫌疑人周秦在批捕阶段多次翻供，称自己与被害人素不相识，也没有杀人动机。随着审查的深入，我们发现这个案件存在多处蹊跷，周秦的陈述也自相矛盾，似乎在拼死隐瞒着什么。

假若"硬挖"周秦身上埋藏的秘密，很可能会适得其反，导致他"死猪不怕开水烫"；如果就此放弃，带着疑点匆忙办结案件，这又不符合曹兵的性格，检察官"铁虎"的职业素养也绝不允许他这么做——当年从检之时，曹兵就发过誓，要把案子办成"铁案"。

面对狡诈的嫌疑人，曹兵和杨建军这两位检察老将再度合作，以深挖案件来"传帮带"，领着我和林凯组成"深挖战阵"，从这一桩命案入手，如同挖雷的工兵一般，连续深挖多层，最终让真相重见天日。

一

2016 年 8 月 20 日，检察院接收了一起故意杀人案。这起案件初看并不复杂：两名男子在屋内发生口角，进而发展为肢体冲突，嫌疑人周秦将十字改锥猛扎进被害人胡克明的身体。经法医鉴定，"该男性死者系生前被他人用锐器戳刺颈部，造成左锁骨下动脉破裂致大失血死亡"。

嫌疑人名叫周秦，41 岁，无业，因涉嫌故意杀人罪已被刑拘，现关押在看守所。之前他在派出所的供述很稳定，说杀人是因为"对方辱骂自己"。但当公安把案卷移送到检察院审查逮捕后，他却忽然翻供。

在提审室里，我的师父曹兵问他："你在公安那里交代的是事实吗？"

"不是事实。当时我就只想着快点结束，随口胡编的，我根本不认识被杀的那个人。"周秦摇头。

"既然不认识，那你为什么要杀他？"

"我也不知道为什么，就是控制不住自己。"

在案件移交到检察院前，周秦曾做过精神病司法鉴定，意见书上写着："被鉴定人意识清晰，思维连贯""目前具备刑事责任能力和受审能力"。

"那你把自己刚才讲的话再复述一遍。"曹兵有些愠怒，他平素最恨胡搅蛮缠的嫌疑人，在本案中，客观证据完备，可以互相印证，周秦所做的翻供没有任何意义。对此，师父只能解读为嫌疑人"恶意挑衅"公检法。

周秦耸了耸肩，显得满不在乎地说："我不认识我杀掉的那个人。"

"你自己看看这句话——杀了一个人，又说不认识他？"

"我还能咋说？你教我说说看？"周秦的语气变了。

我停下敲键盘的双手，凝视着对面的周秦。他的身高还不到一米七，双臂粗壮结实，那张面孔让我印象深刻：眉毛内侧向下，外端向上，加上两个突出的眼袋，形成一个大"X"，显得戾气极重。他眼神犀利，似乎有什么东西在心底翻滚。

"既然你不认识这个人，那又怎么找到他的住址？他又为什么给你开门？"师父问。

"我不认识这个胡克明，但我认识他的朋友徐东。通过徐东，我进了屋，碰巧见到他（胡克明）。"

"为什么在公安那里，你交代自己跟胡克明发生口角，一时冲动才杀掉对方？"

"我胡说的，那个警察审我的时候，他胸口别着一个苍蝇一样的东西，他本来嗓门就大，这样弄得就更吵了，叫得我耳朵疼。我只想让他们快点审完。反正我真不认识胡克明，杀他也没什么企图，如果说要有，就是看他不顺眼。后来我知道了他的名字，觉得他死有余辜，其实想杀他的人还不少。"

"你编完了吗？"师父听完他这一番话，反倒笑了。

周秦愣住了。

"你不觉得自己说的这些话跟刚才的话自相矛盾？你倒是说说，为什么觉得他死有余辜？想杀他的人又有多少？是哪些人？"

"我也不知道为什么，也没有算过，反正想杀他的人很多。"

"有没有检举揭发？"师父突然换了个问题。

"有。"

师父听周秦回答得如此干脆，抬头看了他一眼，问他要检举揭发什么内容。可周秦却变成了哑巴，双唇像拉上了拉链。

师父起身收拾文件袋，表情严肃地说道："不管你出于什么目的在这里装糊涂，这个案子都有铁证，再抵赖对你也没有什么用处。笔录你看一下，签字按手印。过两天，我们再来审你，那是你最后一次机会。今天自己回去好好想清楚，刚才讲的都是正常人说的话吗？"

周秦潦草地签完字，用右手拇指捺印，之后望着沾有红色印泥的拇指，猛地吮吸了一口，随后发出一声冷哼。

出了提审室，师父和我穿过阴冷的走廊，走到看守所外面的停车场。

"这个案子并不复杂，已经形成了完整的证据锁链，可以相互印证。哪怕嫌疑人的供述出现反复，我们也照样可以批捕。"师父说。

"那他今天翻供又是为了什么？绕来绕去的，还是在做有罪供述。"我问。

"照我以往的经验，这要分成两种情况：第一种是纯粹为了抵抗而抵抗；第二种是身上还藏有其他隐情，不愿意坦白，打算跟我们死磕到底。通过今天的观察，我初步判断，周秦很可能属于第二种。"

次日下午3时，我又去看守所提审嫌疑人，在第三监区门口碰见了驻所检察官林凯。我和林凯是老朋友，就像我俩的师父一样——林凯的师父杨建军，就是我师父曹兵当年在批捕科的老搭档。

林凯问我最近怎么看起来一副"苦大仇深"的模样。我告诉他，就在这个第三监区里，有个叫周秦的在押人员，我们提审的时候认罪态度很差，一直装傻。快提完了，又说想要检举，再问又不说话，不知道他在想什么。

"我知道这个人，我看到他也觉得头大。"林凯告诉我，周秦就在他负责的监区里，"他是监区的头号监管对象——你知道他刚关进看守所就干了什么吗？"

"吵架？打人？"

"比这些要严重——刚进所，他就掰断了别人的手指！"

林凯说，周秦羁押入所的第二天，就和监室"铺头"发生了激烈的争吵。管教介入后，双方暂时熄了怒火。所有人都以为此事已了，没想到就在夜间熄灯的前一分钟，周秦悄悄凑到"铺头"身边，迅速抄出右手，紧紧攥住"铺头"的左手腕，等对方反应过来，小指已经被周秦攥得死死的。同监的犯人们扑到周秦身边，想把他拉开，可为时已晚——"铺头"发出了痛苦的嚎叫，声音响彻整个监区。值班管教冲进监室，看见"铺头"抱着断指的手，身子蜷缩成团，便立即通报了监区指挥室，赶紧让同事将"铺头"送去医院。

将"铺头"送走后，管教厉声问："这是谁弄的？"

没等其他犯人指认，就听见周秦的灰铜色脚镣发出"哐啷"的脆响，他爬下床，站直了身子，脖子一梗，对管教说："我干的。"

"谁叫你爬下来的？给我爬到床上坐好！"管教训斥道，"白天你们吵，事情给你们摆平了，晚上你怎么还动手？"

"我看他不顺眼。"周秦"喊"了一声，后撤了两步，坐回床边。

监区领导也闻讯赶到，马上派了几名管教，对周秦采取临时约束措施。第二天上午，林凯对周秦进行械具审查，看到周秦的脸上仿佛只写着两个字——"暴戾"。他询问管教上械具的事，问周秦有没有异议。周秦反问"异议"是啥意思。林凯换了个说法，问周秦对这件事有没有意见。周秦冷笑道："意见？我还能有什么意见？那个人的手指头就是我给弄断的，一人做事一人当。"

林凯又问了几句，周秦显得十分不耐烦。对于这种凶恶残暴的嫌犯，林凯早就见怪不怪了，漠然地回敬着对方，随后继续做笔录。就在林凯转身正欲离开时，无意中发现周秦眼神的变化——先前的凶光不见了，变得像灭灯后一样黯淡。

通常来说，嫌犯刚入所时，由于环境特殊，充满警戒和敌意是正常的，可是周秦眼神的变化又意味着什么？林凯想掌握更多的情况，便找到了负责周秦的管教民警。管教反映称，在周秦刑拘入所时，监区方面依据《看守所执法细则》，对他的案件性质、现实表现和身心健康状况做过安全风险评估。昨晚的事情后，监区上报给了所领导，将周秦列为重点监管对象，管理级别已达到最高级。此外，管教还提到一个疑点：嫌疑人关押到看守所，通常会有家人过来送衣服和钱，可是周秦入所后，从没收到任何接济物品，也没见他请律师。

林凯建议监区方面再对周秦做一次身份信息核查，同时对其加强管控，有任何情况都要及时上报，自己也打算再约谈一次周秦。但这个想法被他师父杨建军否决了："在没有全面掌握嫌疑人的情况之前，怎么能急着展开'深挖'？周秦的危险性很强，直接'深挖'未免太冒失了。"

在师父的点拨下，林凯没有直接约谈周秦，而是找了周秦同监的人了解情况。结果，那些人的反馈让他很意外——有反映称，周秦调换监室以后，管教专门安排了看管他的人，可大家已经都听说了周秦的事，知道他杀过人，又弄断隔壁"铺头"的手指头，"谁敢管这个祖宗"，只能处处让着他。

可谁也没想到，周秦待在新监室这几天，竟然对大家极其友好，常讲笑话和荤段子逗人发笑。有些笑话很无聊，但大家都怕他，就假装笑笑。周秦平常话很多，嘴巴像装了电池，压根停不下来，就算被管教骂，他也要继续讲。

"他主要跟你们讲点什么？"林凯问。

"很杂，有时候喜欢讲乱七八糟的笑话，有时候又讲一点什么任何人都对不起他啦，他是替天行道啦……我们也不敢多问，就怕惹到他。这人的脑子肯定有点问题，翻脸很快，今早他前一秒还硬拉着我给我讲荤段子，下一秒就笑得像个神经病，还问了我一个稀奇古怪的问题，把我问得心里发毛……"

"什么问题？"林凯问。

"他问我：'你知道怎么把一个大活人变消失吗？'"那人说，"我听完这个问题，吓得整个身子都颤。"

周秦为什么会说这些话，同室其他人不敢问，有价值的线索也就获取不到。

　　林凯有些沮丧，他返回驻所检察室向师父汇报进展。杨建军沉默了一会儿，只说了一句："继续做外围谈话。"

二

　　那两天，我也一直在琢磨周秦的举动——为什么他先前的供述都很稳定，可到了审查逮捕阶段就突然翻供了？一般而言，翻供大多是为了推脱或者减轻罪责，可是他这种翻供等于胡搅蛮缠，对自己没有任何好处。

　　师父见我还在翻周秦的卷宗，便提议带我一起去找一趟杨建军。8月23日下午提审结束时，已经过了下班时间，杨建军和林凯依然等在检察室，一场非正式的案情讨论会即将开始。

　　杨建军说："周秦这个嫌疑人很奇怪，一开始跟公安说自己是'激情杀人'，后面又跟曹兵绕圈子，说自己是'无动机杀人'；羁押在看守所以后，又故意伤人——当然，这件事发生在他入所初期，当时他要面对完全陌生的监所环境，也确实容易发生伤害行为。照我以往的经验，重刑犯的求生欲望很强，在所有嫌疑人里面，联系检察官的次数是最多的，甚至不需要引导，他们就会主动坦白或者检举揭发。可周秦却属于另外一种情况，明知死罪难逃，偏想一死了之。同时，他既抗拒审讯，也不遵守监规监纪，这就再次证明他有强烈的自弃心理。"

　　杨建军继续说，看守所向来被称为打击犯罪的"第二战场"，既然是打仗，必然要讲究战略，什么人是什么样的性格、适合安排在什么样的位置、做什么样的工作，这些因素都要考虑，"因此我们应该把突击讯问和谈话教育相结合，组成'深挖战阵'，就一定能把周秦拿下"。

　　"我驻所后也专门挖过一些案子，相对有经验，这次由我来担当指挥。曹兵擅长讯问，左权就辅助曹兵筛查周秦案子中的漏洞；我徒弟林凯性格温暾，适合慢慢地磨，'小刀锯大树'，所以，周秦的谈心工作就交给他。"

杨建军和林凯作为驻所检察官，对此案不具备侦查权和审讯权，所以得由我师父负责审讯，从"外围"步步紧逼，林凯则在看守所里以"谈心"为主，缓缓深入。

最后，师父补充道："这还只是第一步。如果要正式成立专案团队，我们要开检察官联席会议，老杨还必须要上报检委会。"

杨建军也说："如果'深挖'工作有进展，公安民警也会参与进来，这就成了接力赛，明天的第一棒先交给林凯。"

8月24日，针对周秦的第一次谈话即将开始。林凯严阵以待，杨建军在他身边陪同，谈话室门外还有一名管教在过道里巡查。

两边的监室沉寂下来。周秦被管教上铐后带进了谈话室，他的眼神冷峻犀利，一直死盯住林凯。林凯被盯得很不舒服，但也只能这样跟周秦对峙着，并装作漫不经心的样子，问了他的基本信息。

"你想知道这些就自己去问管教，我不想说太多屁话。你们问过来问过去，也就那么点东西。你不嫌烦，我还嫌烦呢。"周秦说话时眼睛依然盯着林凯，声音刻意压得很低。

"那你就再讲一遍！"林凯厉声说道，"人在哪里就得守哪里的规矩，到了这儿，就得遵守监规监纪！"

周秦很不耐烦地报出个人信息。被问到具体案件时，他哼了一声，歪斜着脑袋，盯着林凯说："你长得那么瘦，还是一个'四眼'，经不起摔经不起打，你以为你是谁啊？我凭什么听你的？"

林凯深知这些重刑犯只讲逞凶斗狠，若是自己看起来不够凶悍，他们难免会斜眼瞟人。可他并没发火，因为杨建军教过他：嫌疑人的挑衅往往是为了隐瞒真相，你如果发了火，注意力会自动放在嫌疑人身上，而非案件本身，这就等于中了圈套。

于是，林凯采取迂回战术，自我调侃了一番："每个人都不一样，这要看你哪里练得多。像你这胳膊用多了，就变粗了。"

周秦的面孔撑起一个夸张的假笑，又故意把面部肌肉放松，提起的嘴角跳下来，迅速变回那张冷漠肃杀的脸。

林凯双手抱胸，肘支着桌面，前倾身子，饶有兴趣地问周秦："你放松一点，为什么一提到案子就那么紧张呢？"

"我有什么好紧张的？"周秦似乎很恼火，不耐烦地说，"不就是死吗？你们还不如抓紧给我个痛快，我早点上路好投胎。胡克明活该倒霉，因为他遇到了我——你们不知道吧，杀人以前，我还帮警察破过案子。"

这听起来完全就是鬼话连篇，但林凯想看周秦接下来怎么编造故事情节，假如实在编不下去，自然会露出马脚，就激将他："就你还帮警察破案？"

周秦先报了一个地名，然后问："那里不是有个拍电影的场子吗？"

"对，这谁都知道，有什么稀奇的？"林凯装得很不屑。

紧接着，周秦又报了当地派出所的名称和地址。这些信息都不假，可是说对了也说明不了什么，林凯冷声说："这些在网上都能查到。"

"大约在去年3月吧，我在那里做临时演员，剧组借的老摩托车被偷了，有人到派出所报了案。警察到场后挨个询问，我看了一眼被弄坏的车锁就知道是谁干的。我跟警察讲，以前我见过这种盗车的方法，是'寿南帮'那伙人专用的，他们当中有很多惯犯……"

林凯接话："那警察肯定会说'你怎么会知道这些？'"

"以前我的车被偷过，也是别人告诉我的。现在我回头想，既然我知道这些事，就想着帮帮他们，积点德总归没错。"周秦说。

"后来偷车贼抓到了没有？"

"人抓到了，我还跟剧组打听过，果然是'寿南帮'的人，还没销赃，就被警察给逮了。那案子后来咋判，我也不清楚。那会儿我都要走了，那些角儿的演技还比不上我呢，加上剧组扣了钱，我就到别的地方混去了……"

林凯原本想对周秦讲：协助民警办案是群众的义务，更何况你说的这个盗车案的事究竟能不能验证，还很难说。但转念一想，换了一种说法："我听下来，觉得你这人还挺热心的。咱们先不说这个案子，就拿你先前打人的事来说吧，总归是有原因的。男人就该光明磊落，你这都算是帮警察破过案的热心市民了，还有什么不敢讲？你掰断'铺头'的手指，到底是什么原因？"

"我那是为民除害。一开始跟他掐起来，是为了晚上值岗那点鸡毛蒜皮的小事儿，管教跟我们讲了，这件事也就翻篇了。后来到了晚上，那个杂种吹牛，说自己搞过邻居的妹妹。我突然想到，要是自己的妹妹被这么欺负，一定要把他撕成两半，脑子一热，就想给他弄点苦头吃。说到底，还是那四个字：为民除害。"

"也就是说，你还有个妹妹？她叫什么名字？"林凯记下了这个关键点。

"我啥时候说过我有妹妹了，我爹娘就生了我一个。"周秦搔着后颈。

"那你刚才为什么说'如果自己的妹妹被欺负'？"

"我那是随便打个比方。"

"你今天讲的那个'铺头'的线索，我们会交给管教去核查。这点你做得很好，及时反映情况。"

周秦还是搔着后颈，嘴唇翕动。

谈话结束了。林凯留意到，周秦从起身到离开，眼神还是全程盯着自己，眼神里不仅有敌意，还多了几分警戒。这场谈话中，他说的话到底几分是真几分是假，还需要深入分析。

林凯看着眼前这个嫌疑人，像在面对幽暗的巨大迷宫。

林凯回到检察室，跟师父杨建军复盘刚才的谈话：

"我观察到周秦的眼角没有笑纹，眉心的皱纹却很明显，这说明他平常不爱笑，而且长期沉浸在负面情绪中，有心结没有解开。他的眼睛一直盯着我，没有移开过，表明他想通过敌意和挑衅来打乱我的节奏，主导这场谈话，可惜没有成功。

"我提到'妹妹'的时候，他明显变得紧张，反复抓挠后颈。在心理学上，这种无意识的行为代表敌意和戒备，对他来说，很像在自我警醒，不能说出不该说的话。他目前想要掩盖的事，就是我们深挖的重点，其中的第一步是核查他的身份信息和家庭情况。"

此刻的林凯还没有意识到，正是周秦无意中提及的这条信息，在日后勾连出另一串隐案。

三

2016 年 8 月 25 日，"深挖"接力棒由林凯交到师父和我的手中。赶到看守所，我们去第三监区门口"提人"。周秦的拖鞋和脚镣在地板上磨着，慢腾腾地走在昏暗的走廊，一双眼睛在黑暗中很明显，犹如野兽在暗处凝视。

提讯还是在上次的房间，灯光很亮。透过白色的灯光，我能看清周秦面容上的种种细节。

周秦刚坐定，就先开了口："又是你们啊！"

"对，按程序走。"我冷声说道。

"有什么意思呢？你们提审什么的，顶多就是让我更烦更难过，压根没啥用。上次我讲得很明白，希望你们快点判我死刑，其他不用多讲了。"

"你想多了。"我放下手头的案卷，盯着他说，"你这个案子每个步骤都要严格依照法定程序，不是说你要求死刑法院就马上枪毙你。现在还只是批捕阶段，接下来还有起诉阶段，最后法院还要审。"

"呵，我想死都没那么容易。"他冷笑一声，眼睛试探性地向外瞟。

"所以说，你越不配合，越会影响自己。上次我们跟你做了'释法说理'，无论你翻不翻供，最后都会批捕。"

"那我还用讲什么？我就算讲出来，你们也不信。"

"这点要跟你讲清楚，不是我们'信不信'的事，是你的供词和证据能不能互相印证、通过法律层面的审查。现在说跟以后说，效果完全不一样，你想说什么就说吧。"

"前几天我跟这里的驻所检察官讲过，杀他（胡克明）是为民除害，你们就是不信。活了四十多年，我觉得自己就是个屄货，想做点对社会有用的事。"

"你奉献社会的方式就是杀人？"我说，"这个先不谈，你得把刚才那些话讲清楚，比如，你怎么调查胡克明？又怎么证明胡克明'对社会有害'？"

"谈不上什么调查，我又不是警察。就是挨个跟村民打听，很多年前胡克明在村里干过坏事，坐过牢，放出来以后，还是狗改不了吃屎，说明这种鸟人就是社会的垃圾，我想着杀掉他帮村里做件善事。我屄了几十年，死前当一回英雄好汉，这条命也值了。"

"你跟胡克明有没有私仇？"

周秦愣了半秒，马上回过神："没仇没怨。"

既然没仇，为什么周秦会有这样的反应？我决定采取师父教过的"欲擒故纵"：先让嫌疑人自行交代，待时机成熟，将这些矛盾点统一归拢，向其发起猛攻。

"作案前，你在什么地方？"我开始岔开话题——在公安的报捕文书上，写明了周秦"无业，无固定住所"，但他在杀人前总该有个住处。更重要的是，根据之前掌握的情况，此前他几乎从未来到本市，又为什么会"精准"地找到胡克明的住址呢？

周秦仰头靠向椅背，说记不清了，顺便炫耀起他的辉煌过往——这些年走南闯北，"睡过很多地方，也睡过很多女人"。城中村有一排无名发廊和洗脚店，里边有个"暗间"，专供包夜的嫖客，他"要搂着小姐才能睡着"……

我打断他的话："现在是提审，不是来看你自我陶醉的。再听一遍问题：动手杀人的前一天晚上，你人在哪里？"

"我睡在旅馆里边，具体在哪块地方，那旅店叫啥名，我想不起来了。第二天下午，我打算去杀胡克明，路过一家五金铺子，花了10元钱，临时买了一把螺丝刀。"

他说的那把螺丝刀就是后来的作案工具，我在卷宗里看过照片，是一把长20厘米左右的十字改锥，锥头、锥体被血浸红，黄色胶柄有三个贴合手掌的椭圆凹陷，上面残留着零星血渍。

"你怎么会知道胡克明的具体住址？"我追问道，"你现在的口供很反复，在公安那边说自己跟胡克明关系很熟，大吵了一架，才痛下杀手；上一次提审的时候，你又开始装糊涂，说不认识胡克明，也没有杀人动机；到了今天，你又说杀胡克明是惩奸除恶。可不管是哪个'版本'，你找到胡克明，总要有个地址，这个信息是从哪儿来的？你有话就老老实实地讲，我们会如实记录。你要有事想掩饰隐瞒，也迟早会被查出来，到时候对你更不利。"

讲到最后几句时，我特意加重了语气，观察着周秦的反应。他微微低下头，面色阴沉，目光左右飘忽，似乎在盘算什么。

"我托朋友问的。"周秦开始含糊其词，这表明他仍存有侥幸心理，想蒙混过关。

"哪个朋友？叫什么名字？他为什么要告诉你？全都要讲清楚。"

周秦沉默了。我低头翻阅着材料，没有催他。这种沉默并不是他想对抗我的审问，只是表明他心里藏了很多话，此时若急于催促，反倒会适得其反。

几分钟后，周秦语速缓慢地说："是个警察。他不是我朋友，当然也不会跟我这种人做朋友。名字我也叫不上。你问他为什么告诉我（地址）？"

说到这里，他又冷笑起来。

"讲下去。"我没理会他的故弄玄虚，师父以前教过我，不能被嫌疑人打乱节奏。

"当然是我打点过了，他才会跟我讲。"周秦说。

我和师父对视了一眼，意识到这番供述很可能存在疑点：他无论讲任何事情，都要跟"警察"挂钩，在林凯的谈话室，他说帮警察破过案，这时候又说自己贿赂过警察——或许他有"仇警"心理。可如果他交代属实，这就会牵扯到另外一桩案子。

"那你知不知道你自己的问题在哪里？"我换了一种问法。

周秦似乎对这个问题很茫然，欲言又止。

"从我们上次提审，你说出第一句话开始，你这个案子，包括你本人，都充满了疑点。你越是这么胡编，我们就越会怀疑，加大'深挖'的力度。当然，说什么和怎么说，都是犯罪嫌疑人的权利，但我必须提醒你，你这样是在给自己挖坑，挖深了就再也爬不出来了。"

周秦迟疑了几秒，开口说："我不认识那个警察，也没法确定有没有这个人。我有个朋友叫季振华，做偏门生意的，在网上倒卖别人的信息。我花了 300 元，就把胡克明的身份证号码、照片、地址还有手机号全部弄到手了。我交钱的时候问过他这些信息从哪儿搞到的，他说派出所的警察告诉他的，这话是真是假，我不敢打包票。"

我记下"季振华"的信息，又问："你之前说胡克明不认识你，那你又怎么进房间跟他聊天？那个房屋的主人是徐东，你跟他是什么关系？

不要再说'不认识'——谁会放一个陌生人进屋？"

周秦似乎很想打断我，嘴巴一直没合拢。很快，他就交代了一大段话，语速飞快：

"季振华给我的信息很全，我看到上面说，胡克明和徐东合伙开了一家租车公司，而且俩人的住址是一样的。就琢磨，既然他们住在一起，低头不见抬头见，关系不会差到哪儿去。我手头正好还有点钱，就打点了那边外包的司机，把我介绍给了徐东。徐东这个人很爽快，看我跟他聊得来，叫我有空到他家吃饭。那时候我就感觉到，杀人的机会到了。

"徐东的房子很大，南北通，两层楼。当时胡克明坐在椅子上抽烟，桌上全是烟灰。徐东说今天菜不够，他出门买个烤鸭。他一走，屋里就剩下我跟胡克明了，我不想放掉这个机会。再加上胡克明老是喜欢斜着眼睛看人，把我从头到脚打量了几回，我很不爽，也就没多想，就对他动手了……"

周秦说，他杀死胡克明时，徐东忽然开门进来，说刚才忘了带钱包。周秦惊骇之余，就犹豫着"要不要把这个人也搞掉"。徐东先看到现场，反应过来，转身逃向楼梯，边跑边呼救，生怕再晚一步，自己就会像胡克明一样躺在地上。

"我可以逃，但是没逃，反正我压根没料到徐东会这么早回来。本来我是这么打算的：杀掉胡克明，换身衣服，马上到城中村，能多待一分钟算一分钟。"

"你为什么想逃到城中村？胡克明家离那里很远，附近还有很多道路监控。"

"不是'逃到'城中村，我本身就没想过逃跑。城中村有几家发廊和洗脚店，里面做皮肉生意的，那里有我的相好。"

"那个女人叫什么名字？"

"我不晓得她叫什么。做那一行的，没有哪个会讲真话，不会报出真名。我是觉着她长得像我认识的人，被警察抓到之前，想见她最后一面。"

"你认识的哪个人？要讲清楚。"

"我想拉屎。"周秦突然捂住肚子。

我正要起身发作，师父把我按下，默默走出提讯室，找了一位管教民警，让其陪同周秦去上厕所。

四

师父回到座位，跟我说："周秦去上厕所也好，我们有个'中场休息'，可以商量对策——你觉得他还有什么问题？"

我把随手记在手边的 A4 纸上的疑点给师父看：第一，周秦的认罪表现变化太快，最初他想尽办法隐瞒，跟我们耍无赖，现在又变成了"竹筒倒豆子"，这不太像他的性格；第二，周秦刚才的语速非常快，跟他往常的说话习惯完全相反，好像急着要把案子全部说完，不让我追问下去，他急着交代究竟是为了什么？这背后还藏着什么？他提到的那个"故人"又是谁？跟案件有没有直接关联？

师父咧嘴笑了，拍着我的肩膀问："现在你想到了什么办法吗？"

我说，现在看，周秦自身还有许多问题没有坦白，比方说，他提到的那个"季振华"，涉嫌侵犯公民个人信息，这个案子得交给林凯，向公安制发《移送案件线索函》去进行"深挖"，看有没有警员泄露公民个人信息。另外，周秦还有事没有吐出来，我们要彻底"挤透"。

正说着，林凯推门进来，交给我们一份材料，说了句"有突破"就匆忙去巡监了——他后来跟我说，原本他是打算在我们提审结束后再提这件事，结果正巧看到周秦上厕所，便见缝插针过来了一趟。那份材料是公安分局出具的情况说明，我和师父细读之后，立刻准备更换讯问策略。

此时，提讯室外传来脚镣磨地的声音，周秦回来了，"中场休息"到此结束。

周秦坐下后，我问："你叫什么名字？"

一般来说，确实有检察官会在犯人进入提讯室后再核对一遍姓名，但此刻，我是刻意明知故问。

"周秦啊。"他疑惑地看着我。

"那赵珩是谁？"我又问。

听到这个名字，周秦的脸顿时僵住了。

"赵珩是谁？"我又问了一遍。

周秦沉默不语，眼神涣散，像在追忆往事。

原来，在昨天林凯发出协查函后，民警通过公安综合信息系统检索、核对后发现，"周秦"的照片与一个叫"赵珩"的人高度相似，又根据其登记信息和户籍信息反复比对了一番，发现虽然"周秦"和"赵珩"均有真人，但"周秦"的户籍照片却与当前这位在押人员并不相同。最终，经过核验确认，"周秦"属于假身份，其真实姓名为"赵珩"，存在作案潜逃嫌疑。

我用笔在桌上敲了敲，周秦回过神，但依旧闭口不言，想用沉默对抗。

我说："《刑事诉讼法》规定，证据确实充分，没有口供也可以定罪处罚，何况你刚才的供述已经和客观证据相互印证。但你要明白，羁押期限是从查到真名才开始计算的。你用'周秦'这个假身份是为了什么，我们也会查出来。"

周秦还是沉默。

我们没有再耗下去，在他签字捺印后，收拾公文包走出了提讯室。我回头张望，看见回监区的周秦，腿似乎有些发软，走路摇晃，管教一直扶着他。

当天傍晚，公安局"追逃办"赶到看守所，对周秦发起突审。面对讯问，周秦全程保持沉默，双方僵持到审讯结束。

次日早晨，林凯继续进行外围谈话。与周秦同监的人反映，突审回来后，周秦的话明显变少了，之前讲话嘴巴刹不住车，现在最多讲两句，甚至一整天都没声响，只躺在床铺上，像生了重病。大家见他有些反常，安静得都听不见呼吸，以为他死了，也不敢用手碰他，怕他又受什么刺激发疯伤人。

返回检察室后，林凯将情况做了汇报，对师父杨建军分析说："现在绝对不能逼得太紧，否则周秦这根橡皮筋会彻底崩断，所有人的努力也就前功尽弃。我认为今后的谈话要以关心为主，逐步攻破他的心理防线，找准时机再'深挖'。"

下午，林凯巡监时经过周秦的监室，随口叫了一声："赵珩？"

周秦听到后，身体像触电般打了个激灵，然后坐起来对林凯讲："检察官，你就叫我'周秦'吧，这个名字我用了快十年。你现在叫我'赵珩'，我一时半会儿反应不过来。"

"也行。"林凯让管教给周秦上铐，准备前往谈话室。

坐进谈话室，周秦猜到林凯会问案子，眼中充满了戒备和敌意，双手不断摩挲着膝盖。林凯也猜到周秦在想什么，反而对案子只字不提，只详细问了他的生活情况："我看你的户籍信息，是不是有个妹妹叫赵红？她为什么没来给你送衣服？"

"我跟她很久没联系了。"周秦声音低沉。

"你现在没有换洗的衣服，我和管教商量了一下，帮你把这些配齐，在生活上还有没有其他困难？"

周秦倒也爽快，对林凯直说："最近我晚上睡不着，今天到了饭点，我反而在睡觉，他们（犯人）也不敢叫醒我。现在饿着肚子，可以帮我找点吃的吗？"

"这个不难办，你别着急，我等会儿让管教给你弄个菜馒头。"林凯说。

周秦抬头望了林凯一眼，虽没说话，但眼神发生了微妙的变化。林凯觉察到，对方的心中有某些东西在轻微地松动。

此时，周秦并不知道，自己供出来的季振华，在林凯制发了线索函和相关材料后，被民警们循线追踪，在外地被成功抓获。经过审讯，季振华交代，先前他号称的"由警察提供胡克明的信息"，为自己杜撰的话术，胡克明的信息，是他通过隐蔽的网络手段获取到的。

与此同时，检察院向赵珩户籍所在地的公安分局制发了公函，与当地刑警队取得联系，要求进一步调查赵珩的社会关系。民警钱义成在协查中发现，赵珩的妹妹赵红也很可疑——经过身份照片的核查比对，她和另一个名为"夏丹"的女子的照片高度吻合。

在着手寻找赵红之前，钱义成赶来我们这里，对周秦做过一次突审，但周秦的供词毫无价值。审讯时，周秦的情绪异常激动，猛捶桌面，手铐"哐哐哐"乱响，一直重复着"你别问我，我跟她好多年没联系""这个人早死了，就算活着也跟死了差不多"。

在茫茫人海中找出赵红绝非易事，钱义成所在公安分局派出三名调查专员，经多方查证，才找到赵红的租住地点，却不见其人。房东说，前些天赵红说有急事要办，出去了就没有回来。还说，赵红是一名虔诚的佛教徒，在远郊的寺院做义工。

专员又拿着赵红的照片前去寺院走访。住持告诉他们，照片中的女子叫"夏丹"，已经很多天没来过了，最后一次看见她是在7月10日。住持还说，赵红在寺院里做义工时，经常出资请僧众为她哥哥诵经，"消罪祈福"。专员问她哥哥的姓名，住持回答："赵珩。"

专员立刻赶往长途客运站，通过调阅车站的监控录像，看到2016年7月16日下午4时53分，赵红身着灰蓝色短袖，携带一只淡粉色拉杆箱，在候车室内左顾右盼，神色慌张。傍晚5时，她跟随车站的人流上了长途客车。

8 月 25 日晚上，听到前方同事在第一时间发回的反馈，钱义成的心里冒出问号：

赵红整天到寺庙为哥哥诵经祈福，哥哥却说他跟妹妹"老死不相往来"，这其中到底发生了什么？赵红的离开距离周秦被刑拘，仅仅迟了一天，这是纯属巧合还是另有隐情？

五

2016 年 8 月 27 日上午 10 时，经过两地公安密切配合，民警在本市郊区一处简陋的农房内找到了赵红。

赵红，35 岁，已经借用"夏丹"的假身份生活了九年，可是当警察问询她的名字时，她却平静地报出了真名。

在检察院同事的配合下，赵红对钱义成道出了一桩九年前的隐案。

2007 年清明，她的父亲赵志喜上坟烧纸，不慎烧到胡克明的棚子。胡克明向赵志喜索赔，但赵志喜不肯，认为对方是拿个破棚子讹诈自己，"狮子大开口"。

双方扭打起来，胡克明的左耳被打穿孔。赵志喜被关押进看守所以后，一个自称"陆扬帆"的刑满释放人员联系了赵红的母亲，说自己曾和赵志喜关在同一个监室，有"特殊渠道"可以给她丈夫办理"取保"。赵红的母亲急着想把人捞出来，便信以为真，交了一大笔"手续费"。

结果这个陆扬帆收钱后便没了人影。得知自己的血汗钱被骗走，原本患有严重糖尿病的赵母受不了打击，并发脑出血，很快离世了。赵红本来想到派出所报案，但哥哥赵珩说报警没用，"不如靠自己"叫陆扬帆偿命。他花钱打听到了陆扬帆有一位朋友叫张吉，向张吉要了陆扬帆独居的地址，准备去寻仇。赵红想跟过去，赵珩不肯，跟她大吵了一架，最后拗不过她，就让她配合自己的计划——先到化工公司购买硫酸，然后让赵红上门，因为陆扬帆没见过她，而且她身形娇小，会使陆扬帆放松警惕。

作案当天，赵红在街边买了一瓶白酒和熟食，敲开了陆扬帆家的门，谎称自己是张吉的妹妹，进到屋里后，赵珩尾随进去，立刻捂住了陆扬帆的口鼻。

"我们把他绑了起来，他想大声喊叫，我哥就在他手臂上划了道口子，他就不敢说话了。"赵红说。

"那你当时在干什么？"

"我拿陆扬帆的银行卡去提款，回来就听见剁东西的声音，我知道是我哥在处理尸体，他怕我会吐，叫我出门到其他地方，还让我别走太远。我在门外逛了一圈，待在附近的花园，看到一只黑色的小狗崽刚学会走路，我想收养它，就一直抱在身上。后来我哥看到了，不同意我带走，说那样会暴露。我舍不得，还是抱回家了，那只黑狗陪了我很久。"

赵红供述，他们兄妹二人作案后的这九年，她和哥哥赵珩从未见过面，只保持着单线联系，均由赵珩打电话过来。两人通话的时间是每月的15日，赵珩通常借用别人的手机或者使用公共电话。当时他们做了一个"通话标记"——如果哪个月的15日、16日这两天赵珩都没来电话，就表明他已被捕。

潜逃年数渐长，兄妹之间的话却在变少。每次赵红接到电话，赵珩总要先沉默几秒，不知如何开场。这些年，兄妹俩每次通话时长都不会超过3分钟，有时候赵珩只说："我还好，你好好过日子。"

"其实你们找到我也好，我也省得每天提心吊胆，现在一块石头总算落地了。"赵红说，这些年她的生活质量极差，百病缠身，时常到医院看病，早已厌倦了东躲西藏的仓皇日子。但她不恨哥哥，更不认为自己做出了巨大牺牲，毕竟，"路是自己选的"。

赵红性格内敛，她谈过恋爱，男友嫌她太闷，恋情维持了半年不到便一拍两散。此后，她更加少言寡语，想让那些心事烂在肚子里。在她深夜想要倾诉时，那条黑狗便是唯一的听众。2013年冬天，黑狗得病死了，她还花钱请僧人为爱犬诵经超度。寺院远在郊野，每日晨钟暮鼓，成为赵红逃亡路上的安住之所。她不是没动过出家的念头，但割舍不下久未谋面的哥哥，"快十年了，我都不记得他长什么样子了"。

2016年6月15日，赵红接到哥哥的电话，"那天他跟我说了很多话，但他那边很吵，有些话我听不清，问他在哪里。他说在烟铺子，借老板娘的电话打的，让我不要老是待在家里，偶尔出去走走，换个地方住也行。我没说什么，他就又重复了一遍，叫我换个地方，多出去走走。那时我没明白是什么意思"。

7月15日和16日，赵红没有再像往常那样接到来电，猜到是哥哥出了事，便连夜收拾行李，跟所有人不辞而别。

赵氏兄妹做下的"溶尸案"显现后，公安在档案室调取出了那套尘封九年的案卷，并做了大量的调查走访，重新整理成册后，移送到检察院。

得知妹妹落网的消息，周秦不再沉默，他主动坦白道："两条人命，一个叫陆扬帆，另一个叫胡克明，全是我杀的，跟我妹妹没有关系。"

潜逃九年，他的记忆依然清晰，能准确描述出作案时间、作案工具及价格、作案现场和细节，还有他和死者当时身穿的衣服。审讯人员一度暂停审讯，将他的供述与当年的案卷复印件核对，基本吻合。

周秦称，这九年来，那天杀陆扬帆的场景经常在梦中像电影一样"一遍一遍地放"，"当然记得很清楚"。同时他再次强调，妹妹赵红从小体弱多病，不可能参与杀人。

审讯人员问："既然没有参与杀人，为什么赵红要用'夏丹'这个假名？"

周秦又闷声不响。

审讯人员又问："硫酸买了多少？是谁买的？"

"五桶，我找朋友买的。"周秦开了口。

"为什么赵红说这些是她自己到化工公司买的？"

周秦坐在冰冷的铁椅上，陷入短暂的沉默，双眼无神地望着对面的审讯人员，之后主动转移话题，坚持认为自己没有抢劫的动机，只是想"帮我老娘拿回被骗的 3 万元"。审讯人员继续追问，他选择用沉默对抗，一直熬到审讯结束。

六

直到次日上午提审赵红，审讯人员才获知了更多有关此案的细节。

赵红供述称，杀陆扬帆这件事，周秦是有过预谋、做了充分准备的。他让自己到化工公司购买了五桶浓硫酸，还买了刀具、手套和几十只垃圾袋。

在哥哥持刀威逼陆扬帆交出银行卡后，赵红拿着银行卡前往附近的商业银行，查到卡内有 2 万元，便分四次全部提出。得知只提到这点钱后，周秦反手扇了陆扬帆一耳光，怒斥道："你骗了我老娘 3 万多，现在还差 1 万，你要吐出来，只能多，不能少！"

随后，赵红又在屋里翻出一张农行卡。周秦逼陆扬帆报出密码，然后换成赵红看守，周秦换上陆扬帆的外套到银行，取出了卡内的 3.8 万余元。

"他（周秦）让我在小区门口待一会儿，别跑太远。弄尸体是他一个人搞的。我回去的时候，屋里冒了很多烟，他站在烟雾里，卫生间都是红色的。"

赵红的话，正如卷宗所述："杀人现场为多层楼房结构，中心现场位于楼栋内三楼 321 室，房间内摆放鞋柜，卫生间拉门下方地砖上有 2 根毛发，东北侧有一浴缸，边沿上有 5cm 红色斑迹，内侧瓷砖有 0.3cm×0.3cm 红色斑迹，下方地砖有 20cm 点状红色斑迹……现场无其他异常情况。"

"后来我又发现，他的衣服换了。我问他自己穿的放哪儿了，他说衣服被弄脏了，用打火机放在卫生间烧掉了。接着他又熔掉了银行卡，把记密码的黄纸也烧了，烧成的纸灰冲进了下水道。"

当晚 10 时许，周秦开着小货车，赵红坐在副驾驶座，后车厢放着几个黑色垃圾袋。货车驶过阴暗的林中路道后，周秦下了车，把尸块扔进了海里。

第二天上午 8 时，周秦叫妹妹保管好陆扬帆的手机，准备接听来电。他独自到周边的商店买了一张 IC 卡，拨了陆扬帆的号码。待赵红接听后，两人保持了 35 分钟的通话时长。事后他告诉赵红，这么做是为了扰乱警方的侦查，制造出陆扬帆还活着的假象。

"我哥分给我 4 万多，他自己拿了剩下的 1 万，放在他的灰色帆布包里面。他叫我不要担心父亲，那些事他会处理。"

赵红交代完，长吁了一口气，身子也软了下来。

公安补充侦查送卷后，审讯人员最后一次提审周秦。

那天有阴雨，室内灰暗，周秦坐在铁窗下方。面对讯问，他依然想做抵抗，声音低哑："警察不一定能把陆扬帆的尸块捞上来，既然尸体都没找到，你们又怎么定我跟赵红的罪？难道就凭我自己交代的那些话？"

"这点我会跟你讲清楚，公安的刑技部门出具过《物证检验报告》，其中有 DNA 检验结论可以证实，321 室卫生间里的血迹和油脂不能排除是陆扬帆留下的，现场提取到的毛发和指纹也无法排除是你所留。你先前做过有罪供述，交代自己把陆扬帆杀害后溶尸，再抛尸大海。后来公安组织过捞尸，虽然的确没有找到，但是陆扬帆自从案发后一直失踪，有足够的理由可以证明他已经被你杀害，尸体没被发现，这并不会影响罪名的成立。"

周秦瘫在铁椅上，双肘吃力地撑起，央求道："别再讲了。"

"如果我没记错的话，之前你问过很多人'怎么把一个活人变消失'，看起来好像揣着明白装糊涂，这说明你其实很得意，觉得自己的计划天衣无缝。可是你忽略了一点，公安的刑事技术很发达，不会放过任何的蛛丝马迹，你那些伎俩和伪装都是徒劳的。"

周秦猛地抬起头，怒视着面前的审讯人员，双拳紧紧握住，发出微颤。

"案子过去了九年，你妹妹赵红在这九年里面究竟经历了什么，你想过吗？"

周秦听到"妹妹"二字拳头便松了开来。

"你跟人不断强调，自己'只有小学文化，是个大老粗'，'从来不想什么前因后果'，但是这个案子里面，抢劫、杀人、溶尸、抛尸，一系列的计划都需要非常缜密的思维，是你自己想的，还是赵红？回答我！"

这个问题对周秦来说最为致命——他的神情像被射中了冷箭。

"是你还是她？"

"是我。"周秦说，"我妹妹心肠很软，我早前杀鸡的时候她都不敢看，更不要说什么让她杀人抛尸。所以我杀陆扬帆的时候，没让她在现场。你说的没错，我没想过她这九年到底经历了什么，把她害惨了。"

"你父亲赵志喜后来怎么样了？"

周秦说，父亲刑满释放后，不想再回到破碎的家，失踪了一段时间。他先前和父亲闹得很僵，但他毕竟向妹妹承诺过，会照顾好父亲，便到处寻找父亲的下落。直到后来，周秦知道了父亲病逝的消息，"他是把自己活活喝死的"。此事对周秦的触动很大，他得出偏激的结论：这一切都是胡克明造成的——假如胡克明当初没有诓父亲的钱，他现在也不会家破人亡，所以，必须让胡克明血债血偿，"这个仇我记了整整十年"。

他说完这句话后，整个提讯室沉默着，又在寂然无声处，砸出巨响。

提审结束，审查报告如下："赵珩（周秦）、赵红以非法占有为目的，采用暴力手段抢劫他人财物共计五万八千元，并致一人死亡。为了毁灭罪证，肢解被害人尸体，用硫酸化尸，手段特别残忍，情节极其恶劣，二人的行为均已构成抢劫罪、故意杀人罪。"

我们原以为，在赵氏兄妹的落网、交代后，这次"深挖"已经进入到扫尾阶段，但谁也没料到，周秦隐藏的秘密远远不止这些。

七

一天上午，林凯在第三监区巡监，透过铁窗看到周秦靠在白墙边，仰望着天花板，两颗眼球爬满血丝。同监室的人都和他保持着距离，侧过头各自静坐，当他不存在似的。

见到林凯经过，周秦突然起身凑到铁窗边，主动要求约见检察官。半小时后，林凯结束巡监，管教给周秦上铐，将其带入谈话室。杨建军也赶到房间，坐到林凯身旁。

谈话室是第三监区采光最好的房间，有一扇横移式的不锈钢铁窗。那天光线很强，在周秦的黄色囚服上舒展开来，他胸前的灰黑色污渍显得格外醒目。此时赵红已被羁押，林凯猜测，周秦这次要求谈话，很可能为他妹妹而来。

然而，周秦对赵红的事只字未提。他低头望着手铐良久，才开了口："林检察官，我要跟你说声对不起。我得承认上次谈话的时候，故意漏讲了一点东西。其实在逃跑的九年里面，我还犯过点事儿。"

"想交代漏罪是好事，不用说对不起。"林凯看着桌上的谈话记录表，正准备动笔，周秦却不再出声了。林凯抬起头，迟疑地望着他，周秦才吞吞吐吐地说："要是我讲完了，你能不能答应我一件事？"

原来是想谈条件，林凯说："开门见山吧，你这次主动要求谈话，是不是为了赵红？"

"对。"周秦的声音很小，如同一只飞蚊窜进了谈话室，而他的头低得快埋进肚子里了。

林凯说："你先说为了赵红什么事？把事情讲清楚，我才能帮你，当然，这些事必须在法律允许的范围之内，违法违规的事我没办法帮你，听明白了吗？"

周秦猛地抬头，双眼放光，又很快熄灭了。见他缓缓把头垂下，林凯隐约感受到，他这次的请求很难办成。

果然，周秦说："我想知道我妹妹在哪里。"

"赵红现在被刑拘了，在看守所里面，她的案子很快会送到检察院提请逮捕。"

"检察官……"周秦咬着嘴唇，停顿了一下才说，"我还有机会跟我妹妹再见最后一面吗？"

林凯没有马上回答，他用余光瞄着身旁的杨建军，希望师父能给点提示。杨建军对着周秦轻抬了一下下巴，示意林凯继续按照谈话流程来进行。

"你这个请求比较特殊，我们要开会讨论一下，过几天给你答复。"林凯先稳住周秦，然后立即切入正题，"你最开始说有案子漏讲了，我相信你会说到做到。"

"那是六年前的事了，我杀了陆扬帆以后……"

周秦说，2008年深秋，自己逃到南方，趁着夜色，在停车棚里偷了一辆车主忘记拔钥匙的黑色摩托。"车子像新买的，具体的特征我记不清了，就记得是安徽的号牌。"午夜飘落细雨，他骑车飞驰了十几公里，去了他曾经待过的小城，"那是个小地方，查得不严，而且我对小城很熟悉，知道哪儿有汽车站"，他想在汽车站"趴活儿"。

"那时候我脑子犯浑，不懂江湖上的规矩。"周秦说，自己刚来的第一天晚上正要去汽车站，几个"摩托客"骑到他身边，问他从哪儿来，"怎么从来没见过？"周秦没有理睬，只顾往前开。那些人骑着摩托围住他，一排雪亮的车大灯刺得他睁不开眼，还有人对他恶狠狠地说："把车子留下，人滚蛋！"

对面有四五个人，周秦自知打不过，又不肯认怂。他瞄准空当，从那儿硬闯了出去，车速飙到最快，"整辆车都腾空了，快飞起来"。

夺路疾驰了5公里，周秦才把车停下，整晚滴水未进，口唇干裂，他想找个地方弄点开水。可夜色如墨，远郊路灯稀少，他左右摇动车把，灯光乱扫，在路南边发现了一家旅店。进屋后，老板娘看到周秦神色慌张，便问他有什么急事。周秦讲了刚才的遭遇，说也不清楚那些人会不会追过来，想先讨口水喝。

"应该不会，这个点儿没人会来。"老板娘说完，顺便扔给周秦一瓶矿泉水。

周秦一口饮尽："那些男的有文身，不知道什么来路，反正不像拉客那么简单。"

老板娘说，最近小城里冒出一个犯罪团伙，专门盗抢摩托，那伙人的老家在安徽寿县，就取名叫"寿南帮"。可能是惹上他们了，千万要小心。

当晚，周秦就在旅店过夜，翻来覆去，难以入眠，便起身抽烟。突然，旅店外面响起摩托车隆隆的轰鸣声，由远及近。他凭窗眺望，见几盏摩托车灯在黑夜中怒睁着独眼。"那几辆摩托排成三角形，两边的车灯照着前面的车。快开到旅店门口时，我才看清楚，那些男人就是刚才要抢我车的。我看他们的架势，好像要冲到旅店里面。"

　　周秦没有猜错，摩托车在店门前停下了，发出"咕咕咕"的轰鸣。旅店只有两层，周秦爬起来，穿过一楼的账台，跃上二楼的阶梯，连开了几扇门，里面都是漆黑的空客房。在二楼的尽头，他找到了厨房，抓起一把水果刀，紧握在手里，又狂奔下来，准备"白进红出"。

　　跑到一楼时，"寿南帮"的人正巧进了店里，周秦提刀，指着最前面的人喊道："老子犯过事，背过人命，不在乎再多背一条，你们谁想早点见阎王？！"

　　那些男人都怔住了，然后爆发出震耳的嘲笑声，笑得最欢的人却藏在周秦身后："你先把刀放下，有我在这里，他们不敢动你。"

　　周秦回头看去，老板娘收敛了笑容。他这才意识到，原来这个破旧的旅店是"寿南帮"的窝点。

　　"你刚才说'寿南帮'都是寿县人，怎么听你口音不像是寿县的？"周秦问。

　　老板娘让他别多问，此时站在周秦前面的胖子发了话："你最好识相一点，把车留下来，给我滚得越远越好！"

　　周秦的刀差点挥到胖子的面门，恶狠狠地说："那部车是我的全部家当，你们谁抢，我就跟谁拼命。就算交了车，你们也不会放我走！"

　　胖子没说话，在夹克里掏出一件银灰色的物体，形似扳手，前端磨得更尖，比周秦手握的水果刀更厚实。

　　"另外几个男的也拿了这种东西，形状和颜色都差不多。我自己对付不了那么多人，快急死了。这会儿老板娘开了口，说我干脆帮他们的忙好了，不然车子和人命全都没了。我跟她讲，本来我觉得你是个好人，怕你被他们欺负，谁想到你跟他们一伙的。那些男人又笑了……"

八

林凯打断了周秦的话，厉声道："这些话你自己信吗？他们跟你不熟，也不是老乡，怎么可能叫你帮忙？你讲的什么'寿南帮'我也没听说过。我警告你，如果你诚心想交代余罪，就不要在这里编故事！"

"检察官你先别急，听我把话说完。我刚才讲的这些都是真的，你不信可以去查那个老板娘，她叫傅红梅。"周秦急了，抬起戴锁铐的手胡乱比画。

"你怎么知道她的真实姓名？这些事情你都得讲清楚，还要保证真实性！"林凯在谈话笔录中记下了这个名字。

"别着急，我全会讲。当时老板娘让他们放下扳手，那个死胖子不乐意，磨磨蹭蹭的。看到他们把东西扔掉，我也听了老板娘的劝，结果刀刚放下，那些男的就扑过来把我压在地上，用绳子把我捆住了。"

周秦说，男人们把他抬到二楼靠北的杂物间，那个胖子踹了他几脚。"老板娘喊了他名字，他才停手，我记得很清楚，他叫'蛤蟆'。另外两个男人叫'野狼''老鹰'什么的，全都是用动物取的外号。'蛤蟆'关上门走了，屋里没开灯，很黑，我只好竖起耳朵贴墙去听，再想别的法子。他们在隔壁的屋里商量什么，没谈拢，就吵了架，有人喊了老板娘的全名，叫傅红梅。这个名字我记到现在，绝对错不了，当初如果没有她，也就没那么多麻烦。"

"我全身都被捆着，跑不掉。过了不知道多长时间，外面动静很大，好像在打人，我扭着身子，往门那边靠，又没响了。这时候有人推门进来，门框正好撞到我的脑袋。"走廊的灯光射入，周秦向外张望，看见一个男人躺在地板上，"很年轻，最多二十出头，穿着棕色外套，头歪向一边，正对着我，脸都模糊了，分不清眼睛鼻子，血流了一地，有腥气"。紧接着，那具尸体的边上多了两只脚。周秦抬头一看，是那个叫"蛤蟆"的，"我看着他蹲下来，拽住死人的肩，拉进房间里，关门前给我扔下一句话，叫我'晚上就陪死人睡觉'"。

"你是想说，他们杀过人？"林凯追问。

"对，我不清楚那个死人是'寿南帮'的还是被他们抢的人，反正这个案子你们绝对能查到。我只想跟我妹妹赵红见上一面，不可能去扯谎，骗你对我没啥好处。"周秦说。

周秦说，那天半夜他一直没敢合眼，身旁躺着的年轻人已经死透了，房间一片漆黑。"那时候我算明白了，'蛤蟆'没弄死我，是想折磨我，接下来还会换着花样搞我。我不想像旁边的死人一样，死得不明不白，就拼命想法子，脑子里就冒出一个奇怪的声音，催我'快点跑，快点跑'。"

周秦挪动身子，把手放到死者兜里，嘴里轻声低语："小子，你要怪就怪那个'蛤蟆'，害你在这儿做了野鬼，我也恨他。你最好让我找点有用的东西，说不定能给你报仇……"

在死者上衣右侧口袋里，周秦摸到一根小型手电筒，按下开关，照到了尸体的血脸。在死者裤子右膝的口袋中，他碰到了硬物，借光一看，是一把极其细小的折刀，刀刃还算锋利。周秦用刀好不容易让自己解了困，吃力地爬起来，右手反持折刀，身子抵住门，再轻轻推开。

手电光线太亮，周秦捂紧灯头，只露出萤火虫般的光点。旁边的门虚掩着，"蛤蟆"正在里面打鼾，萤光落在那把改装过的扳手上。周秦捡起那把扳手，踮脚走到"蛤蟆"跟前，朝着对方的脑壳猛砸了一下，那坨肥肉狂扭着，像溺水的人，双手向上乱抓。周秦又砸了几下，人不动了，鼾声也消隐在黑暗中。

"算上之前的陆扬帆，这是你杀的第二个人？"林凯问。

"对，那是我杀的第二个，胡克明是第三个。我杀掉'蛤蟆'也是没有办法的办法。"

林凯觉察到，周秦在不疾不徐的陈述中刻意淡化了自身的罪行。

周秦说，之后他叼着手电筒，在"蛤蟆"的裤腿里摸出一把小刀，他还在对方夹克的内侧摸到了钱包，里面有 800 元现金。周秦把钱揣进兜里，又摸到自己的车钥匙，到店外，找到摩托，赶紧驾车逃命，后视镜里，旅馆的红灯店招逐渐凝缩成细小的红点。

摩托颠簸在郊区的烂路上，跑了大约七八公里，周秦有点疲了。他感觉车前的路像是命运朝他吐出的长舌，"就算把油耗光，也跑不完"。前路遇上岔道，他来不及思索，直接弯到右边的林间小路。摩托的后轮逐渐打滑，有了刺耳的怪响。他停下车，听到身后有摩托疾驶的声音。他怕是"寿南帮"前来寻仇，情急之下，关掉车灯，将车推到路边的乱草丛中，身子半蹲下来，手里捏紧那把沾血的扳手，直到听见那辆摩托车开远了，才缓缓钻出草丛。

天光渐亮，灰茫茫的郊野上，一人一车显得格外渺小。周秦长出口气，正要跨上摩托，无意中看到尾箱，当初他偷车得手，连看都没看，心想，"那里面都放着工具，没人会放钱"。

撬开尾箱，周秦傻眼了——黑漆漆的箱子里躺着一本白色的病历册，病人的名字很复杂，他不认得，"只晓得是个男娃，6 岁"。他胡乱翻着，上面医生的字如狂草，他更不认得。翻到册子最后几页，里面夹着三张对折的 100 元。

"这下造孽了。"周秦说，"那时候我满脑子都在胡思乱想，万一这是他们的救命钱咋办？那真的把人急死了。我要是害了这个娃娃，就造了大孽。不怕你笑话，我犯过那么多事，可我当时就是这么想的。"

周秦把钱收好，继续推着车往前走，车子撞坏了，他不想花钱修了，"随便找个地方甩手卖掉，就算是一堆废铁，也能卖点钱"。日头升起，他端详着手中那把奇特的扳手，"那个东西改装得挺好，几个角做尖了，卡螺栓的地方弄得像剪刀，这样能当刀，又能偷车。我就在猜，这是谁想出来的，那个'蛤蟆'和什么野狼、野狗的，一看就是粗人，把脑袋瓜想崩了也想不出，应该是傅红梅发明的"。

摩托已经坏了，出于好奇，他索性用那个扳手把链子也剪掉了，"留下的痕迹很怪，比较好认，不管过了多久，我都记得"。

卖掉摩托，周秦搭乘了一辆卡车逃出省界。下车后，他花了10元钱，坐着路边的"三蹦子"躲进了城中村。"村里那家理发店还开着，以前我和朋友去过，表面上是剪头发，其实是做偏门生意的。我一整宿没合眼，想到那里放松放松。我看那女人跟我妹妹长得很像，没让她帮我弄。女人说钱不退，我说行，借她的手机打了我妹妹的电话。那里信号差，我只听到我妹妹的声音，我妹妹听不清，就挂了。"

由于内心的投射，周秦把身边的陌生女人当成了妹妹，主动聊了几句。对方态度冷淡，扔给他一根烟，叫他"把衣服穿好"，便起身离开了。

周秦找到一处群租房，楼里每个房间都放着几张架子床，每张床是一块长木板。他盖着夹克，一直睡到傍晚。下楼吃饭时，他在小卖部买了方便面和鸭腿，又绕到了那家理发店。女人坐在店门口，抱着搪瓷碗吃饭，店招的灯光打在她的头发上。他伸手把鸭腿递过去，女人没要。

九

明星海报下的日历被一页页撕掉，周秦身上的钱不多了，村里也不便久留，他想看一眼那个与妹妹酷似的女人，再继续逃往别处。

"具体哪天我记不清了——那天晚上我和几个男人在理发店洗头，那个长得像我妹妹的女人不在店里。我因为闹肚子就跑到外面去了，差不多过了5分钟，我看到警察在盘查理发店。我怕他们抓到我，发现我身上背着的案子，就马上逃了。过了两三天，我还想去看看那个女人有没有被抓，最后放弃了。"周秦给自己定过一条"铁规"：不走回头路。去过的地方不会再去，见过的人也不想再见。不为别的，就只觉得回头是凶兆，会被抓，还会丧命。

"那次你侥幸逃脱了，后来你逃去哪儿？做什么工作来养活自己？"林凯问。

"我搭货车一路逃到青海，在火车站附近我捡到了一张身份证，花钱找人帮我做成了自己的。后来我还在那边的小城补办过一张，那时候小地方对户口查得还不严。"

"周秦"这个名字就是那时取的。后面的逃亡路上，他做过很多零工，做过日结的装卸工，也给人跑过腿、送过快递。前些年他做过群众演员，剧组的车辆遭窃，他看到那个奇特的痕迹，便对别人讲，"可能是寿南帮偷的"，又怕警察注意到他，很快便跑了。

九年里，周秦对一些词汇会"产生过敏反应"，比如"公安""警察""落网"，他说自己看到或者听到这些词，便会高度警戒，久而久之，化成了深深的恐惧和无力。"我也从来不看电视里那些什么法制栏目，犯人穿着蓝的、黄的大马甲，我感觉好像就在看着我自己。"

讲到这里，他瞄了眼穿在身上的号服。

作为一名杀人逃犯，周秦最害怕的词竟然是"家"。在潜逃生涯中，他注定无处为家。他时刻牵挂着妹妹，只有这个久未见面的赵红可以为他拼凑出"家"的幻象——即便这种感觉仅存在每个月2分钟不到的通话里。他想过去寻找妹妹，但又以为妹妹已经成家，不愿再打搅她平静的生活。

说到这里时，周秦的眼角闪过泪光，这是林凯第一次见到。

周秦说，他也怕过年，别人踏上春运列车回家团聚，他只能在出租屋里守着台"大屁股电视机"看春晚，看了小品，也笑不出来。妹妹是他唯一的亲人，却不能主动和他联系，因为他的手机号码经常更换。

"我身体很差，可能是报应吧……后来我就觉得越活越没劲，就想把胡克明杀掉，了掉我报仇的心愿。我听别人说，以前胡克明在村里欺负过别人，绝对不是什么好鸟儿，所以你们最早审我的时候，我翻来覆去讲自己是为民除害、替天行道。我找过很多路子，最后总算让我找到了胡克明，他现在住的那个城市，有我当初待过的城中村。我就想着，报了仇，再去看一眼那个女人。我过去从来没走过回头路，这次算是破一次例。"

案子交代完了，周秦在笔录上签字、捺指印，同时做了个深呼吸，看起来如释重负。他还想再说点什么，林凯让他打住了——因为他并不完全是为了交代，更像是找个听众倾诉他的往事。在监室里，没有人跟他说话。

回到驻所检察室，林凯提取笔录中的关键词，在案件系统中，真的查到了劫车团伙犯下的命案。除了个别细节稍有出入，绝大部分与周秦的供述基本一致。刑事裁判文书中说，傅红梅和其他劫车犯到案后拒不认罪，并且互相推诿，他们口中有个"逃掉的男人"，其描述的体貌特征与周秦高度相符。

案件的深挖取得重大成绩，但让赵氏兄妹见面却非常困难。

周秦属于重刑犯，身负三条人命，并被列为重点监管对象，和赵红又分别关押在不同的看守所。而且，兄妹二人是当年"溶尸案"的同案犯，如果双方见面，极有可能"串供"——纵然有管教和检察官现场监督，但就像周秦做过的"通话标记"一样，见面时的一个手势、一句话，都可能成为他打的暗语。看守所有远程视频室，但这个房间是供干警们提审使用的，用作嫌犯见面，暂无先例。

林凯也问过周秦："你有没有想过其他办法？比如你手写一份通讯，或者我们帮你代为传达？"

周秦摇头："想过，没啥用。我只念过小学，大字都不识几个。帮忙传话这事我也想过，可我还是更想见一面。林检察官，不怕你笑话，九年前我杀了人，怕拖累我妹，就没跟她再见过面。现在我被抓了，反而想见她了。我被枪毙是铁板钉钉，趁自己这条命还在，就想看看她。"

怎样才能让两个重犯见面，又不违反规定，这真是一个难题。

晚些之后，林凯收到一封特快信件，是由其他看守所转递而来的。他拆开信封，发现是同行写的信。写信人是一名驻所女检察官，她负责的监区关押着赵红，信里提的和林凯想的是同一件事：赵红想见哥哥一面。

那名女检察官最初拒绝了赵红的请求，认为会违反监管场所的规定。赵红很难过，开始绝食。所幸女检察官及时发现情况，耐心地对她做了几次谈话教育，她愿意吃饭了，但情绪依然低落，寡言少语，只有到了检察官巡监的时段，她才会开口说话。这个月以来，赵红三番五次请求约见检察官，"态度诚恳，令人动容"，同时赵红"在羁押期间遵守监规，未发生过不良事件"。于是，女检察官就专门写信给林凯，想跟林凯商量一下办法。信的末尾，还附上了联系方式。

林凯在狭小的检察室里来回踱步，走到师父杨建军的书橱前，正巧看到师父放在第二排的相片。

就在那一刻，他忽然萌生出一个想法——能否用赵氏兄妹彼此的照片来代替见面呢？

第二天，杨建军听了林凯的办法，觉得可以尝试。但依照相关规定，监管场所禁止拍摄。杨建军给主任打了电话，又和林凯专门找了监所领导商议此事。对方回复称：可以给周秦拍照，但管教民警和驻所检察人员务必同时在场，且照片背面不能记录任何文字信息。

回到检察室，林凯立即致电那名女检察官，讲了照片互换的办法以及获批的情况。当日下午，对方回电，称拍照已获批准。下午巡监时，林凯又让周秦去了谈话室，得知情况后，周秦眼神黯然地点了点头。他很清楚，这是唯一能"见"到妹妹的办法。

　　拍照就在谈话室，房间面积不大，里面却站满了人。两名管教民警，其中一名胸前挂着相机，另一名背着双手，表情肃穆，杨建军也站在里面。周秦被林凯和管教带到谈话室，尽管林凯已经给他打了预防针说会有很多人在场，但他显然没见过这种阵仗，在门口停了几秒后才缓缓地走进去。

　　看似简单的拍摄最终花了十几分钟。周秦后来告诉林凯：他活了四十多年，也没拍过几张照片。现在监区管教亲自给他拍照，还会发给他最亲的人，他反而慌乱起来。面对着相机镜头，他格外紧张，好像面对着一个黑洞洞的枪口。他不知道脸上是该笑还是该怎样，手该放在桌面上还是放在桌底——如果放在桌上，妹妹看到那副手铐，想到两人双双落网，难免伤心。他征询了管教，最后还是把手放下，"他们也担心我做手势"。

　　管教民警拍了几张以后，周秦还是不满意，恳求对方再拍几张。接着他又问："能不能改成录像？光拍我觉得还是差点什么，我想跟妹妹说几句话。"

　　"你怎么回事？都答应好了，照片也拍了那么多张，现在又讨价还价？！"管教民警放下相机，训斥着周秦。

　　见此情形，林凯对周秦讲："你不要紧张，看着镜头就当看着你妹妹一样。"周秦深吸了一口气，配合管教拍了最后一张照片。快门被按下，周秦没让管教给他看效果，直接说："就是这张了。"

　　照片信函很快就寄出了。三天后，林凯也收到了女检察官寄来的信。信封是棕黄色的牛皮纸，由于看守所的例行检查，封口处拆了又贴，多了一道浆糊印子。

　　林凯掏出照片，瞥见一个苍老的陌生女人，那就是赵红，"脸很瘦，白头发很多，样子有点局促，看上去好像没准备好，拍了一张就过了"。

　　林凯站在监室窗前，喊了周秦的名字。周秦正在打瞌睡，被叫醒以后，立刻有了精神，猜到是妹妹的照片寄来了。进了谈话室，周秦接过牛皮信封，反倒显得迟疑不决。照片刚被抽出一个边角，他就停下动作，停了很久，才缓缓地抽出。

"九年了，在你看来肯定变了很多。"林凯想稳住周秦，"你控制好情绪，当然也不要憋着。"

周秦捏着照片，没有应声。林凯也没再讲话，整间谈话室静默下来。林凯看见周秦的眼眶红了，但没落泪，嘴里轻声呢喃，却听不清说什么。他对着妹妹的照片，凝视了一分多钟，最后猛吸了一口气，便把照片放在桌上，始终没说一句话。

林凯觉得说什么都是多余，就让管教把周秦带回监室。他望着周秦的背影，"那天看了照片，他（周秦）好像老了几十岁，他逃走的那九年，都成倍地叠加在身上，腰都压弯了"。

几天后，周秦在横线纸上写了一张"感谢卡"，字很潦草，检察官的"察"写成了"查"。林凯拿着信，伫立在检察室窗前，望着对面的看守所。那栋建筑是灰色的，初看上去显得沉闷而压抑，不过那天阳光柔和，在灰墙上抹了一层金黄的光彩。

最终，经过市人民检察院提起公诉，法院判处赵珩（周秦）死刑，剥夺政治权利终身，赵红被判有期徒刑十年。赵珩供出的季振华犯侵犯公民个人信息罪，被判三年有期徒刑，罚金五万元。

致敬我的师父检察官铁虎

　　2019 年初春，我到看守所提审，在第二监区的走廊上遇到正在巡监的杨建军。他对我说，师父前几天在平板电脑上给他打了一行字，"老曹知道你喜欢写案子，他家里有一本内部刊物，让我帮他找，给你拿去作参考"。

天下没有不散的筵席。

转眼《重案检察官》就进入了尾声，在这篇故事里，"铁虎"曹兵将要面对命运的终局。

1988年，曹兵退役后到检察院报到，看到院门旁停着一辆草绿色的吉普车，这让他产生一种回归部队的错觉。拍证件照的时候，师傅对曹兵说："你笑一下，不然显得太凶，拍照的效果不好。"曹兵咧嘴笑起来，此后他拍的每张照片，都笑得格外爽朗。

2018年12月27日傍晚，在检察院六楼办公室，我和杜勇正在整理曹兵的书柜。下方抽屉的最深处，放着一张曹兵在1988年的检察证，塑料皮壳满是脏污，正面留有半个灰黑色的指纹，背面破损，左下角有一道闪电状的裂缝。

我凝视着师父三十年前的证件照，像看着一个素未谋面的陌生人。在我的印象中，师父曹兵年代最早的照片拍摄于1996年，是他和战友尹东明、同事杨建军在检察院门口拍下的合影。三十年前年轻的曹兵定格在证件中；然而此时，三十年后的曹兵卧于病榻，我们谁也不会料到，他的检察生涯会以这样的方式收场。

一

2013 年，我调去检察院侦查监督处，曹兵成为我的师父。

初见曹兵，我觉得他的长相也太过凶神恶煞了——眉似刀剑，眼如铜铃。往好听了说，像从寺庙的天王殿里偷跑出来的，一副明眼鉴察人间，倒是能震慑住嫌疑人；往不好听了说，那副凶巴巴的样子，总让我怀疑自己是不是欠过他的钱。

我给师父留下的印象也不好，他后来总是带着调侃的语气，说初次见面时我"戴副眼镜，看起来愣头愣脑的"。

刚开始共事的第一个月，他看到我总在敲键盘，随口就问："你写审查报告的时候，怎么从来都不去翻橱子里的工具书？"

我解释说："咱们的系统里有个法律工具软件，点进去以后，涵盖了全国所有的法律法规和司法解释。"

他连连摇头，说身为检察官，不能总是依靠互联网，应该牢牢记住那些法条，背得滚瓜烂熟，然后活学活用。我心想，"你这个老家伙也过于因循守旧、不懂变通了"，而嘴上只敢说，侦监处承办的案件量很大，办案期限也很紧张，"只有依靠电脑软件才能更好地提升办案效率啊"。

"如果别人让你释法说理，你想到某个法条，脑袋瓜突然卡壳，然后对他说：'不好意思啊，我忘记了，你等一下，我到系统里面去查。'这不是让别人看笑话吗？"他不肯让步，继续说道，"做检察官这一行，那些法条就应该像你的老朋友，面孔什么特征，脾气什么样，你在心里要一清二楚。"

这话说得有理，我没法辩驳，于是就从书橱里抽出那本厚重的大部头。书页的边缘粘着五颜六色的便签条，师父还在上面写了密密麻麻的摘要，字不算好看，但很端正，至少能看清。我想象着他戴着老花镜、伏案在大部头上做笔记的画面，心里顿时有些羞惭。

我用拇指拨弄书缝，纸张被一页页快速翻过，在中间的某一页骤然停下——那里夹着一张照片。照片背面的水渍已发黄，在边角处晕开，显然有些年头了。照片上站着一个陌生男子，大约30岁，身穿笔挺的军绿色制服，立的是标准军姿，双手紧贴着军裤中缝，气宇不凡。

我拿着照片问师父那个人是谁。师父看到照片，一下子变得沉默了，过了一会儿对我说："回头找机会，我再和你说吧！"

看到师父的脸色变了，我强压内心的好奇，赶紧岔开了话题。

二

刚来的那段时间，斗嘴就是我们师徒之间的家常便饭。一次，我们去看守所提审嫌疑人，由于支气管炎发作，我咳得厉害，师父很嫌弃地说："这还没上战场呢，你就咳成这样了，不是让犯人看笑话吗？你平常肯定不锻炼，一个小伙子，病恹恹的。"

"师父，你别光顾着说我，上次是谁爬个二楼就气喘得不行？我吓得都想给你打120抢救。"我也没好气地说。

"我是因为有高血压。你不信可以问问别人，几年前我在街上对付一个抢女包的，大气都不带喘一下！"他也许是真的老了，而且也太爱把那个"见义勇为"挂在嘴边了，这句"大气都不带喘一下"，我都听过很多遍了。

抵达看守所，师父没有立刻到监区提人，反而先拐到杨建军的驻所检察室，要了一盒润喉糖塞到我的手里。

下午两点半，我们提审一名涉嫌强奸的在押人员。那个嫌犯翻供了，反复说一些毫无意义的辩解。师父很讨厌这样的人，厉声问他："到底是有还是没有？这案子有铁证，翻供对你一点用都没有。欺负女同志，你还有理了？！"

说完，他就用左手食指轻敲着我的玻璃水杯，示意我多喝水。

第二天清早，我的办公桌上多了一盒止咳糖浆。问了同事才知道，是师父偷偷放的。他平时习惯早到，和当年一样，不爱动嘴，总是悄悄地把事做了。

磨合了一年，我慢慢发现了师父身上的"闪光点"：他富有正义感，虽然年事已高，但骨子里好像永远有一股劲儿；他从不说官话、空话，只说大白话，虽不中听，却不乏真知灼见。

他知道我自尊心很强，从不会当着别人的面批评我。只有我们师徒二人在场时，他才会反锁上办公室的门，像谈心教育一样，把我在审查工作中欠缺的地方罗列出来。他对我的工作要求很严格，制作法律文书的时候，别说是案件分析文本，哪怕是一个标点符号都不允许出错。

当我在市检察院组织的辩论赛上获得最佳辩手时，他甚至比我还要兴奋。那天下班，他还去了驻所检察室，在杨建军面前显摆："你看我徒弟多厉害！"

三

2016 年 12 月的一天，师父专门把我写的检察调研文章打印出来，戴上眼镜认真看。过了 5 分钟，才摘下眼镜，揉着眼皮说："比以前有进步，措辞更严谨了。"

我趁机嬉皮笑脸，说想写一写身边的老检察官的故事，可以先从他写起。为了让他放心，我说保证会在文章里把他"往好了写"。

"那不行。"师父摇头说道，"你写的是故事，又不是写'曹兵同志的先进事迹'。"

"那我就得先深入了解一下了。"我笑着说——然后，我就想起那张夹在大部头里的旧照，也没过脑子，张口就问师父照片上那个穿着老式警服的男人是谁。

师父微笑着的脸一下就变了，眼神也黯淡下来，仿佛被戳中了一块不为人知的伤疤。他长长地呼出一口气，说道："这张照片夹在书里很久了，我一直没跟你说，其实，说出来也没什么……"他起身走向书橱，双手微颤，缓缓地抽出大部头里的那张旧照片……

照片上的男人叫赵嘉辉，与曹兵是同年入伍的战友，退伍后分配到公安局工作。这张照片拍于他第一次穿上警服的那天。能看出，当天的光线很充足，赵嘉辉站在阳光下，嘴角微微含笑，昂首挺胸，警服合身，英气逼人，像天安门广场上的国旗手。

1993 年 11 月 7 日，赵嘉辉所在的县城发生一起特大抢劫杀人案。凶犯在作案前盗取了一把"54"式手枪，杀了饭馆老板家中四口人，劫走大量现金。公安赶到现场时，在几具浸在血水中的尸体里，发现老板的大女儿尚存生命体征，便立即将其送往医院抢救。最终，她保住了性命，却终身瘫痪。

公安局紧急制订抓捕计划，很快锁定了凶犯的藏身处。师父说，小赵很勇猛，在部队时射击成绩总是排第一，对自己的枪法十分自信。展开抓捕时，小赵看见凶犯举枪对准身边的同事，情急之下也举起手枪，跟凶犯几乎是同时扣下了扳机。

子弹无眼，赵嘉辉打穿了凶犯的肩膀，凶犯的子弹却击中了他的心脏。眼睁睁看着同事倒地，公安干警火速发动强攻，选择顽抗到底的凶犯身中 3 弹，因失血过多而死，死前表情狰狞，紧紧握着手枪的手指怎么都掰不开。

次日上午，赵嘉辉殉职的消息由战友转告给了曹兵。闻此噩耗，曹兵愣了整整半天，一句话也讲不出来，手连笔都握不动。杨建军问怎么了，曹兵就哽咽着道出实情。杨建军听了，拍了拍曹兵的肩，没有说话。

在小赵落葬后，曹兵久久地伫立在墓碑前。亡人的音容笑貌仿佛还在眼前，他使尽了全身的力气，朝墓碑做了一个标准的军礼，过了很久才舍得放下。他粗糙的手掌往脸上胡乱一抹，转身的一瞬间，他感到身后站着一个人，正目送他离开。

师父把照片轻轻地放在桌上，缓缓说道："我和你之间可能有代沟，你不一定能够理解我们这代人的观念。有句话叫'人活一口气'，我们部队的人，这口气就是给国家准备的，永远把国家放在第一位。我把小赵的照片一直夹在书里，尽管有时候翻到，我心里还是像被放了冷枪，但是我能提醒自己，从事的是什么工作，职责是什么，也不要腐化堕落，变成一个被自己鄙视的人。"

往后的日子，师父常常给我看他的那些老照片，午休时便成了我的采访时间。他给我讲的第二张照片，就是他和杨建军、尹东明在1996年破获"12·26案"之后的合影，那张照片被他摆在书橱第二排最显眼的位置。他总会问我："来得及写吗？"我点头说没问题。他又说："你拿手机放在桌上录音也可以，都是我过去的事情，不是什么涉密内容。"

师父又翻了几页，找到他过去参加政法工作会议的照片，用龟裂的浊黄指甲盖指了指照片中的几个人——他还记得这些人的名字和职位，如今他们有人已离休，有人离开了政法岗位，甚至也有人锒铛入狱。

师父说，他一直怀念当年在批捕科、反渎局的热血豪情，但当下，他也无悔无憾。"我做了几十年检察员，最自豪的不是办过哪些大案，得过哪些荣誉，而是带出了两个争气的徒弟。一个叫杜勇，以前我在信访办的时候带过他，你肯定对他很熟悉，因为他经常出现在电视里面，后来成为全国优秀公诉人——另一个嘛……"

他刻意停顿下来，我们相视而笑。

四

2018年春节过后，我收到通知，调往市院重案检察组。

面对离别，我能感受到师父的不舍，但他不愿表露出来，装作满不在乎的样子，嘴里哼着老歌。早上8点一刻，他在行装处借来一部手推车，我往车里装上要搬走的纸箱，然后一起进了电梯。我想我应该跟师父说点什么，就算开个玩笑也行。平常说的话很多，但此时我反倒卡了壳——也许又只是内心藏了太多话，全都堵在了一起。

师父送我到门口，快要上车时，搭住我的肩膀，说："不要舍不得，分了合，合了分，这都是人间的常态。再说了，人往高处走嘛，你调过去是好事，重案检察组里面都是精英，对你来说是一个绝佳的锻炼机会。"说完，又不忘告诫我，"无论到了哪里，夹紧尾巴做人。"

我说："不管走到哪儿，我师父都是曹兵。"

这句话，"师兄"杜勇曾经也对师父说过。师父听后，把头别了过去，一直没有转回，只挥了挥手："快走吧，不要耽误了。"

汽车驶出20米，遇上红灯。我看向后视镜，发现师父还是站在检察院门外，望着车子离开的方向。街道行人稀少，他看起来很孤单，还有几分落寞。

几个月后，我回区检察院办事，顺便看望师父。他说，司法改革以后，检察院反贪反渎的干警转隶去了监察委，今天反渎职局要摘牌了，正好是最后一天，问我能不能帮他和牌子拍一张合照，日后留作念想。

天色已经有点发暗，我们赶紧下楼来到检察院的门口。他缓步走到白面黑字的竖牌旁边，整理着装，像在参加一场庄重的仪式。领口、领带和袖口全部理了一遍，却还是不满意，又问："我的领带正吗？"我走到他跟前，为他摆正红领带的那一瞬间，突然想起，几年前我们去看守所提审，那时是他为我整理的领带。

整理完仪容，我半蹲下来，用手机给师父拍了照。他所有的照片都是咧嘴笑的，唯独这一张，神情肃穆，唇线的弧度反而向下。拍完照片，他侧过身望着牌匾，抚摸着"反渎职局"那几个黑字，轻声说道："再见了，老朋友。"

2018 年 12 月的一天，"师兄"杜勇忽然打电话给我，说师父出事了！

我心头一紧。

杜勇说，下午 4 点多，部门开展政治学习，师父在会上讲话，说到一半，头一歪，整个人从座位上摔了下来。身边的同事吓坏了，赶紧围到他身旁，要扶他起来。师父的意识还算清醒，但是话讲不清楚了，右脸是歪斜的，口水往外流淌。部门领导马上叫了救护车。杜勇报备过后，钻进车厢，陪在师父边上，他握着师父的右手，发觉手背像冰块一样凉。随车医生说这很可能是脑卒中，让师父尝试着举起双手，但他只能举起左手，右胳膊怎么也抬不起来。

"师父目前在抢救室，我知道你跟师父的关系，想来想去，还是要告诉你，否则你到时候会恨我——你现在方便过来吗？"杜勇随即说了医院的地址。

"我马上就到。"

我鼻子发酸，不停地安慰自己：师父不可能有事，我想写他的那篇稿子还没写完，答应过要给他看……我时常会不由自主地想象着他看那篇稿子时的神情，而我在一旁等着他的夸奖或是批评……

即将到下班高峰了，我赶忙用冷水冲了冲脸，振作精神，驱车抄了最近的路线，驶上中环高架，直奔医院。

在急诊大厅门口，我和杜勇碰了面。我问他师父情况如何，杜勇摇了摇头，神情有些颓丧。他好像怕我扛不住，把声音放得很轻："半边儿动不了了。"

我愣在原地，说不出话——半边身体无法动弹，就意味着师父今后的生活要在病榻上度过了。可他向来是个待不住的人，稍有空闲，便和杨建军出门钓鱼或者逛花鸟市场，往后可怎么办？

"医生看了 CT 片子，说耽误了。现在人躺在抢救室吊盐水。"杜勇说完，又告诉我一件事——今天上午 10 点多，师父跟同事说，他有点偏头痛，内眼眶很疼。同事问他要不要去医院看看，他还摆手说不用，可能就是感冒上火，马上到了午休时间，睡一觉就好了。

我们进到抢救室，师父在西面 3 号床，人还算清醒。师母守在床边，我跟她打了声招呼，师母的声音有些哽咽："刚用了白蛋白的药，只能先把命保住。"

我点了点头，把目光放到师父身上，他脸色苍白，半张脸松垮下来，看起来很疲惫，眼皮在打架，却不想睡。我轻抚着他的手背——那是一只大手，淡褐色的老年斑从腕骨那里翻越而上。师父现在连转头都很吃力，只能移动眼球，一言不发。

那时我以为他只是太疲乏，没有力气讲话。直到晚些时候，杜勇拎着盒饭回来，在急诊室门外才悄悄地告诉我：师父的病情不容乐观，以后很难再正常讲话了。

五

师父出事那天，杨建军正在看守所做夜间突击巡查。第二天清早，他心急火燎地赶赴医院，执意要陪夜。师母果断拒绝："一个老曹已经倒下了，你是他最好的朋友，不能也跟着倒下。"

杨建军后来跟我说："老曹是我的老同事，也是我最好的朋友。我对我的徒弟林凯讲过，你想要了解我，可以先了解我的朋友，我这个兄弟是'铁老虎'，疾恶如仇、有正义感，跟我肝胆相照。我这辈子，有他这一个朋友就足够了。他出事，对我的打击太大了。"

2018年12月23日，师父出院了。医院附近的商铺提前挂上了圣诞的鲜红装饰，当天的阳光很好，但我们所有人的心情都是阴郁的。师父体重180多斤，我和杜勇一起把他抬进汽车后座，我怕他在颠簸中摇晃摔倒，坐稳后又给他系上了安全带。师父的左手够过来，轻轻拍着我的后肩，我心里越发酸楚，但还是强忍眼泪——脑卒中已经给师父带来了巨大的精神打击，要是我再掉泪，他就更难过了。

车开到师父家门口，我和杜勇又把他抬下车，小心地放进轮椅。他家养了一只鹦鹉，以往师父耐着性子，教它念"老曹""你好"。可鹦鹉却摆谱，老是把"曹"念成四声，仿佛在挑衅。师父忍无可忍，直接叫它"笨蛋"。师父后来把这事当成笑话给我们讲。起初我并不相信，直到去他家玩，看着他亲自跟"笨蛋"配合示范了一遍，人鸟来言去语，像在说相声，我被逗得大笑。如今师父回到家中，"笨蛋"似乎也通了人性，看到自己的"搭档"生病了，也不讲话了，头一直低着。

元旦，我又去了师父家，看到他床头柜上平铺着6张卡片，扑克牌的材质，只是尺寸更大。牌面上绘制着粗线条的卡通图案，比如水杯和点心。师母说，这是杨建军想的办法，他昨晚来看曹兵，带来了这些卡片。

往后的几周，分管检察长、院政治部的领导也来看望师父。杜勇随同前往，知道他念旧，便从单位带回了他最钟爱的老相册。

一次去师父家，师母告诉我："曹兵的战友们平常也来，有个人很奇怪的，搬了一个小板凳，坐到曹兵床边，也不讲话，只给曹兵剥橘子吃。一整个下午，他们两个就在那儿发呆。到了晚上5点，我想留他吃晚饭，他摇头说不用，打声招呼，就回去了。"

我问那人长啥样，师母说，人比老曹小几岁，头戴着灰绒鸭舌帽，进屋后摘掉帽子，一个毛寸头。身高超过一米八，穿老旧的咖啡色皮夹克，背部和袖口全都磨白了，像剥了皮的橘子瓣。

我想，那个人应该就是尹东明。

杨建军来得更勤，他怕老战友无聊，专门给他买了一部平板电脑，在里面下载了老影片和象棋游戏，每逢周末就来陪曹兵下棋。老哥俩从在部队里认识就开始下棋，下了几十年了，师父一直是个臭棋篓子，就没赢过杨建军几次。有一次我观战，杨建军开局占优，下到棋局的末尾，却失掉了马和车，被师父连续两次"将军"，只能认负。杨建军拍着大腿，表现得非常懊悔："老曹你生了病，技术倒长进了不少，反应也比我快，一定要保持这种状态，你很快就会好起来的。"

我立刻明白了杨建军棋艺"退步"的原因，心头一酸，搓了搓鼻子。

六

2019 年初春，我到看守所提审，在第二监区的走廊上遇到正在巡监的杨建军。他对我说，师父前几天在平板电脑上给他打了一行字，"老曹知道你喜欢写案子，他家里有一本内部刊物，让我帮他找，给你拿去作参考"。

两个月后便是暖春，气温回升，师父的身体状况也有所改善，右臂可以稍微抬高些了。杨建军打算带他出去走走，顺便带上了钓鱼竿。我和老杨把师父放到轮椅上，师父垂头望着自己的双腿，神色悲痛，似乎还接受不了残酷的现实。

我推着轮椅，老杨背着鱼竿，带师父来到一个湖畔。师父有点困乏，努力睁大双眼，像在看一个全然陌生的世界。我将轮椅刹住后，师父的左手不断地在身后摸索。我问他是不是口渴，他微微摇晃脑袋，他要找的东西似乎非常要紧，他急得快哭了出来。这时，杨建军拍着后脑勺说：

"我们把书给忘了——上次跟你提到的那本书，我在他家里找到了，刚才忘记拿了。"

我望着师父，感觉喉咙发紧，好似有颗棱角分明的石子堵着。我俯身在他耳畔轻声说，这本书完全可以等钓完鱼回家再取，没什么关系。

"他是想亲手交到你手里。"杨建军补充了一句，"给你一个惊喜。"

我强撑着朝老杨笑了笑，转过头佯装去看别处的湖光——可却看不清了，那些清澈的湖水流入眼眶，泛起一层银亮的水雾。

一旁的杨建军已经甩出鱼竿，我以为是他负责垂钓，师父在一旁观看。过了很久，鱼竿抖动了一下，老杨迅速起身，移动了两步，让师父用左手把竿子紧紧握住，他再手把手，娴熟地将鱼竿收线，嘴里轻声细语，仿佛是第一次教师父钓鱼。

被钓上来的大鱼在这两个老小孩面前猛扫着尾巴。看见师父久违的笑容，老杨也笑了，夸他"钓得好"。我站立在他们身边，再也控制不住，两眼像拧开了水龙头。

后记

　　这几年，师父一直坚持做康复训练，现在右臂已经可以抬升到90度了，只是下地还有些困难。我去看他时，觉得他比以前精神些了，已经能在台灯下看报纸，尽管还是不能说话，但他的脸上有了笑容。

　　我回想起跟师父共事时，有一次赶赴看守所提审，他嘱咐我不要忘记佩戴检徽，说完顺手将检徽抛了过来。检徽在半空中翻转，我伸手握住，检徽下端的尖角嵌进了我的"大鱼际"——多年前的那种触感，在几年后我敲击键盘时仍会隐隐地显现。

　　转身望去，窗外守候着灼人的黑夜，远处的灯火稀稀落落，我不由得想起师父曹兵当年对我讲的话："这是一份经常要接触黑暗的工作，你心里头要有一个手电筒，时刻保持常亮。"

　　谨以此书，献给老一辈的检察干警。